FRIEDRICH HEBBEL

HEBBEL
ERZÄHLUNGEN

DIE GROSSE ERZÄHLER-BIBLIOTHEK
DER WELTLITERATUR

Die buchkünstlerische Ausstattung dieser Ausgabe
hat der österreichische Staatspreisträger
Ernst Ammering (Ried, Oberösterreich) entworfen.

Das Frontispiz zeigt Friedrich Hebbel
(nach einer Radierung von Fritz Janschka,
die für diese Ausgabe entstanden ist).

Redaktion:
Ernst Ulrich Huse, Bernhard Pollmann

DIE GROSSE ERZÄHLER-BIBLIOTHEK
DER WELTLITERATUR

Gesamtherstellung: Mohndruck, Gütersloh
Printed in Germany
ISBN 3-88379-891-6

INHALT

BARBIER ZITTERLEIN

1

Es war Abend, und der Barbier Zitterlein saß an seinem Tisch. Eine helle Lampe brannte auf demselben und beleuchtete das Gesicht des langen dürren Mannes, der sich um das Abendbrot, welches seine Tochter Agathe auftrug, wenig bekümmerte. Die Tochter setzte sich an den Tisch und klimperte, um den Vater aus seinen Gedanken zu wecken, mit den zinnernen Löffeln; endlich sagte sie leise: »Vater, wollt Ihr nicht essen?« »Jawohl«, antwortete Zitterlein und rückte näher zum Tische. »Eine Biersuppe, ach du liebes, treues Kind.« Beide fingen an zu essen. Zitterlein fiel in sein vorheriges Stillschweigen zurück und aß nur wenig; Agathe sah ihn zuweilen mitleidig an, bald legte auch sie den Löffel nieder und begann den Tisch abzuräumen. »Bist du schon satt, Agathe?« fragte der Vater und heftete einen glühenden Blick auf sie. – »Ihr wißt, ich esse zur Nacht nicht viel«, antwortete Agathe, »aber Ihr, Vater, Ihr solltet die schöne kräftige Suppe nicht so verschmäht haben, denn Ihr eßt sie gerne und sie tut Euch wohl.« »Du hast recht, mein Kind, und ich sollte es um so weniger getan haben, als dies der letzte Abend ist, wo wir so recht innig beisammen sind.« – »Der letzte Abend?« fragte Agathe und sah ihren Vater erstaunt an. »Freilich der letzte«, antwortete dieser, »du weißt, morgen hole ich den Gesellen, und dann ist das vorbei.« – »Mein Gott, Vater, ich versteh' Euch nicht. Ich meine, der Gesell soll die Stütze Eures Alters werden, Ihr sollt Ruhe haben, und ein junger Mann wie der Gesell kann in die einförmige Stille unsres Hauses recht gut passen. Ihr werdet nicht so oft sitzen und grübeln und ich« – »Du wirst weniger Langeweile haben, nicht wahr?« – unterbrach Zitterlein sie heftig – »das ist recht, mein Kind, quäle du mich auch!« »Vater, was meint Ihr«, antwortete Agathe sanft, indem sie sich vor ihn hinstellte. »Ihr wißt, daß ich Euch liebe und daß ich, wenn Ihr so tiefsinnig zu grübeln sitzt, nicht Langeweile, sondern nur das tiefste Mitleid, ja Grausen empfinde.« Zitterlein ergriff ihre Hand und drückte sie an die Brust. Dann sagte er: »Vergib mir, liebe Tochter! Ich weiß das ja alles, es kann ja nicht anders sein, denn du bist das einzige Gut, was mein ist, das von Tag zu Tag inniger mit mir verwächst; aber eben darum, sieh, liebes Kind! Ich bin nicht wie ein Baum, der in der Erde wurzelt und sich von Luft und Sonne ernährt, er braucht sich um seinesgleichen nicht zu bekümmern; aber ich bin ein Mensch und muß mit Menschen leben, ich liebe sie sogar, wenn sie unglücklich sind. Doch sie sind mir in der tiefsten Seele verhaßt, wenn sie mir näher treten; ich möchte sie ermorden, wenn sie in mein Haus kommen. Ich will nur dich, nur dich! Warum kommen sie denn? Haben sie nicht auch Weib und Kind? Geh ich zu ihren Weibern, ihren Kindern? Und nun muß ich mir selbst den Gesellen holen; ich muß, denn ich bin alt, und der Vogt glaubt, meinen zitternden Händen das Egelsetzen und Aderlassen nicht mehr anvertrauen zu dürfen. Der wird nun mit kalter Teufelsfaust in meine heiligsten Gefühle hineingreifen, er wird mir überall störend und zerstörend in den Weg treten, er wird mit uns in einem Hause schlafen, an einem Tische mit uns essen, und ich kann es nun einmal nicht dulden.« – »Lieber Vater«, sagte Agathe, »Ihr seid krank! Und doch« – fügte sie leise mit herzzerschneidender Wehmut hinzu – »doch ist es nicht anders wie immer!« – »Nein, Tochter, ich bin nicht krank, ich sehe bloß voraus, wie alles kommen wird. Ach, ich fürchte mich vor meinem Gesellen. Gibt es nicht Gesichter, die mich anstarren, wie Larven der Hölle, Augen, deren feindseliger, vernichtender Strahl mich tötet? Hast du nie ein Lächeln gesehen, welches dir jede Freude, jede Lebenslust zusammenschnürte wie die Schlange?«

2

Am andern Morgen war Zitterlein früh aufgestanden und hatte sich nach der nahe gelegenen Stadt – er wohnte in dem Kirchdorfe Müntzen – aufgemacht, um sich dort auf der Herberge der Bader nach einem Gesellen umzutun. Auf seine Frage, ob etwa ein Geselle angekommen sei, antwortete der Herbergsvater, das wäre allerdings der Fall; es sei am gestrigen Abend ein stiller, netter Bursche zugereist gekommen, und er zweifle nicht, daß er mit Vergnügen in Arbeit treten werde; der Winter sei nah, und dann tue das Wandern nicht wohl. Es dauerte auch nicht lange, so kam der junge Geselle von der Polizei, woselbst er seine Papiere hatte in Ordnung bringen lassen, zurück; er war von ansehnlicher Statur, hatte blondes Haar, blaue Augen und viel Freundlichkeit im Benehmen. »Es ist Arbeit für Euch in Müntzen« – rief ihm der Herbergsvater entgegen – »das Dorf liegt eine halbe Stunde von hier.« – »Das ist mir sehr lieb«, antwortete der Geselle und trat auf Zitterlein zu, auf den der Herbergsvater ihn verwies. »Ich gebe aber nur 20 Groschen Wochenlohn«, sagte Zitterlein, ohne ihn anzusehen. – »Das ist wenig«, antwortete der Geselle, »ich bin 24 gewohnt, aber ich nehme Euer Anerbieten an. Seht hier meine Arbeitszeugnisse!« »Steckt sie nur ein«, entgegnete Zitterlein, »das ist mir einerlei. Nennt mir Euren Namen, laßt Euch einen Schnaps geben und kommt mit mir!« – »Mein Name ist Leonhard Ziegler, Schnaps trinke ich nicht.« »Wein ist doch für einen Barbiergesellen, der wöchentlich nur 20 Groschen verdient, zu kostbar«, sagte Zitterlein mit einem höhnischen Lächeln, indem er selbst den Schnaps austrank, den er sich hatte einschenken lassen.

Zitterlein und Leonhard machten sich bald auf den Weg; sie gingen schweigend nebeneinanderher, denn Leonhard mochte sprechen, was er wollte, er erhielt nur eine kurze, oft bittere Antwort und verlor so am Ende die Lust, ein Gespräch fortzuspinnen, was so sichtlich vermieden wurde. Als sie noch vor Müntzen waren, fing es an zu regnen. »Wir werden noch naß«, sagte Leonhard. »Daran muß ein reisender Gesell gewöhnt sein«, entgegnete Zitterlein und ging langsamer wie bisher. Leonhard wußte nicht, was er aus ihm machen sollte; er hatte zuweilen ein scharfes Wort auf der Zunge, aber er hielt es zurück, wenn er in das schmale, blasse Gesicht des Mannes sah, der alle Freundlichkeit so schnöde abwies. »Vielleicht ist er krank«, dachte er, »jedenfalls kannst du nach einer Woche dein Bündel wieder schnüren, wenn es dir nicht bei ihm gefällt.« Sie kamen zu Zitterleins Haus und traten hinein. Agathe trat ihnen aus der Küche, wo sie mit Zubereitung des Mittagessens beschäftigt war, entgegen; sie sagte herzlich: »Guten Tag, lieber Vater«, aber dieser schob sie, nachdem sie den Gesellen kaum begrüßt hatte, fast unsanft in die Küche zurück und rief ihr zu: »Bekümmere du dich nicht um uns!« Dann zeigte er Leonhard die für ihn bestimmte Kammer und Bett, gab ihm den Schlüssel zu einem dort aufgestellten Schrank und bat ihn, sich einzurichten, worauf er zu seiner Tochter in die Küche ging.

3

Agathe hatte das Essen aufgetragen und fragte Zitterlein, ob sie den Gesellen rufen solle. Zitterlein antwortete ihr nicht, sondern stand schnell auf, um dies selbst zu tun. Nun kam er mit Leonhard zurück, setzte sich mit ihm zu seiner Tochter an den Tisch und nötigte ihn einsilbig zuzulangen. Während des Essens wurde fast kein Wort gesprochen, obgleich dies ängstliche Schweigen Agathe fast ebenso sehr drückte wie Leonhard. Der letztere entfernte sich bald. Kaum hatte er das Zimmer verlassen, als Zitterlein seine Tochter fragte: »Warum wurdest du rot, als der Gesell ins Zimmer trat?«

»Gott, Vater!« antwortete sie, »das bin ich selbst gar nicht gewahr geworden, und wenn es wäre, so ist es wohl so etwas Unerhörtes nicht, vor einem Menschen zu erröten, den man nie gesehen hat.« – »Ganz recht, liebe Tochter«, sagte Zitterlein beruhigt, »einen andern Grund kann das auch nicht haben, aber du weißt, mir liegt das nächste immer am fernsten. Jetzt will ich mir die Papiere des Gesellen geben lassen, ich muß sie zum Vogt tragen. In einer Stunde bin ich wieder hier.« Er nahm aus einem Kasten einige Rasiermesser hervor und ging damit zu Leonhard in die Kammer. »Ich muß Euch bei dem Vogt melden«, sagte er zu diesem, »und bitte Euch jetzt um die Papiere. Mittlerweile seid Ihr wohl so gut, diese Messer für den morgigen Gebrauch ein wenig zu wetzen.« Leonhard gab ihm die Papiere, und er ging. Er wollte beginnen, die Messer zu wetzen, da merkte er, daß Zitterlein vergessen hatte, ihm einen Wetzstein zu geben. Er ging daher in das Wohnzimmer, woselbst er Agathe vorfand. »Entschuldigt, wenn ich Euch störe. Ich soll diese Messer wetzen, und Euer Vater hat mir keinen Wetzstein gegeben.«

»Ach«, antwortete Agathe, »mein Vater ist zuweilen etwas zerstreut; kehrt Euch nicht daran, er ist sonst gut.« Diese im Tone herzlichster Bitte vorgebrachten Worte rührten Leonhard tief, er schaute das Mädchen, welches den seltsamen Vater so einfach und doch so eindringlich zu verteidigen wußte, näher an. Da klingelte die Haustüre, und Zitterlein, der einen für den Vogt aus der Stadt mitgebrachten Brief vergessen hatte, trat ins Zimmer, um diesen zu holen. Sein Auge flammte von heftigem Zorn, als er Leonhard bei seiner Tochter erblickte. »Ihr seid wohl ein Meister im Messerwetzen«, rief er diesem zu, »daß Ihr schon jetzt Muße zu plaudern habt, und du, Agathe –« »Verzeiht«, unterbrach ihn Leonhard, der nur durch einen Blick auf das schöne, schüchterne, von tiefer Scham übergossene Mädchen von der Äußerung seines heftigen

Unwillens abgehalten wurde, »verzeiht, ich wollte nur einen Wetzstein holen, den Ihr vergessen hattet.«

»Einen Wetzstein«, entgegnete Zitterlein, »ach so, da nehmt, nehmt, hier ist er.« Leonhard nahm ihn und kehrte in seine Kammer zurück.

4

Am andern Morgen früh, als Leonhard kaum aufgestanden war, trat Zitterlein zu ihm in die Kammer, brachte ihm sein Frühstück und ging dann mit ihm aus im Dorf, um ihn den Kunden vorzustellen, die er künftig zu bedienen hatte. Als dies geschehen war, kehrte er selbst in sein Haus zurück, Leonhard aber ließ er bei dem Bierbrauer des Ortes, an dessen starkem Bart er sich zuerst versuchen sollte. »Das ist hohe Zeit, junger Gesell«, sagte Herr Tobias zu Leonhard, »daß Ihr kommt. Mit Eurem Meister wurde es wirklich zu arg, er würde keinen einzigen Kunden behalten haben, wenn im Dorf nur ein anderer Barbier vorhanden gewesen wäre. Ich wenigstens ging in der letzten Zeit lieber in die Stadt als zu ihm.« »Er ist alt und seine Hände mögen zittern«, versetzte Leonhard. »Dies würde noch so viel nicht gemacht haben«, antwortete Herr Tobias, »aber er ist verrückt, und der Teufel mag einem verrückten Bartscherer seinen Hals anvertrauen. Ich hatte vor 14 Tagen in seiner Barbierstube einen Auftritt mit ihm, an den ich zeitlebens denken werde. Ich ging am Sonnabendabend nach meiner Gewohnheit zu ihm, um mich rasieren zu lassen. Er verrichtete sein Geschäft anfänglich still und emsig, plötzlich aber fühlte ich einen heftigen Schmerz, mein Blut floß, und ich bemerkte, daß er mir eine Warze, die ich am Kinn trug, abgeschnitten. Dies konnte nun freilich angehen, um so eher, da er mich bei Licht rasierte; als ich ihn aber fragte, ob er nicht sehen könne, antwortete er mir mit häßlichen Worten: ›Dankt Gott, daß es der Hals nicht ist.‹ Damit hob er sein Messer, als ob er es nun auch auf den Hals abgesehen habe. Natürlich sprang ich schnell auf und hielt ihm die Hand. Da aber war er auf einmal ganz wieder wie im Anfang; er fragte mich, ob ich keinen Spaß verstehen könne, bat mich um Verzeihung wegen seiner Unvorsichtigkeit und brachte sein Geschäft ruhig zu Ende. Aber mir war's durch Mark und Bein gedrungen, jenes häßliche Lachen konnt' ich nicht wieder vergessen, daher ging ich sogleich zum Vogt, meinem Nachbar, und dieser, der so gut für seine Kehle zitterte, wie ich für die meinige, befahl ihm, sich einen tüchtigen Gesellen zu halten, widrigenfalls ihm das Handwerk gelegt werden solle.« »Das ist seltsam«, antwortete Leonhard, »Ihr könnt mir fast die Lust verleiden, länger als die ersten acht Tage bei Herrn Zitterlein zu bleiben.« »Ich könnte es Euch so sehr nicht verdenken, junger Mann«, entgegnete Herr Tobias, während Leonhard ihn einseifte. »Dieser Zitterlein ist in jedem Betracht der sonderbarste Mensch von der Welt. So hat er da ein junges Ding von Tochter – Ihr werdet sie gesehen haben – von ganz leidlichem Gesicht und angenehmer Figur, meint Ihr, daß das arme Mädchen zu Tanz und Kirmes gehen dürfte wie andere? Ein- oder zweimal im Jahr darf sie an einer Lustbarkeit teilnehmen, und dann ist der alte verrückte Vater dahinter her, als ob er, verzeiht mir's Gott! sie selbst heiraten könnte oder möchte. Ist das Räson? Alle Donnerwetter, wohin meine Tochter und des Vogts Tochter kommen, da ist es für die Barbiermamsell auch gut genug.« »Da ist das Mädchen ja sehr zu bedauern«, sagte Leonhard. »Allerdings ist sie das«, versetzte Herr Tobias, »sie zählt 17 oder 18 Jahre, und für so junges Blut ist Glas und Rahmen drückend. Und doch ist der Vater ebensosehr zu bedauern. Ja, wäre er von jeher so ein Duckmäuser gewesen!« »Also war er nicht immer so?« sagte Leonhard. »Nein, wahrhaftig nicht«, entgegnete Herr Tobias, »ein Narr war er freilich immer, aber desungeachtet ein guter Barbier, ein lustiger Mann in Gesellschaft. Er wollte zwar immer zu hoch hinaus, vertrieb sich die Zeit mit unsinnigem Zeug, mit Büchern zum Exempel, statt Kegel zu schieben, war auch nie damit zufrieden, daß er dem Pastor den Bart abnehmen mußte, wär lieber für ihn auf die Kanzel gestiegen, aber was war das gegen seine jetzigen Albernheiten!« – »Und diese auffallende Veränderung – weiß man denn nicht, worin sie ihren Grund hat?« unterbrach ihn Leonhard. »Schicksal, Schicksal«, antwortete Herr Tobias, »so geht's. Mein Knecht trägt zwei Tonnen Weizen, mancher sinkt unter einer zusammen. Als hier vor ungefähr 20 Jahren das große Viehsterben war, verlor ich 13 Ochsen und einige Pferde, prächtige, wohlgenährte Tiere, doch ich dachte: Der Himmel will's, und rauchte ruhig meine Pfeife. Dem Barbier starb vor fünf bis sechs Jahren sein Weib, und er wurde verrückt. So geht's.« Leonhard war mittlerweile mit dem Barte des Herrn Tobias fertig geworden und reichte ihm jetzt das Handtuch zum Abtrocknen. Als Herr Tobias sich abgetrocknet hatte, sagte er zu Leonhard, der sein Geschirr wieder einpackte: »Ihr gefallt mir, es soll mir lieb sein, wenn Ihr hin und wieder einen Abend bei mir verplaudern wollt. Ihr werdet bei Eurem Meister Langeweile genug haben.«

5

Zitterlein saß eines Abends mit seiner Tochter einsam in seinem Zimmer, da trat Leonhard in seinem Sonntagsrock herein und sagte: »Meister, Ihr werdet nichts dagegen haben, wenn ich ein wenig ausgehe; Herr Tobias, der Brauer, hat mich schon mehrere Male eingeladen.« »Daran tut Ihr Recht, sehr Recht«, versetzte Zitterlein mit Freundlichkeit. »Ihr könnt ausgehen, wann Ihr wollt, wiederkommen, wann es Euch beliebt, ich wünsche Euch viel Vergnügen.« »Auch ich«, setzte Agathe hinzu, die sich durch das peinliche Verhältnis gedrückt fühlte, in welchem sie sich zu dem jungen Manne befand, der in ihr Haus gekommen war und mit dem sie kein freundliches Wort reden durfte. Leonhard ging, Zitterlein aber nahm sogleich Gelegenheit, ihr die wenigen Worte zu verweisen, die sie sich erlaubt hatte. »Sieh, liebe Tochter«, sagte er, »als ich den Gesellen annahm, da versprach ich ihm 20 Groschen Wochenlohn, Essen und Trinken und die Kammer zum Schlafen. Alles dieses habe ich ihm gegeben und vollkommen gehalten, was ich ihm versprach. Freundlichkeiten aber habe ich ihm nicht versprochen, und ich sähe es gerne, wenn du die deinige besser zu Rate hieltest. Es schneidet mir in die Seele, wenn du ihn ansiehst, ich möchte dich schlagen, wenn du mit ihm redest.« »Ihr verlangt das Unmögliche von mir, Vater«, erwiderte Agathe, »ich kann doch gegen den Gesellen nicht steif und abgemessen sein, als wenn ich von Stein wäre.« »Sollst es auch nicht«, unterbrach sie Zitterlein, »bewahre; wenn er dich grüßt, so dankst du ihm, wenn er sagt: Es ist sehr schönes Wetter, so sagst du: Jawohl! Aber dann eilst du schnell in dein Zimmer zurück und setzest, wenn deine Zunge nicht ruhen kann, das Gespräch fort mit dem Kanarienvogel. Teuerste Tochter, wenn du wüßtest, welche entsetzliche Pein du mir dadurch ersparest, du würdest gewiß alles tun, was ich von dir verlange. Wird es dir denn so schwer? Fühlst du dich nicht ebenso fest und unauflöslich an mich gebunden, wie ich mich an dich? Bist du nicht mein Fleisch und Blut? Mir kommst du vor wie ein Teil von mir selbst; was du denkst und empfindest, ist mein; ich kann mein Eigentum nicht mit einem andern teilen, und auch du, Tochter! sei überzeugt, nur meine Brust versteht das Leben, welches die deinige bewegt.« Eine Träne trat dem alten blassen Mann ins Auge. Agathe warf sich in seine Arme. Plötzlich faßte er ihre beiden Hände, schaute ihr ins Gesicht und sagte: Agathe, willst du mir etwas schwören? Willst du mir schwören, dich nie einem Manne zu ergeben?« Agathe sah ihren Vater lange an, dann legte sie ihre Hände kreuzweise vor die Brust und sprach: »Vater, ich lieb Euch so sehr, wie jemals eine Tochter ihren Vater geliebt hat. Das weiß der allmächtige Gott, was soll ich mehr? Ihr quält mich!« »Schlaf wohl, liebes Kind«, sagte Zitterlein und verließ schnell das Zimmer. Agatha stand lange regungslos, dann trat sie ans Fenster und schaute hinaus in die Nacht. Der Mond schien hell und klar. Sie faltete die Hände und betete.

6

Es gibt Menschen, die jenen Bäumen zu vergleichen sind, welche auf fremde Stämme gepfropft werden müssen, wenn sie gedeihen sollen. Auf die Art dieser fremden Stämme kommt es dann gar nicht an, sie kommen fort auf jedem, aber sie werden schlechte Früchte tragen, wenn sie sich unmittelbar aus der Erde selbst Saft und Nahrung saugen. So senken jene Menschen sich mit jeder Faser ihrer Seele in das Wesen hinein, welches sie zufällig am ersten erreichten, sei dieses ein Freund, eine Geliebte, eine Mutter oder was es sei; sie sind glücklich und sanft, aber jenes Wesen soll sich ihnen dafür auch ganz und gar zu eigen geben, und man hat es auch wohl, daß dies im vollsten Maß geschieht. Solch ein Mensch war der Barbier Zitterlein. Von Jugend auf still und verschlossen, hatte er beständig mit sich selbst gelebt, aber auch beständig eine innere Unbehaglichkeit empfunden, die er sich nicht zu erklären wußte und die er, seiner Armut halber, durch Wissenschaft, auf die sein Sehnen ging und in der er Befriedigung zu finden gehofft, nicht hatte vertreiben können. Erst spät, nachdem er längst schon seine eigene kleine Wirtschaft eingerichtet, zog die Liebe in seinem Herzen ein, als er ein anspruchsloses Mädchen fand, welches ihn mit all der Innigkeit umfaßte, deren er bedurfte; nun war ihm gewissermaßen ein neuer Sinn geschenkt, durch welchen ihm Welt und Leben aufgingen, in voller Bedeutung und Herrlichkeit. So lebte er manche Jahre mit ihr fort, heiter und in Frieden; sie gebar ihm eine Tochter, aber das Kind trug kaum dazu bei, sein Glück zu vermehren, denn seine Liebe war eine unteilbare, und die kleine Agathe erfreute ihn eigentlich nur dann, wenn er sah, daß sie die Mutter erfreute. Als das Mädchen 13 Jahre alt war, brach eine hitzige Krankheit in seinem Wohnort aus. Viele wurden davon ergriffen; auch Zitterleins Tochter Agathe. Diese genas, aber die durch sie angesteckte Mutter starb, unter allen Erkrankten fast die einzige. Zitterlein versank in tiefe Schwermut, er schlich wie ein Schatten umher, er würde sich selbst den Tod gegeben haben, wenn er eine kräftigere Natur gewesen wäre; vor allem aber vermied er seine Tochter Agathe, in der er nichts mehr sah als die Todesursache seines Weibes. Das arme Mädchen war sehr bemitleidenswert in jener Periode, wo die Jungfrau sich wie ein süßes Geheimnis leise aufschließt. Wo sie der Mutter mehr wie jemals bedurfte, lag die ihrige im Grabe, und der Vater, der jene ohnehin niemals ersetzen kann, stand ihr schroff und kalt gegenüber, wie der fremdeste Mensch. Dies konnte sie nicht ertragen, sie verzehrte sich im tiefsten Schmerz, sie fiel ab und wurde krank. Zitterlein bekümmerte sich wenig um sie, er holte ihr einen Arzt, und der verschrieb ihr Tropfen. Eines Abends raffte sie ihre letzten Kräfte zusammen und stand auf. Sie empfand eine wunderbare Beruhigung darin, das Grab ihrer Mutter noch einmal zu besuchen; sie hatte zum Kirchhof nicht weit und schlich sich dahin. Sie setzte sich auf dem kalten, feuchten Grab nieder, sie faltete die Hände, sie betete: »Mutter, erscheine mir doch nur noch einmal und sage mir, was ich meinem Vater getan habe, daß er mich haßt!« Da fühlte sie sich plötzlich heftig umschlungen, ihres Vaters Stimme rief: »Vergib mir, Tochter, vergib mir!« Seine heißen Tränen benetzten ihre Wangen. Er führte sie nach Hause, er setzte sich an ihr Bett, er erschöpfte sich in Aufmerksamkeiten. Einmal faßte er ihre Hand und sagte: »Agathe, der Satan hat mich verblendet, daß ich heute zum ersten Male sehe, daß deine Mutter mir in dir noch immer nah ist. Spricht nicht ihre Treue und Milde aus deinen Augen? Ist es nicht ihre Stimme, die so holdselig aus deinem Munde tönt? Agathe, ich bin von heute an dein Vater, sei du meine rechte Tochter!«

7

Eines Morgens, als Leonhard eben aus seiner Kammer trat, hörte er einen schweren Fall, wie vom Boden herunter. Erschreckt sprang er hinzu und fand Agathe ohnmächtig und blutend auf dem Hausflur liegend. Sie hatte auf der Treppe einen falschen Tritt getan und war diese heruntergestürzt. Leonhard hob sie schnell auf, er war ganz blaß geworden und hielt sie noch in seinen Armen, als Zitterlein herzugeeilt kam. Ohne sich um den Zustand Agathens zu bekümmern, fuhr dieser den Gesellen mit rauhen Worten an: »Was soll's? Wer hat Euch gerufen?« Dieser erwiderte ihm im heftigsten

Unwillen: »Was ich in diesem Augenblick getan habe, ist so natürlich, daß Ihr toll sein müßt, wenn Ihr etwas Auffallendes darin finden könnt. Ihr solltet, statt mich zu schelten, den Schnepper holen; seht Ihr nicht, wie Eure Tochter bleicher und bleicher wird, wie sie ganz zusammensinkt?« »Gebt mir meine Tochter und holt Ihr den Schnepper«, antwortete Zitterlein; »sie hätte vorsichtiger sein sollen, dann würde sie Eurer Hilfe nicht bedurft haben.« Dabei riß er mit Ungestüm Agathen aus Leonhards Armen. Dieser eilte schnell fort und holte den Schnepper. »Haltet ihren Arm«, rief er Zitterlein zu, nachdem er zurückgekehrt war, »daß ich die Ader nicht verfehle.« Zitterlein tat es, und zum ersten Mal durfte Leonhard des Mädchens weiche, warme Hand berühren. Die seinige zitterte merklich, und als er am Ende die Ader öffnete, hatte er es wohl mehr dem Glücke als seiner Geschicklichkeit zu danken, daß er die rechte traf. Ihr helles, rotes Blut strömte; er schaute zugleich mit Wollust und Grausen hinein in den rinnenden Strahl. Bald öffnete sie die Augen und blickte ihn freundlich an, als sie ihn so ängstlich um sich besorgt sah. Zitterlein, ohne sich weiter um Leonhard zu kümmern, führte sie sogleich ins Wohnzimmer, um sie dort selbst zu verbinden; sie aber wendete sich an der Tür um und sagte: »Ich danke Euch, lieber Leonhard, für Eure Hilfe.« Leonhad kehrte mit sehr gemischten Gefühlen in seine Kammer zurück. Das feindliche Entgegentreten des Alten hatte ihn besonders heute im tiefsten verletzt, aber zugleich war ihm Agathe noch niemals in einem solchen Lichte der Schönheit aufgegangen wie eben heute. Er verhehlte sich nicht länger, daß er eigentlich nur ihretwegen über acht Wochen bei seinem unheimlichen Meister ausgehalten hatte; er fühlte das Erwachen einer rasenden Leidenschaft für sie in seiner Brust, die er bekämpfen zu müssen glaubte, und wie es denn die Art und Weise des Menschen ist, in solchen Augenblicken gerade denjenigen Entschluß zu fassen, dessen Ausführung mit dem größten Opfer verbunden sein würde – er entschloß sich, die Arbeit bei seinem Meister aufzugeben und es ihm noch an demselben Abend zu sagen. Als seine Geschäfte beendet waren und die Dämmerung anbrach, ging er in das Wohnzimmer. Zitterlein war nicht da, aber Agathe sagte ihm, der Vater werde bald nach Hause kommen, und nötigte ihn zum Bleiben. Er setzte sich ans Fenster. Agathe nahm zum ersten Mal Gelegenheit, ihn zu fragen, wie es ihm in dem Orte gefalle; sie setzte hinzu, daß der Sommer nicht ganz so langweilig verstreiche wie der Winter und daß die Kirmes gewiß auch ihn in den Wirbel munterer Tänze hineinreißen werde. »Dies«, antwortete Leonhard, indem er aus dem Fenster sah, »wird schwerlich geschehen; ich denke in der nächsten Woche weiterzuwandern und will dies Eurem Vater nach Handwerksgebrauch noch heute sagen.« Agathe wurde sichtlich erschreckt, als sie das hörte. »Das tut mir sehr leid, daß Ihr unser Haus so bald wieder verlassen wollt.« Es tat Leonhard unendlich wohl, als er diese Worte aus Agathens Munde vernahm. Er schaute sie an. Sie stand in Gedanken, dann trat sie auf ihn zu und sagte mit bittender Stimme: »Tut's nicht! Betrachtet meinen Vater wie einen Kranken, habt Geduld mit ihm, ich will ihn bitten, freundlich gegen Euch zu sein. Freilich«, setzte sie leise hinzu, »hab ich ihn schon oft genug gebeten.« »Habt Ihr, Agathe, habt Ihr wirklich?« fragte der Jüngling. »Gewiß«, antwortete Agathe und errötete. Da faßte er ihre Hand und sagte: »Agathe, bist du mir gut?« Agathe schwieg, aber sie ließ ihm ihre Hand. Die Tür ging auf, sie wollte ihm die Hand entziehen. Leonhard fragte noch einmal: »Agathe, bist du mir gut?« »Ja, ja«, antwortete sie, »aber laßt mich los, der Vater kommt ja!«

8

Es war ein kalter, stürmischer Abend; es schneite heftig. Zitterlein saß mit seiner Tochter und seinem Gesellen beim Essen, als die Tür langsam aufgemacht wurde. Agathe ging hinaus, um zu sehen, wer da sei; die Stimme eines alten Weibes wurde vernommen, welches dringend um ein Nachtlager bat. Zitterlein wollte gerade aufstehen, als Agathe mit der Fremden ins Wohnzimmer trat. »Vater«, sagte sie, »hier ist eine arme alte Frau, die fast erstarrt ist und kein Obdach zu finden weiß. Ich habe ihr versprochen, daß sie bei uns bleiben soll.« »Ich will ihr lieber einige Groschen geben«, antwortete Zitterlein, »damit kann sie ins Wirtshaus gehen.« Die Alte unterbrach ihn: »Stoßt mich nicht wieder in die gräßliche Kälte hinaus, gönnt mir einen Platz hinter Eurem warmen Ofen, ich will mich mit dem frühesten wieder aufmachen.« Zugleich setzte sie sich mit der Zigeunern und reisenden Hausierweibern, zu welch letzterer Klasse sie zu gehören schien, eigentümlichen Zudringlichkeit auf die Ofenbank, schob den Korb, den sie auf dem Rücken getragen und gleich beim Eintritt ins Haus heruntergenommen hatte, vor sich hin und nahm einige zusammengebettelte Lebensmittel heraus, bei welcher Gelegenheit auch ein Spiel Karten zum Vorschein kam. Als Zitterlein dies erblickte, wurde er plötzlich aufmerksam. Er sagte: »Ihr seid wohl gar eine Kartenlegerin? Legt

Eure Karten auf den Tisch, packt Eure Lebensmittel aber nur wieder ein, habe ich Euch einen Platz hinter meinem Ofen eingeräumt, so will ich Euch auch zu essen geben.« »Ich danke Euch, lieber Herr«, erwiderte die Alte und blinzelte ihn an, »und wenn Ihr kein Verächter meiner edlen Kunst seid, so sollen auch die prophetischen Blätter heute noch reden.« Agathe hatte ihr mittlerweile einen Teller voll warmer Suppe hingesetzt, und sie begann zu essen. Sie aß mit einer ekelhaften Gierigkeit. Zitterlein setzte das Gespräch mit ihr fort: »Ich bin keineswegs ein Verächter Eurer Kunst. Warum sollte das Schicksal, das sich des Mundes manches armseligen Käfers bedient, das sich den nächtlichen Uhu zum Herold ausersah, nicht auch durch das geheimnisvolle Spiel der Karten zu dem Menschen, der immer sieht und nimmer glaubt, reden? Ich weiß, was ich von Eurer Kunst zu halten habe, denn ich selbst habe einmal eine merkwürdige Erfahrung gemacht, von mir werdet Ihr nicht verspottet.« Die Alte mischte ihre Karten, sie murmelte nicht, sie gab sich nicht das gewöhnliche Possenreißer-Ansehen und verbreitete dadurch einen größeren Schein der Wahrhaftigkeit um sich, als durch allen Hokuspokus hätte geschehen können. Sie wandte sich zu Agathe. »Tretet Ihr zuerst heran, schöne Jungfrau«, sagte sie, »Euch steht das ganze reiche Leben noch bevor, Euch werde ich gewiß viel Angenehmes zu verkünden haben, und dies kann ich so selten.« Agathe zog auf ihr Geheiß eine Karte aus. Es war Coeur-Dame. Die Alte breitete die Karten auf den Tisch und fing an zu zählen. »Ei, ei«, rief sie dann wie erstaunt aus, »dies übertrifft meine kühnsten Erwartungen. Seht Ihr? Hier ist der Bräutigam, dort ist Geld, noch mehr Geld – will denn das kein Ende nehmen? Ich gratuliere Euch«, sagte sie zu Zitterlein, »zu Eurem Schwiegersohn.« Zitterlein antwortete ihr nicht, sondern sah sie fest an. »Wollt Ihr nun Euer Glück versuchen«, rief sie Leonhard zu, »so zieht eine Karte aus!« Leonhard tat es mit Lächeln. Die Alte wiederholte das vorige Manöver. »Die Braut, die Braut«, fuhr sie dann mit dem Schein der Überraschung auf, »seht Ihr die Braut? Und bemerkt Ihr wohl«, setzte sie mit einem vielbedeutenden Blicke auf Agathe hinzu, »daß es Coeur-Dame ist?« »Was!« rief Zitterlein ergrimmt dazwischen. Die Alte ließ sich nicht stören. »Hier wohnen wohl lauter Glückliche«, fuhr sie fort, »seht Ihr hier Treff-As, und wißt Ihr wohl, daß diese Karte eine reiche Erbschaft bedeutet?« »Alte«, antwortete Leonhard, »du sorgst dafür, daß ich über Nacht angenehm träume!« Zitterlein war kreideweiß geworden. »Packt Eure Sachen zusammen«, rief er der Alten zu, »es ist Zeit, zu Bett zu gehen.«

9

Agathe hatte dem alten Hausierweib frisches Öl in die Lampe gegossen, ihr Holz und Torf hingelegt, um das Feuer im Ofen damit zu unterhalten, und sie dann, wie ihr Vater schon vorher getan hatte, verlassen. Die Alte, wie sie sich allein sah, horchte an der Tür, ob vielleicht noch jemand im Hause wach wäre; darauf setzte sie sich an den Tisch und zog aus ihrer Tasche ein schmutziges ledernes Beutelchen hervor, dessen Inhalt sie ausschüttete und eifrig überzählte. Dann steckte sie, mit dem Verdienst des Tages nicht besonders zufrieden, den Beutel wieder ein und fing an, zur Zerstreuung in den Karten, die noch auf dem Tische lagen, herumzublättern. Mit einemmal ging die Tür auf und Zitterlein trat leise herein. »Seid Ihr noch wach, Alte?« sagte er, indem er einen starren Blick auf die Karten warf. »Ach, Gott«, antwortete sie und zuckte heuchlerisch die Achseln, »Sorge und Kummer sind unruhige Schlafkameraden.« »Es freut mich, daß Ihr noch wach seid«, fuhr Zitterlein fort, »denn ich muß Euch etwas fragen. Hört, Alte, ich hab es wohl bemerkt, daß Ihr heute abend mit meiner Tochter und meinem Gesellen bloß Euer Spiel getrieben habt, nicht wahr? Es ist so, gesteht es nur!« Die Alte wurde sehr verlegen und schielte Zitterlein von der Seite an, indes sie zugleich wie unwillkürlich die Karten durcheinandermischte. Zitterlein wurde ihre Verlegenheit nicht gewahr, sondern vertiefte sich in die magischen Blätter, die durch die knöchernen Finger des Weibes in immer veränderten Kombinationen hindurchliefen. Als die Alte dies bemerkte, fühlte sie sich ermutigt, sie zweifelte nicht länger, daß Zitterleins Glaube an ihre magischen Künste keineswegs so gering sei, als er sich den Anschein gab. Sie antwortete daher auf seine Frage nur mit einem Seufzer. Zitterlein blickte zu ihr auf, als er den Seufzer hörte. Ihm wurde unheimlich zumute, und er mußte sich förmlich zusammennehmen, als er in hartem Ton zu ihr sagte: »Willst du mir nicht antworten, alte Hexe?« »Lieber Herr«, antwortete die Alte, »ich bin alt und arm, Ihr habt ein Recht, mich zu schimpfen.« »Vergib mir«, erwiderte Zitterlein nach einer langen Pause, »vergib mir meine Härte, aber sieh mir ins Gesicht und gesteh mir, was ich ja doch schon weiß. Sieh, dein warmer Platz hinter dem Ofen soll dir bleiben, und überdies geb ich dir morgen ein gut Stück Geld, gib du mir dann die Wahrheit!« Zitterlein ergriff ihre Hand und sah ihr fast flehend ins Gesicht; der Alten lief eine Regung von Mitleid durch die Seele, aber sie konnte der Lust, wenigstens *einem* Menschen als Repräsentantin der Geisterwelt zu erscheinen, nicht widerstehen; sie antwortete: »Ich kann Euch die geheimnisvolle Schrift nicht lehren, die von unsichtbarer Hand auf diese unscheinbaren Blätter geschrieben ist; ich kann Euch nicht einmal sagen, woher mir das seltsame Verständnis dessen kam, was Tausenden ewig dunkel bleibt, aber Gott weiß, daß ich keine Lügnerin bin.« »Was, was«, schrie Zitterlein laut auf, »Ihr habt meine Tochter wirklich als Braut gesehen, wirklich als Braut?« »Dankt Gott dafür«, entgegnete die Alte, »ich sah schon manches Mädchen als Leiche.« »Ich sähe sie lieber als Leiche«, antwortete Zitterlein fast tonlos und ging schnell aus dem Zimmer. Er kehrte in seine Schlafkammer zurück. In einem daran stoßenden Alkoven schlief seine Tochter. Er setzte sich auf einen Stuhl und stützte den Kopf auf den Tisch. »Also auch verloren!« rief er mit einem gräßlichen Lächeln vor sich hin. Auf dem Tisch lag sein Messerbesteck; er zog ein Messer heraus, es funkelte scharf und blank im Strahl der flackernden Lampe. Er stand auf und blickte auf die Alkoventür, er tat einen Schritt vorwärts, aber da warf er das Messer schaudernd zu Boden und schlug sich mit geballter Faust ins Gesicht.

10

Agathe lag in ihrem Bett, ohne zu schlafen. Sie litt an einem großen Schmerz. Zwei Gestalten drängten sich unaufhörlich vor ihre Seele, Leonhard mit seinem treuen blauen Auge und ihr Vater, ihr armer, mit dem seltsamsten Fluche behafteter Vater. Unglückliches Mädchen, dem Tod und Leben aus *einer* Quelle fließen: Die Liebe, die sich sonst wie ein sanfter Faden durch alle Kräfte und Bestrebungen der jugendlichen Seele schlingt und sie in holder Eintracht zusammenfaßt, ist für dich eine rasende Petarde, die die Grundpfeiler deiner stillen, milden Natur erschüttert und den Abgrund des Lebens vor dir aufwühlt, statt ihn zu verschleiern. Agathe faßte einen Entschluß. Am andern Morgen trat sie zu Leonhard und sagte zu ihm: »Ihr wolltet vor einigen Wochen unser Haus verlassen, und ich bat Euch zu bleiben, ich bitte Euch nicht mehr.« Leonhard schwieg lange still, dann erwiderte er: »Agathe, ich begreife und verstehe Euch und werde gehen. Möge Euch die Kraft zuteil werden, die mir fehlen wird.« »Ich hoffe auf Gott«, antwortete sie. »Wohlan denn«, sagte Leonhard und ergriff ihre Hand, »so sag ich Euch Lebewohl! Euren Vater kann ich nicht sehen, er ist mir zuwider wie ein teuflisches Gespenst. Lebe wohl, Agathe.« Er wollte ihr seine Hand entziehen, aber sie hielt sie fest. Er riß sich los; da warf sie sich ihm laut weinend an die Brust und rief: »Lebe wohl, lebe wohl.« In diesem Augenblick trat Zitterlein aus seiner Schlafkammer. Er hatte seine Waschkanne in der Hand, wütend warf er sie nieder und ergriff Leonhard. Aber ebenso schnell ließ er ihn los und bat ihn um Verzeihung. Gegen Agathe aber ballte er die Hand. »Du! Du!« rief er mit wuterstickter Stimme und faßte sie bei den Haaren. Leonhard, als er dies sah, packte ihn bei beiden Schultern und warf ihn zur Erde. Zitterlein, mit glühendem Gesichte, ohne einen Versuch zu machen, sich an Leonhard zu rächen, stürzte zur Tür hinaus. Agathe hatte sich bleich und zusammengesunken an die Wand gelehnt. »O Gott«, rief Leonhard aus, »warum bin ich in dieses Haus gekommen?« »Ja, warum, Leonhard«, sagte fast tonlos Agathe. »Leb wohl, Agathe«, rief Leonhard dumpf, »ich weiß nicht, wer von uns beiden der Teufel ist, ich oder dein Vater?« »Leonhard, Leonhard! Verlaß mich jetzt nicht«, schrie Agathe laut auf, als jener mit raschen Schritten zur Tür ging, und fiel erschöpft zu Boden.

11

Zitterlein aber eilte fort, als ob er aus der Hölle entflöhe. Ohne Rast und Ruhe, mit unbedecktem Kopf, schlug er den ersten besten Weg ein, der aus seinem Dorf hinausführte; er war keines Gedankens fähig und wanderte ohne Aufenthalt fort. Es war der erste heiße Märztag, die Sonne brannte, und die schwere, dumpfe Atmosphäre verkündete ein Gewitter. Zitterlein gelangte bald in ein seinem Dorfe nahe gelegenes Gehölz; er irrte zwecklos und planlos umher, und als die Nacht hereinbrach, zwang ihn wildes Gesträuch, sich unter einem Baum niederzulegen. Donnergeroll ertönte, schlängelnde Blitze schossen durch die Wipfel der Bäume, die unheimlich die Ouvertüre des aufkommenden Sturmes zu brausen begannen. Zitterlein hatte sich zusammengekauert; die Furcht seiner Kindheit vor den Schauern einer Gewitternacht und den Schauern eines Waldes wurde wieder lebendig in seiner Brust, und er brach in die herzzerreißenden Worte aus: »Und ich bin verbannt aus dem Hause, das ich 20 Jahre lang bewohnte, ich muß übernachten bei Schlangen und Kröten, während meine Tochter ruhig ihre Biersuppe ißt und vielleicht gar mit dem Gesellen fluchwürdige Liebesscherze treibt. O Gott, ist es denn wirklich wahr, was ich schon so lange gefühlt habe – du bist nichts als ein wahnsinniges Traumbild, und selbst die Natur ist eine Lügnerin? Baum und Blatt hält sie zusammen, aber Menschen nimmermehr.« Er verlor sich in diese Gedanken an die grenzenlose Abgeschiedenheit von allem, was er geliebt, gehofft und geglaubt. Seine Seele konnte sie nicht ertragen, und er fiel in einen tiefen, fieberhaften Schlaf. Aber das Bild seiner Tochter zog ihm in marternden Träumen vorüber. Er sah sie lächeln zu seinem unendlichen Schmerze, er sah sie lustwandeln mit Leonhard in einem schönen Garten, während er selbst als verachteter Bettler an der Pforte stand, er sah sie mit ihm, Braut und Bräutigam, zur Kirche wallen, überglücklich und höhnisch auf ihn, der sich in den Kreis der Zuschauer gedrängt hatte, herabsehend; die Orgel, der Chorgesang verstummte, der Prediger trat vor den Altar, er wollte die Einsegnungsworte sprechen. Da sprang er selbst, Zitterlein, mit einem gräßlichen Fluch auf die Braut zu und zog ein Messer, um sie zu ermorden; doch er hatte das Messer ungeschickt gezogen und das Heft gegen seine Tochter gekehrt, die Klinge aber in der Hand behalten; die Tochter war unbeschädigt geblieben, sich selbst hatte er in den Finger geschnitten. Und Leonhard lachte und seine Tochter lachte, das ernste Gesicht des Predigers verzog sich zur höllischen Fratze, von der Orgel, vom Chor meckerten häßliche Stimmen herüber, seltsam gefärbte Flammen ringelten sich durch die Kirche. Aber Zitterlein ergriff mit der linken Hand das Messer und schrie: »Ich will dich doch töten – doch töten –.«

Da erwachte er; alles um ihn her war still, nur rauschten über seinem Haupte die Bäume. Der Mond schien hell. Zitterlein schaute sich um, ob er nicht den Fußsteig, der zu seinem Dorf zurückführte, auffinden könne, und als er ihn gefunden, verfolgte er ihn eilig. Der Nachtwächter rief eben zu eins, als er im Dorfe anlangte; vorsichtig, scheu, sich in die Ecken bergend, sobald er Fußtritte vernahm, schlich er die Straßen entlang. Bei seinem Hause sprang er über die niedrige Gartenhecke und nahte sich mit leisen Schritten dem Fenster, welches aus dem Schlafalkoven seiner Tochter in den Hof hinausging. Ehe er noch das Fenster erreicht hatte, zog er sein Taschenmesser hervor, dann lauschte er hinein. Eine Lampe stand auf dem Tische, Agathe saß an demselben. Sie hatte den Kopf gestützt, und ihre verweinten Augen waren auf das nämliche Fenster geheftet, hinter welchem der unglückliche Vater, über dessen Ausbleiben sie sich ängstigte, lauschend stand. Zitterlein wollte klopfen, aber ein Blick in das Auge seiner Tochter lähmte ihm die Hand; er glaubte, daß aus der Tiefe dieses Auges ihm noch ein anderes Auge kalt und drohend entgegenstarre, das Auge seines toten Weibes; eiskalte Schauer durchrieselten ihn. »Auch dies kann ich nicht, auch dies nicht«, rief er aus, »bin ich denn tot?« Und mit gespenstischer Eile verließ er den Garten, stürzte durch die Straßen und rannte wie am Morgen, um nicht wieder zurückzukehren.

12

Ein volles Jahr später ging in dem Haus des Barbiers Zitterlein zum ersten Male wieder ein Festtag auf. Agathe und Leonhard wandelten Hand in Hand zur Kirche, der Prediger legte ihre Hände zusammen und rief auf diejenigen, die den Segen des verschollenen Vaters entbehrten, den Segen Gottes herab. Agathen stürzten die hellen Tränen aus den Augen, als der würdige Geistliche sie mit ergreifenden Worten ermahnte, sich nun endlich dem heitern Genuß der Gegenwart hinzugeben und nicht mehr unter den Gräbern der Vergangenheit zu nachtwandeln. Als sie nach Hause kamen, fiel sie Leonhard weinend um den Hals. »Ach«, rief sie aus, »mir ist, als hätten wir in diesem Augenblick eine schwere Sünde begangen.« Leonhard führte sie sanft zu einem Stuhl und erwiderte nichts; er stellte sich ans Fenster und sah gedankenlos hinaus. Ihm war, als müßte er sich verfluchen, weil er ihren Schmerz nicht genug geehrt und sie in wilder Begier zu einem Schritt beredet hatte, der sonst wohl menschlich und rein war, diese zarte Natur aber ins Verderben stürzen mußte. Doch Agathe, als sie die Bewegung bemerkte, die in seinem Innern vorging, trat auf ihn zu und sagte: »Mein Leonhard, sei ruhig, wir dürfen nur *einen* Gedanken haben: Gott!«

13

Friede, Friede,
Ach, für Müde
Welch ein süßer Klang!
Wenn ich dich nur nenne,
Mein' ich, ich erkenne
Deinen leisen Gang,
Fühle deinen Odem,
Der mich sanft umspielt
Und den Schmerz beschwichtigt,
Der mein Herz durchwühlt!
Friede, Friede,
Ach, du süßer Klang!

»Noch einmal, noch einmal«, rief ein armer alter Mann in ganz zerlumptem Rock, dem die Tränen über die Wangen flossen. Aber der Orgelspieler, der dieses Lied an einem stillen Abend auf dem Marktplatz zu F. ableierte, musterte beim Schein der Laterne die Gesichter seiner Zuhörer, und als er bemerkte, daß sein rührender Hymnus diese gelangweilt hatte, kehrte er sich wenig an jenes *da capo* des gerührten Bettlers, sondern begann die gar grausige Romanze:

Es war ein Mädchen, stolz und schön,
Doch nimmer zur Liebe geneigt,
Es kam manch blühender Freiersmann,
Doch keiner von allen erlangen kann,
Daß sie sich freundlich bezeigt.

Da klopft es einmal um Mitternacht
An Mägdleins Fensterlein an,
Es war ein Jüngling in dunkler Nacht,
Sie zittert, doch hat sie ihm aufgemacht,
Als wär's ihr eigener Mann.

Er schließt sie stumm in den dünnen Arm,
Er raubt ihr Kuß auf Kuß,
Sie weint, doch kann sie nicht widersteh'n,
Sie glaubt in Ketten und Banden zu geh'n,
Er schreitet zum letzten Genuß.

Er legt sie schweigend aufs weiche Bett,
Sie wehrt ihm mit keinem Laut,
Und als er sein frevelhaft Tun vollbracht,
Da ruft er höhnisch: »Gut Nacht, gut Nacht,
Du bist des Teufels Braut!«

Als der Orgelspieler geendigt hatte und das alte Weib, welches neben ihm stand, mit ihrem Teller herumging, drängte der Alte sich durch die Menge; wahnsinnig, mit fast starrem Gesicht griff er nach der Hand des Orgelspielers und rief: »Ich bitte Euch, sagt mir um Gottes willen, ist das wahr? Hat sich das ereignet?« Der Orgelspieler erwiderte nichts, er schaute den Alten verwundert an, aber das alte Weib, welches die seltsame Frage ebenfalls gehört hatte, kehrte sich um und sagte mit ihrer unangenehmen, krächzenden Stimme: »Allerdings hat sich dies gewiß und wahrhaftig zugetragen in der Schweiz, in dem Lande, wo die hohen Berge und die tiefen Abgründe sind und wo die arme Jungfrau noch sitzen soll, zu Eis erstarrt auf einer der höchsten Alpenspitzen. Was in unsern Liedern steht, ist alles wahr.« Zitterlein – eben dieser war der Bettler – fühlte sich wie von einem Todespfeile getroffen, als er die Stimme des alten Weibes vernahm; sie war ja die Zigeunerin, die er einst in seinem Hause beherbergt und die ihm sein grauenhaftes Schicksal vorausgesagt hatte. Er wagte nur einen Blick in ihr gelbes, schmutziges Gesicht, und als er sah, daß sie die häßlichen, vertrockneten Lippen bewegte, eilte er mit schnellen Sprüngen von dannen, denn es schien ihm, als ob eine ganze Legion böser Geister in ihren stechenden Augen lauere und als ob sie jetzt im Begriff wäre, ihn zu ermorden durch gräßliche Worte.

Er setzte sich nieder auf eine Bank, die in einer öffentlichen Allee stand; der einförmige Orgelklang und die Romanze des Orgelspielers, die er vor einem andern Hause wiederholte, schollen gespenstig zu ihm hinüber. Aber als er sie noch einmal gehört hatte, war es ihm, als wäre er selbst, die Welt, alles, was ihn umgab, verwandelt, als dürfe er einen tiefen Blick tun ins innerste Getriebe des Lebens. Fromme Gefühle des Glaubens, ja sogar der Sehnsucht und Hoffnung erwachten in seiner Brust; er blickte zu den ewigen Sternen auf, und es war ihm, als rief der kühle Nachtwind, der seine glühende Wange streifte, ihm zu: »Es waltet ja doch ein Gott, der die armen Menschen und auch dich lieb hat und ihre Wunden gerne heilte, aber der Teufel ist mächtiger als er, fühlt du das denn nicht?« – »Ja, ich fühle es«, rief Zitterlein aus, »vergib mir, du gütiger Gott, daß ich mich so grausam an dir versündigte! Ich fühl' es auch, daß meine arme unglückliche Tochter unschuldig ist – der Teufel hat sie, wie jene Jungfrau in der Schweiz, in Bande geschlagen, und was vermag menschliche Kraft gegen diesen? O ich Tor, der ich dies nicht längst empfunden, der ich es nicht einmal geahnt habe, als ich mit ruhelosen Mordgedanken vor ihrem Fenster stand und eine unsichtbare Macht mich abhielt, die gräßliche Tat zu vollführen! Mein Gott war mir nah. Heil mir, daß ich ihn jetzt erkenne.« Der Orgelspieler ging mit der Alten an ihm vorüber. Zitterlein nahm den letzten zusammengebettelten Groschen aus der Tasche; er drückte ihn der Alten in die Hand und sagte: »Vergebt mir die Sünde, die ich heute abend an Euch begangen habe; Ihr wart mein Engel, und ich konnte Euch für einen Dämon halten. Aber der Teufel hatte mit mir sein Spiel.« »Was ist das für ein Mensch?« fragte der Orgelspieler seine Begleiterin, indem sie weitergingen. »Ein Verrückter«, antwortete die Alte und lachte. Zitterlein hörte diese Worte und erstarrte. »Bin ich ein Verrückter?« fragte er und schwieg dann, als ob er von sich selbst die Antwort erwartete. »Aber nein, nein«, rief er nach einer Pause, »ich bin verrückt *gewesen*, darin mag die alte recht haben, vollkommen recht, doch jetzt erkenn' ich ja meinen Gott und weiß, was ich tun muß.«

14

Agathe saß eines Abends am Tische und strickte. Sie wartete auf ihren Mann. Da ging die Haustür, und ehe sie vom Stuhl aufstehen konnte, wurde auch die Stubentür aufgemacht. Ein alter Mann in zerrissenem Rock trat herein. Agathe schrie laut auf: »Mein Vater!« »Dein Vater, liebe Agathe«, antwortete Zitterlein, »den du gewiß nicht vergessen hast!« Dabei setzte er sich auf einen Stuhl. Agathe schaute ihn an; sie konnte für die Gefühle, die sie bestürmten, keine Worte finden. »Du bist verheiratet, liebe Tochter?« fuhr Zitterlein fort, »ich hörte es eben und hatte es erwartet.« »Ja, Vater«, sagte Agathe und senkte die Augen zu Boden. »Fürchte keine Vorwürfe«, begann Zitterlein nach einer Pause, »du konntest nicht anders, du fühltest bloß die Schlingen, aber du kanntest den nicht, der sie dir legte!« Durch diese Worte wurden die Hoffnungen, welche in Agathens Brust bereits erwacht waren, völlig wieder zerstört. Sie seufzte tief. »Aber ich zittre gar nicht für dich«, sagte Zitterlein mit Zuversicht, und ein letzter Anflug von Röte kehrte auf seine Wangen, »denn du bist auf ewig geschieden von deinem furchtbaren Verführer in dem Augenblick, wo ich dir ihn nenne. Fürchte dich nicht, liebe Tochter, Gottes Gnade ist unendlich. Du bist des Teufels Weib.« »Vater«, rief Agathe und starrte ihn an in sprachlosem Entsetzen. »Des Teufels Weib«, wiederholte Zitterlein ruhig, »aber nun komm, meine Tochter, nun komm mit mir, daß nicht Leib und Seele verlorengehen, hier zeitlich und dort ewiglich.« In diesem Augenblick trat Leonhard in die Stube. Zitterlein stürzte wütend auf ihn zu, aber nachdem er einige Schritte vorwärts getan, stand er plötzlich still, als ob er sich besonnen hätte. Er bekreuzigte sich schnell und rief: »Im Namen des Vaters, des Sohnes und des Heiligen Geistes, hebe dich weg, Satan!« Leonhard, den Zitterlein erst jetzt erkannte, blieb regungslos an der Tür stehen, er wußte nicht, ob er träume oder wache. »Siehst du«, rief Zitterlein seiner Tochter zu, »siehst du, daß er nicht näher treten darf?« Er trat dicht vor Leonhard hin und sagte: »Dein Grinsen, dein Zähnefletschen erschreckt mich gar nicht, obgleich die menschliche Larve, die du angenommen hast, es nur schlecht verbirgt. Im Namen des Gekreuzigten, der die Hölle überwand, hebe dich fort von hier!« Agathe warf sich auf die Knie nieder und betete mit lauter Stimme zu Gott, daß er ihrem Vater die verwirrten Sinne erhellen möge. »Was betest du, Agathe?« fragte Zitterlein sie und schauerte zusammen. Ein Kind schrie. Agathe stand auf und ging zur Wiege. *»Ein Kind,* Agathe«, sagte Zitterlein, »hast du ein Kind?« »Ja, Vater, seht mein Kind«, antwortete Agathe ihm und nahm das kleine holde Wesen aus der Wiege, dem noch der süße Traum um die Wange spielte, aus dem es eben erwacht sein mochte. »Ein Kind«, wiederholte Zitterlein fast tonlos und wandte den Blick von Leonhard ab, der sich noch immer an die Tür lehnte, verloren in den unermeßlichen Jammer. »Ein Kind! Ewige Natur!« wiederholte Zitterlein noch einmal und schaute dem Kind ins Auge. Das kleine Kind erschrak vor dem fremden wilden Manne, dessen Blicke es zu durchbohren suchten. »Ein Kind wie andere Kinder«, sagte Zitterlein dumpf vor sich hin, »keine höllische Flamme im Blick, keine satanischen Züge, und Kinder kommen von Gott! Bin ich denn verrückt? – – Ja, ja, ich bin verrückt, die Alte sagte es ja auch! Schickt mich ins Irrenhaus!« Ohnmächtig sank er zu Boden.

ANNA

»Himmel blau und mild die Luft,
Blumen voll von Tau und Duft,
Und am Abend Tanz und Spiel,
Das ist mehr als allzuviel!«

Lustig sang dies an einem hellen Sonntagmorgen Anna, die junge Magd, während sie zugleich aufs fleißigste mit Reinigung der Küchen- und Milchgeschirre beschäftigt war. Da ging im grün-damastenen Schlafrock der Freiherr von Eichenthal, in dessen Diensten sie seit einem halben Jahre stand, an ihr vorüber, ein junger verlebter Mann, voll Hypochondrie und Grillen. »Was soll das Gejohle«, herrschte er, indem er vor ihr stehenblieb, ihr zu, »Sie weiß, daß ich keine Leichtfertigkeiten leiden kann!« Anna erglühte über und über, sie erinnerte sich, daß der gestrenge Herr sie vor einigen Abenden in der Gartenlaube gern leichtfertig gefunden hätte, sie hatte ein scharfes Wort auf der Zunge, griff aber, es mit Gewalt unterdrückend, nach einer weißporzellanenen Suppenterrine und ließ diese, in heftigem Kampf mit der ihr eigenen Unerschrockenheit begriffen, zu Boden fallen. Das kostbare Geschirr zerbrach, der Freiherr, der bereits einige Schritte vorwärts getan hatte, kehrte zornglühenden Gesichts um. »Was?« rief er laut aus und trat dicht vor das Mädchen hin, »will Sie Duckmäuserin an meiner Mutter Küchengerätschaften Ihr Mütchen kühlen, weil Ihre Verstocktheit es Ihr nicht erlaubt, einen wohlverdienten Vorwurf ruhig hinzunehmen, wie sich's geziemt?« Und damit gab er ihr rechts und links, scheltend und tobend, Ohrfeigen über Ohrfeigen, während sie ihn, erstarrend, wie ein Kind, der Sprache, ja fast der Sinne beraubt, in der einen Hand noch den Henkel der Terrine haltend, die andere unwillkürlich gegen die Brust drückend, ansah. Aus diesem, an Ohnmacht grenzenden Zustand wurde sie erst durch das spöttische Gelächter des Kammermädchens Friederike erweckt, die, gefälliger wie sie, es sich gern gefallen ließ, daß der Freiherr, lüstern tändelnd, sie in die Wangen kniff und mit ihren Locken spielte. Höhnisch schaute die freche Dirne zu ihr hinüber und rief ihr zu: »Das gibt guten Appetit für die Kirmes, Jungfer Männerscheu.« Der Freiherr aber stemmte, laut lachend, die Arme in die Seite und sagte: »Laß Sie sich das Gelüste nach Tanz und Spiel nur vergehen; ich nehme die von meiner Mutter erteilte

Erlaubnis zurück, Sie soll das Haus hüten. – Gibt's denn heute nichts für sie zu tun?« fuhr er, mit sich selbst ratschlagend, fort. Friederike flüsterte einiges. »Richtig«, rief er überlaut, »sie soll Flachs hecheln, bis spät in die Nacht, hört Sie's?« Anna, in gänzlicher Verwirrung, nickte mit dem Kopf und sank dann kraftlos auf die Knie, ergriff aber zugleich instinktartig ein messingnes Gefäß und begann, während ihr die Tränen heiß und unaufhaltsam aus den Augen drangen, es blankzuscheuern. Da ging der Gärtner, der ihr, frisch und blühend, wie sie war, längst, aber vergebens nachgestellt und den vorigen Auftritt von ferne angesehen hatte, an ihr vorbei, grüßte sie und fragte hämisch, wie's ihr gehe. »O, o!« stöhnte sie, krampfhaft zusammenzuckend, sprang auf und packte den hohnsprechenden Buben bei Brust und Gesicht. »Rasende!« rief er erschreckend und stieß sie, sich ihrer mit aller Manneskraft erwehrend, zurück. Sie, als wüßte sie selbst nicht, was sie getan, starrte ihm nach mit weit aufgerissenen Augen; dann, wie sich besinnend, ging sie wieder an ihre Arbeit, die sie unterbrochen, nur zuweilen unbewußt laut aufseufzend, fortsetzte, bis man sie mittags zum Essen in die Küche rief. Hier sah sie sich empfangen von lauter schadenfrohen Gesichtern und von mehr oder minder unterdrücktem Gelächter und Gekicher, welches, da sie mit brennenden Wangen auf ihren Teller niederblickte und zu allen reichlich vorgebrachten Anspielungen kein Wort sagte, immer stärker und rücksichtsloser ward. Die Mägde, teilweise schon im Putz, neckten sich in unverkennbarem Bezug auf sie gegenseitig mit den Liebhabern, die sie gefunden hatten oder zu finden hofften, und der breitnasige Küchenjunge, durch Großknecht und Kutscher mit Augenzwinkern zu dieser Frechheit aufgemuntert, fragte Anna, ob er nicht ihre rotgeblümte Schürze sowie den buntbebänderten Hut, den des Majors Bedienter Friedrich ihr zu Weihnachten geschenkt, leihen dürfe; sie werde ja in der Flachskammer diese Sachen entbehren können, und er hoffe, sich ein Mädchen, dem es an Putz fehle, dadurch geneigt zu machen. »Bube«, rief sie aus mit blassen, bebenden Lippen, »ich will dir, wenn du krank liegst und von niemandem beachtet wirst, keine Milchsuppen wieder kochen«; schob ihren Teller zurück und ging, die leeren Wassereimer ergreifend, um sie, wie es ihr zukam, frisch aus dem Brunnen zu füllen, hinaus. »Pfui«, sagte Johann, ein alter Diener, der, im Dienst seines Vaters grau geworden, bei dem Freiherrn von Eichenthal das Gnadenbrot genoß, »es ist unrecht, der Dirne Essen und Trinken durch gallige Reden zu verderben!« – »Ei«, versetzte der Gärtner, »der schadt's nicht, sie ist so hochmütig, seit der Friedrich, der dünnleibige

Speichellecker, hinter ihr herläuft, als ob ein Edelmann angebissen hätte!« – »Hochmut kommt vor dem Fall!« sagte Liese, die kleine dralle Köchin, mit einem zärtlichen Blick auf den phlegmatischen Großknecht, »wißt ihr, daß sie sich schnürt?« – »Warum auch nicht hochmütig«, sagte der Kutscher, »ist sie doch des Schulmeisters Tochter!« Friederike, das Kammermädchen, trat mit erhitztem Gesicht in die Küche. »Ist die Anna nicht hier«, fragte sie, sich die Stirn mit dem seidenen Taschentuch trocknend, »der gnädige Herr hat sich eben zu Bett gelegt, er war sehr spaßhaft« – hier hustete sie, weil die anderen sich mit bedeutenden Blicken ansahen und lachten – »und ich soll ihr sagen, daß sie gleich mit dem Flachshecheln beginnen und« – dies setzte sie eigenmächtig hinzu – »vor zehn Uhr nicht Feierabend machen soll!« – »Ich will's ihr schon ausrichten, Rike!« versetzte Liese. Friederike tänzelte wieder fort. »Ob die sich nicht auch schnürt?« fragte der Großknecht. »Pst! Pst!« wisperte Johann und klimperte verlegen mit seiner Gabel auf dem Teller. Anna trat mit ihrer Tracht Wasser in die Küche. »Anna«, begann Liese geschäftig, »ich soll dir sagen« – – »Ich weiß schon Bescheid«, erwiderte Anna trocken in festem Ton, »ich bin dem Boten begegnet. Wo hängt der Schlüssel zur Flachskammer?« – »Drüben am Nagel!« versetzte die Köchin und zeigte mit dem Finger auf die Stelle. Anna, gelassen, weil im Innersten zerschlagen, nahm den Schlüssel und ging, während die übrigen sich zu ihren Koffern begaben, um dort vor einem Dreigroschenspiegel den Anzug zu vollenden, hastig in die Flachskammer, deren Fenster auf Schloßhof und Landstraße hinausgingen. Sie setzte sich, das Gesicht gegen die Fenster gewendet, so, daß sie alle Fröhlichen, die aus dem Dorfe auf die Kirmes zogen, sehen und ihre muntern Gespräche hören konnte, an die Arbeit, die sie in dumpfer Emsigkeit begann und, wenn sie auch zuweilen in unbewußtes Hinbrüten versank, doch sogleich aus diesem, wie vor Schlangen- und Tarantelstich, schreckhaft auffahrend, mit verstärktem, ja unnatürlichem Eifer fortsetzte. Nur einmal während des ganzen langen Nachmittags stand sie von ihrem niedrigen, harten Blockstuhl auf, und zwar, als ihr Mitgesinde auf bequemem, von raschen Pferden gezogenen Leiterwagen den Schloßhof hinunterjagte; aber laut auflachend, wie zu eigener Verspottung, setzte sie sich wieder nieder und trank, obwohl sie in all der Hitze und all dem Staub durstig ward, daß ihr die Zunge am Gaumen klebte, nicht einmal den Kaffee, den ihr um vier oder fünf Uhr die alte Brigitte, die bei einer Gelegenheit wie die heutige für die Mägde das Haus zu hüten pflegte, mitleidig gebracht hatte. Als die Nacht allmählich hereinbrach, ging sie, ohne sich die wild ums Gesicht herunterhängenden Locken zurückzustreichen, in die Küche, wo sie, auf Brigittens freundliche Einladung, dort zu bleiben und eine leckere Pfanne voll gebratener Kartoffeln mit ihr zu verzehren, nichts erwidernd, ein Licht aus dem Lichtkasten nahm und sich dann mit diesem, es mit darüber gehaltener Hand vor dem Zugwind schützend, in die Flachskammer zurückbegab. Nicht lange dauerte es, so klopfte es bei ihr ans Fenster, und als sie die Tür öffnete, trat Friedrich, über und über schwitzend, mit Hast herein. »Ich muß doch sehen«, sagte er, fast außer Atem und sich die Weste aufreißend, »sie flüstern allerlei!« – »Du siehst!« erwiderte Anna schnell, dann aber stokkend und steckte ihren Busenlatz, der sich etwas verschoben hatte, fest. »Dein Herr ist ein Hundsfott!« brauste Friedrich auf und knirschte mit den Zähnen. »Ja, ja!« sagte Anna. »Ich möcht ihm begegnen, drüben am Abhang«, rief Friedrich, »oh, es ist entsetzlich!« – »Wie heiß bist du«, sagte Anna, indem sie sanft seine Hand faßte, »hast du schon getanzt?« – »Wein hab' ich getrunken, fünf, sechs Gläser«, versetzte Friedrich, »komm, Anna, zieh dich an, du sollst mit, jedem Teufel zum Trotz, der sich dreinlegen will.« – »Nein, nein, nein!« sagte Anna. »Ja doch«, fuhr Friedrich auf und legte seinen Arm um ihren Leib, »doch!« – »Ganz gewiß nicht!« erwiderte Anna leise, ihn innig umschlingend. »Du sollst, ich will's«, rief Friedrich und ließ sie los. Anna ergriff, ohne etwas zu antworten, die Hechel und sah vor sich nieder. »Willst du oder nicht?« drängte Friedrich und trat dicht vor sie hin. »Wie könnt ich?« entgegnete Anna, indem sie, ihm vertrauensvoll in die Augen sehend, ihre Hand aufs Herz legte. »Gut, gut«, rief Friedrich, »du willst nicht? Gott verdamme mich, wo ich dich wieder seh!« Wie rasend stürzte er fort. »Friedrich«, schrie Anna ihm nach, »bleib doch, bleib einen Augenblick, horch, wie der Wind braust!« Sie wollte ihm nacheilen, da streifte ihr Kleid das niedrig auf einen Eichenklotz gestellte Licht; es fiel herunter und entzündete den schnell in mächtiger Flamme auflodernden Flachs. Friedrich, von Wein und Zorn berauscht, zwang sich, wie dies in solchen Augenblicken wohl geschieht, ein Lied zu singen, während er in die sehr unfreundlich gewordene Nacht hinausschritt; in wilder Lustigkeit drangen die wohlbekannten Töne zu Anna hinüber. »Ach! Ach!« seufzte sie aus tiefster Brust. Da erst bemerkte sie, daß die Kammer schon halb in Feuer stand. Mit Händen und Füßen schlagend und tretend, warf sie sich in die gefräßigen Flammen, die ihr heiß und brennend entgegenschlugen und sie selbst verletzten. Dann rief sie – Friedrichs Stimme verklang eben in weiter Ferne in einem letzten

Hallo – »Ei, was lösch ich, laß, laß!« und eilte, die Tür mit Macht hinter sich zuwerfend, mit einem gräßlichen Lachen hinaus, unwillkürlich den nämlichen Weg durch den Garten einschlagend, den Friedrich gegangen war. Bald aber, auf einer Wiese, die zunächst an den Garten stieß, sank sie kraftlos, fast ohnmächtig zusammen und drückte, laut stöhnend, ihr Gesicht ins kalte, nasse Gras. So lag sie lange Zeit. Da ertönten dumpf und schrecklich von nah und fern die Not- und Feuerglocken. Sie richtete sich halb auf, doch sah sie sich nicht um; aber über ihr war der Himmel blutrot und voll von Funken; eine unnatürliche Wärme verbreitete sich, von Minute zu Minute zunehmend; Geheul und Gebrause des Windes, Geprassel der Flammen, Wehklage und Geschrei. Sie legte sich wieder der Länge nach am Boden nieder, ihr war, als ob sie schlafen könne, doch schreckte sie im nächsten Augenblick aus diesem, dem Tode ähnlichen Zustand die Rede zweier Vorübereilenden wieder auf, von denen einer ausrief: »Herr Jesus, es brennt schon im Dorf!« Jetzt, mit Riesenkraft, raffte sie sich zusammen und eilte mit fliegenden Haaren in das hart an die brennende Seite des Schlosses stoßende Dorf hinunter, wo die leicht Feuer fangenden Strohdächer bereits an mehr als einer Stelle in lichten Flammen aufschlugen. Immer gewaltiger erhob sich der Wind, die meisten Einwohner, Kinder und alte, schwächliche Personen ausgenommen, waren über vier Meilen entfernt auf der Kirmes; die elenden Feueranstalten hätten den zwei verbündeten furchtbaren Elementen ohnehin, auch wenn die nötige Mannschaft zur Stelle gewesen wäre, nur eitlen Widerstand leisten können, es fehlte sogar, denn der Sommer war ungewöhnlich trocken, an Wasser. Unglück, Gefahr, Verwirrung wuchs mit jeder Minute; ein kleiner Knabe rannte umher und schrie: »Ach Gott, ach Gott! Mein Schwesterlein!« Und wenn man ihn fragte: »Wo ist deine Schwester?« so begann er, als ob er, jedes klaren Gedankens unfähig, die Frage nicht verstanden hätte, von neuem sein Entsetzen erregendes Geschrei. Eine alte Frau mußte mit Gewalt gezwungen werden, ihr Haus zu verlassen; sie jammerte: »Meine Henne, meine arme kleine Henne«, und in der Tat war es rührend anzusehen, wie das Tierchen in dem erstickenden Rauche ängstlich von einer Ecke in die andere flatterte und sich dennoch, weil es in bessern Zeiten gewöhnt sein mochte, die Schwelle nicht zu überschreiten, von seiner Herrin selbst nicht durch die offene Tür ins Freie hinausscheuchen ließ. Anna, mit der Tollkühnheit der Verzweiflung, weinend, schreiend, sich die Brust zerschlagend, dann wieder lachend, stürzte sich in jede Gefahr, rettete, löschte und war allen anderen zugleich Gegenstand des

Erstaunens, der Bewunderung und unheimliches Rätsel. Zuletzt, als man in allgemeiner Kleinmütigkeit selbst die Hoffnung aufgab, dem Feuer, das immer weiter um sich griff und das ganze Dorf mit der Einäscherung bedrohte, Einhalt tun zu können, sah man sie in einem brennenden Hause auf die Knie sinken und mit gerungenen Händen zum Himmel emporstarren. Da rief der Pfarrer: »Um Gottes willen, rettet das heldenmütige, brave Mädchen, das Dach schießt herunter!« Anna, seine Worte hörend, bleckte ihm, noch immer auf den Knien liegend, mit einer Gebärde des heftigsten Abscheus die Zunge entgegen und lachte ihn wahnsinnig an. In diesem Augenblick erschien Friedrich, der sie nur kaum in der entsetzlichen Todesgefahr erblickte, als er, bleich werdend wie eine Wand, auf das den Einsturz drohende Haus zustürzte. Sie aber, ihn sogleich gewahrend, sprang erschreckt auf und rief: »Laß! Laß! Friedrich! Ich bin schuld, dort – dort –.« Und mit der Hand auf die Gegend zeigend, wo das Schoß lag, eilte sie, um jegliche Rettung unmöglich zu machen, die schon brennende Leiter, welche zum Boden des Hauses führte, hinauf. Die Leiter, bereits zu stark vom Feuer versehrt, brach unter ihr, zugleich aber schoß, eine Flammenmauer bildend, das Strohdach herunter; man hörte noch einen durch Mark und Bein dringenden Schrei, dann ward's still.

Der Freiherr von Eichenthal kam. Sowie Friedrich ihn erblickte, eilte er auf ihn zu und stieß ihn, bevor der Freiherr sich seiner erwehren konnte, mit dem Fuß vor den Leib, daß er rücklings zu Boden schlug; dann ließ er die Bauern, die sich auf Befehl des Schulzen seiner Person zu bemächtigen suchten, ruhig gewähren.

Als der Freiherr am anderen Morgen erfuhr, was sich mit Anna begeben hatte, befahl er, ihre Gebeine aus dem Schutt hervorzusuchen und sie auf dem Schindanger zu verscharren. Dies geschah.

EINE NACHT IM JÄGERHAUSE

Kommen wir denn nicht bald nach D?« rief Otto ungeduldig seinem Freunde Adolf zu und fuhr heftig mit der Hand nach seiner linken Wange, weil er sich an einem Zweig geritzt hatte, »die Sonne ist längst hinunter, die Finsternis kann kaum noch größer werden, und die Beine wollen mich nicht mehr tragen.« – »Ich glaube, daß wir uns verirrt haben«, entgegnete Adolf kleinmütig, »wir müssen uns wohl darauf gefaßt machen, die Nacht im Walde zuzubringen!« – »Das habe ich längst gedacht«, versetzte Otto ärgerlich, »aber du weißt allenthalben Bescheid, auch da, wo du nie gewesen bist. Hungrig bin ich auch, wie der Wolf, wenn er ein Schaf blöken hört.« – »Ich habe noch eine Semmel in der Tasche!« erwiderte Adolf, indem er danach zu suchen begann, »doch nein«, setzte er sogleich hinzu, »ich habe sie dem ausgehungerten Schäferhunde zugeworfen, der uns im letzten Dorf vorüberschlich.«

Eine lange Pause, wie sie nur dann unter Studenten möglich ist, wenn sie bis aufs Blut ermüdet sind, trat ein. Die Freunde wanderten, sich beide gereizt fühlend und sich beide dieser Kleinlichkeit schämend, bald stumm, bald pfeifend, nebeneinander hin. »Nun fängt's auch noch zu regnen an!« begann Otto endlich wieder. »Wer eine Haut hat, fühlt es«, versetzte Adolf, »aber wenn mich mein Auge nicht täuscht, so seh' ich drüben ein Licht schimmern!« – »Ein Irrlicht, was wohl anders!« sagte Otto halblaut, »es wird hier an Sümpfen nicht fehlen!« Dessenungeachtet verdoppelte er seine Schritte. »Wer da?« rief Adolf und stand auf einmal still. Es erfolgte keine Antwort. »Ich meinte Fußtritte hinter uns zu hören!« sagte er dann. »Man verhört sich leicht!« entgegnete Otto.

Währenddessen waren sie an ein einsam gelegenes Haus gelangt. Sie traten unter die Fenster und schauten hinein. Ein weites, ödes Zimmer zeigte sich ihren Blicken; die schlechten Lehmwände hatten ihre ehemalige Kalkbesetzung zum Teil verloren, einige Strohstühle standen umher, und über dem halb niedergebrochenen Ofen hingen zwei Pistolen nebst einem Hirschfänger. Im Hintergrund saß an einem Tisch ein altes Weib, zahnlos und einäugig, zu ihren

Füßen lag ein großer Hund, der sich mit seinen ungeschlachten Pfoten zuweilen kratzte.

»Ich denke«, begann Adolf nach vollbrachter Musterung, »wir nehmen unser Quartier lieber unter einem Busch als in dieser Höhle. Es sieht ja ganz verflucht darin aus!« Otto hatte dieselbe Äußerung auf der Zunge gehabt. Wie aber in solchen Stunden des äußersten Mißbehagens der Mensch sich zu beständigem Widerspruch aufgelegt fühlt, setzte sich seine Meinung schnell in ihr Gegenteil um, und er erwiderte spöttisch, daß er ein altes Weib nicht eben furchtbar fände und in der Tat nicht wisse, warum sie nicht hineingehen sollten. »Es beliebt dir«, versetzte Adolf scharf, »mich mißzuverstehen. Die Alte sitzt gewiß nicht unsertwegen da, sie wartet auf Gäste, und welcher Art diese sind, ist schwer zu sagen. Sieh nur, wie sie sich das Auge, das ihr von der letzten Schlägerei her übrigblieb, reibt, um den Schlaf, der sie beschleicht, zu verscheuchen, und wie sie das zahnlose Maul verzieht! Eine Schenke ist's ohnehin, denn drüben in der Ecke stehen Flaschen und Gläser. Aber, wie du, so ich.«

Bevor Otto etwas erwidern konnte, erscholl hinter beiden ein scharfes: »Guten Abend!« und eine Mannsgestalt wurde in dem schwachen Lichtschimmer, der durchs Fenster drang, sichtbar; kurz, gedrungen, mit Augen, die verschlagen und listig von dem einen zum andern wanderten, den Jägerhut tief in die Stirn hinabgedrückt. »Sie haben sich ohne Zweifel verirrt«, fuhr der Unbekannte fort, »und suchen ein Unterkommen für die Nacht. Danken Sie dem Himmel, daß ich gerade von meiner Streiferei zurückkehre, meine alte Mutter hätte Sie nicht aufgenommen. Wenn Sie vorliebnehmen wollen, so folgen Sie mir; etwas besser als hier draußen werden Sie's in der Bodenkammer finden, die ich Ihnen einräumen kann. Bier und Brot steht zu Diensten, und eine Streu zum Schlafen läßt sich aufschütten!«

Der Hund schlug an, und die Alte stand auf und schleppte sich mit schweren Schritten zum Fenster. »Ich bin's!« rief der Jäger. »Du, mein Sohn?« erwiderte sie in näselndem Ton und öffnete langsam die inwendig verschlossene Tür. »Nur immer herein!« sagte der Jäger mit zudringlicher Höflichkeit zu den Freunden. Sie folgten seiner Einladung nicht ohne Widerwillen, Otto zuerst. Sobald sie die Schwelle überschritten hatten, schloß der Jäger mit sonderbarer Hastigkeit die Tür hinter ihnen ab, während die Alte, ihre Brille zurechtrückend, sie unfreundlich betrachtete. »Noch nicht da?« fragte der Jäger, indem er sie ins Zimmer hineinnötigte, seine Mutter, aber so leise, daß nicht sie, die schwerhörig sein mochte, nur Otto ihn verstand. Flüsternd trat er nun mit der Alten in eine Ecke, und mehr als einmal flog ein häßliches Lachen über sein Gesicht. Die Alte ging, einen seltsamen Blick auf die späten Gäste werfend, hinaus und kehrte bald darauf mit Bier, Brot und Käse zurück. Der Jäger schob zwei Stühle an den Tisch; sie lud, sich umsonst zur Freundlichkeit zwingend, mit stummen Gebärden zum Zulangen ein. Hungrig, wie sie waren, ließen die Freunde es sich schmecken; mittlerweile nahm der Jäger die über dem Ofen hängenden Pistolen herab, lud sie, ohne sich an das Befremden seiner Gäste zu kehren, mit großer Förmlichkeit, schüttete sogar Pulver auf die Pfanne und steckte sie zu sich. Stillschweigend ergriff er nun die Lampe und führte die Freunde eine Leiter hinauf in eine alte Bodenkammer hinein, wo sie bereits ein Strohlager vorfanden. Mit einem kurzen: »Gute Nacht!« wollte er sich jetzt wieder mit der Lampe entfernen; beide erklärten ihm aber gleichzeitig ihren Wunsch, mit Licht versehen zu werden. »Mit Licht?« fragte er verwundert, »es tut mir leid, aber Sie werden bei mir schlafen müssen, wie man im Grabe schläft, nämlich im Dunkeln. Meine Mutter hat selten eine Kerze zu Hause, und der Lampe bedürfen wir selbst, um – um« – »Um?« fragte Otto, da er stockte. »Um den Abendsegen zu lesen, natürlich«, versetzte er, »nur die Gelehrten wissen ihn auswendig. Doch wer weiß, vielleicht ist das Glück günstig, und wenn sich nur noch ein Stümpfchen Licht auftreiben läßt, so bringe ich Ihnen die Lampe wieder herauf.«

Der Jäger ging und ließ die Freunde im Dunkeln. »Was meinst du?« sagte Otto zu Adolf. »Wir werden entweder gar nicht oder sehr lange schlafen!« versetzte dieser ernst. »Ist dort nicht ein Fenster im Dach?« fragte Otto. »So scheint's«, erwiderte Adolf, »ich will doch untersuchen, ob man's öffnen kann.« Er tappte zum Fenster und bemühte sich, es aufzumachen. In demselben Augenblick trat der Jäger wieder mit der Lampe ein. Mit finsterem Gesicht rief er Adolf zu: »Das Fenster hat die Klinke nur zum Staat, es ist von außen vernagelt, auch sind eiserne Stangen angebracht, wie ich glaube; an frischer Luft wird's dennoch nicht fehlen, denn drei Scheiben sind entzwei!« Er ging zur Tür zurück, kehrte sich aber noch einmal um und sagte: »Wenn unten auch noch dies und das vorfällt, so lassen Sie sich nur nicht stören, Sie wird niemand beunruhigen!« – »Was gibt's denn noch so spät?« fragte Adolf heftig. »Ei nun«, versetzte der Jäger spöttisch, »eine Waldschenke hat bei Nacht den meisten Zuspruch!« – »Aber sicher ist man doch?« rief Adolf ergrimmt aus. »Jedenfalls sind wir mit Waffen versehen!« bemerkte Otto mit erkünstelter Ruhe. »Das freut mich!« entgegnete der Jäger laut lachend und warf die Tür hinter sich zu, daß die Pfosten bebten und das Fenster krachte. »Harras«, rief er draußen, »paß auf!« Der Hund lagerte sich knurrend, dann gähnend hart vor der Tür. »Abgeriegelt!« sagte Otto zu Adolf. Dies ward, da die Tür wirklich mit einem Schubriegel versehen war, leicht vollbracht. »Gottlob, daß die Lampe einen hinreichenden Vorrat Öl enthält«, sprach Adolf und leuchtete in der Kammer umher, »nun wollen wir sehen, ob sich unter all dem Gerümpel, das hier wüst durcheinanderliegt, nicht ein Knüttel oder was es sei finden läßt, der uns zur Verteidigung dienen kann.«

Jetzt begannen sie die Musterung der vielen in der Kammer aufgeschichteten Sachen. Otto fiel ein alter Kalender in die Hände, den er nur aufnahm, um ihn gleich wieder von sich zu schleudern. Adolf griff nach ihm und durchblätterte ihn. Nach einigen Minuten ließ er ihn mit leichenblassem Gesicht zur Erde fallen und sagte: »Nun weiß ich, wo wir sind. Dies ist das Mordloch des« (er nannte einen in ganz Deutschland berüchtigten Missetäter, der erst vor einem halben Jahre in der Universitätsstadt, wo die Freunde ihren Studien oblagen, wegen vielfacher Mordtaten enthauptet worden war), »sein Name ist in den Kalender eingeschrieben, und vermutlich sind wir die Gäste seines Sohnes.« – Sich den Tod mit allen seinen Schrecken und Geheimnissen lebhaft denken, ist schon der halbe Tod. In voller Glut des jugendlich überschäumenden Daseinsgefühls, das, kaum entfesselt, ungestüm durch alle Adern braust und für die Ewigkeit auszureichen scheint, plötzlich und ohne vorbereitenden Übergang am Rande des vom Meuchelmord aufgeworfenen Grabes stehen, ist gewiß des Entsetzlichen Entsetzlichstes. Die Seele zieht sich zusammen, wie ein Wurm sich zusammenzieht im Schatten des schon erhobenen Fußes, der ihn zu zertreten droht; von allen ihren feurigen Wünschen bleibt ihr nur der einzige, noch einmal, dem Wurm gleich, tierisch und ohnmächtig wütend, ihre Lebenskraft und Lebensfähigkeit durch eine letzte Äußerung derselben, durch einen Stich oder einen Schlag am Mörder selbst dartun. Laut auf jubelten die Freunde, als sie, hinter Brettern versteckt, ein rostiges Beil erblickten, im Triumph zogen sie es hervor und schwangen es, einer nach dem andern, ums Haupt.

»Siehst du«, sagte Adolf, »es ist mit Blut befleckt!« – »Bespritzt«, entgegnete Otto schaudernd, »wie eine Schlachteraxt! Adolf, an eine solche Nacht dachten wir nicht, als wir heute morgen ausgingen, um uns einen vergnügten Tag zu machen. Die Sonne schien so hell und freundlich, ein frischer Wind spielte mit unsern Locken, und wir sprachen von dem, was wir nach drei Jahren tun wollten!«

»Wer pocht?« fuhr Adolf auf und ging, das Beil zum Schlage emporhaltend, eilig zur Tür. »Es ist der Hund, der sich kratzt!« bemerkte Otto. »Du hast recht«, versetzte Adolf, »das faule Tier schnarcht schon wieder laut. Komm, wir wollen uns auf unser Lager setzen und die Lampe auf jenen Block stellen!« Sie taten dies stillschweigend, Otto blätterte in dem Kalender und las eine Heiligenlegende, die er enthielt, Adolf sah mit unverwandtem Gesicht in den hellen Schein der Lampe hinein. »Es ist doch schauerlich«, sagte er nach einem langen Stillschweigen, »an einer Stelle zu sitzen, wo Mord vielleicht mehr als einmal an einem harmlosen Schläfer sein fürchterliches Geschäft verrichtete, während unten wahrscheinlich das Messer geschliffen wird, das uns in der nächsten Stunde die eigene Brust durchbohren soll. Ging nicht die Haustür?« – »Offenbar«, entgegnete Otto, gespannt aufhorchend, »auch höre ich ein Geräusch wie von verhaltenen Fußtritten; die Helfershelfer stellen sich ein!«

»Mir lieb«, sagte Adolf und sprang rasch auf, »ich mag auf nichts warten und am wenigsten auf den Tod!« – »Wir sind unsrer zwei«, versetzte Otto, »und sie sollen erst die Leiter hinauf. Ich denke, alles geht noch gut. Freilich gegen Schießgewehr – die Leiter knarrt, sie kommen, auf, ihnen entgegen!«

Mit schnellem Ruck schob Otto den Riegel der Tür zurück und wollte hinaustreten. Der Hund fletschte grimmig die Zähne und trieb ihn wieder hinein. Da ertönte die Stimme des Jägers. »Pfui, Harras!« rief er hämisch, »laß die Herren; wenn sie deinen Schutz zurückweisen, so dränge du ihn nicht auf!« Der Hund ließ die Ohren hängen und schlich gehorsam auf die Seite, Adolf ergriff die Lampe und trat an die Leiter. »Noch nicht eingeschlafen?« fragte der Jäger. »Was wollt Ihr noch?« entgegnete Adolf. »Ja, was nur gleich?« versetzte, anscheinend verlegen, der Jäger, »irgend etwas war's doch!« – »Ihr seid mir verdächtig!« rief Adolf, und sein Gesicht sprühte Flammen. »Dann sind Sie wohl irgendwo Amtmann?« erwiderte der Jäger, »die Herren Amtleute können meine Nase nicht ausstehen, sie sagen, sie sei schief; finden Sie's auch?« – »Kerl!« rief Adolf, trat so weit vor, als er konnte, und setzte die Lampe auf den Boden. »Kein Schimpfwort«, versetzte der Jäger heftig, »ich glaube es Ihnen auch so, daß Sie von dem Holz sind, aus dem man Geheimräte schnitzt. Aber«, fuhr er, den alten Ton wieder annehmend, fort, »schieben Sie die Lampe etwas weiter weg, ich habe Husten, und wenn ich die Flamme aushustete, so wäre es so schlimm, als hätte ich sie ausgeblasen. Sie sehen mich, wie es scheint, nicht gern oben? Nun, dann tun Sie mir den Gefallen und füllen Sie mir dies Maß aus der Kiste, die neben dem Schornsteine steht, mit Hafer für meinen kranken Gaul. Ei, da haben Sie ja ein Beil! Wenn Sie das in der Tasche als Waffe bei sich führten, so muß sie geräumig sein!« Otto tat an Adolfs Statt, was der Jäger begehrte. Er zog sich hierauf zurück, die Freunde gingen wieder in die Kammer, auch der Hund nahm seinen alten Platz aufs neue ein.

»Eine wunderliche Nacht!« sagte Otto zu Adolf, »am Ende ist der Gauner doch allein im Hause, die Spießgesellen sind ausgeblieben, und er leistet, da die Überrumpelung ihm mißlang, auf die Ausführung des Bubenstücks Verzicht.« – »Möglich«, erwiderte Adolf und sah nach seiner Uhr, »aber noch ist's früh.« Ein Schuß fiel. Gleich darauf entstand ein sonderbares Geräusch vor dem Dachfenster. »Wer da?« rief Adolf und leuchtete mit der Lampe hin. Er brach in lautes Lachen aus, denn er erblickte das philisterhaft-vernünftige Gesicht eines Katers, der, wahrscheinlich durch den Schuß erschreckt und vom Licht angezogen, emporgekrochen war und ihn anfangs, von dem hellen Schein der ihm so nah gebrachten Lampe geblendet, unter possierlichen Gebärden anstierte, dann davonsprang. Bald hernach hörten sie unten einen schweren Fall, wie von einem lebendigen Körper, den plötzlich ein Messerstich hinwirft. Dröhnende Schritte ließen sich vernehmen, dazwischen die näselnde Stimme des alten Weibes. »Wie steht's?« fragte sie. »Tot!« antwortete der Jäger dumpf und stieß einen Fluch aus. »Jesus Christus!« rief die Alte rauh und gellend. Es wurde wieder still. Die Freunde wußten nicht, was sie aus dem Vorgang machen sollten.

Sie setzten sich aufs Bett. Jeder hing seinen Gedanken nach. Endlich verfielen sie, da alles stumm und lautlos blieb, in einen unruhigen Schlummer. In diesem Zustand halben Wachens und halben Träumens kam es Otto zuletzt vor, als ob er die Lampe erlöschen sähe. Hastig fuhr er auf, glaubte sich aber getäuscht zu haben, da er das von der Lampe verbreitete Dämmerlicht noch fortdauern sah. Da bemerkte er mit unaussprechlicher Freude, daß die Morgensonne rot und golden ins Fenster schien, und weckte den finster aussehenden, schlafenden Freund, der, das Beil noch fest umklammernd, auf die Streu zurückgesunken war. »Was gibt's?« rief Adolf und sprang auf. »Sieh, sieh!« sagte Otto und führte ihn zum Fenster. »Gelobt sei Gott!« sprach Adolf, »ich hatte einen häßlichen Traum. Ich glaubte schon in Italien zu sein und ging durch einen Wald. Da sprang ein Trupp zerlumpter Gesellen aus dichtem Gebüsch hervor und drang unter wildem Geschrei zu Raub und Mord auf mich ein. Ich, in der Todesgefahr, rufe: ›Hackt denn eine Krähe der andern die Augen aus? Ich bin euresgleichen, seht hier den Beweis!‹ Dabei zieh ich den kleinen, biegsamen Dolch, den ich, wie du weißt, auf der Frankfurter Messe von einem jüdischen Trödler gekauft habe. Die Räuber schenken meiner Rede keinen Glauben und lachen mich aus. Nun kommt plötzlich auf stattlichem Roß ein zweiter Reisender daher, und einer aus dem Trupp tritt vor mich hin und spricht: ›Du bist, was wir sind? Gut, wir nehmen dich unter uns auf, nun geh und mach an jenem dort dein Probestück! In dem Augenblicke wecktest du mich, und jetzt erinnere ich mich, daß dies die alberne Geschichte ist, die mein verstorbener Oheim so oft als ihm begegnet erzählte und die ich ihm niemals glaubte, weil die Frage nach dem Ausgang des verwickelten Handels ihn immer in Verwirrung brachte.«

»Wir wollen diese Nacht und ihre Träume vergessen«, sagte Otto, »und uns dem vollen, frischen Gefühl des Lebens hingeben, ohne Maß, wie einem Rausch! Zum erstenmal dürfen wir es als ein, wenn nicht erworbenes, so doch durch Wachsamkeit und Vorsorge erhaltenes kostbares Gut betrachten, nicht mehr als bloßes Geschenk!« Adolf drückte ihm warm und kräftig die Hand. Jetzt erscholl die Stimme der Alten, die mit Andacht ihr Morgenlied absang. Deutlich vernahm man die fromme Gellertsche Strophe:

Wach auf, mein Herz, und singe
Dem Schöpfer aller Dinge,
Dem Geber aller Güter,
Dem treuen Menschenhüter!

Unwillkürlich stimmten die Freunde mit ein und stiegen die Leiter hinunter. Am Fuß derselben trat ihnen, freundlich grüßend, der Jäger entgegen. Sein Gesicht kam ihnen bei weitem nicht mehr so unangenehm vor wie am Abend vorher und in der Nacht. Sie waren schon geneigt, ihm in ihrem Herzen Abbitte zu tun, da bemerkten sie aufs neue jenen boshaften Zug um den Mund und jenes verdächtige Lächeln, und der Mensch wurde ihnen widerlicher denn je. Er entschuldigte sich, daß er sie noch spät habe stören müssen. »Freilich«, setzte er hinzu, »konnte ich nicht wissen, daß Sie mit offenen Augen schliefen, wie die Hasen, und mich, so leise ich auftrat, hören würden.« Dann führte er sie in das Wohnzimmer, wo die Alte bereits mit Bereitung eines Kaffees beschäftigt war, dessen aromatischer Duft ihnen kräftig und stärkend entgegendrang. Schweigend, wie sie es der Klugheit gemäß erachten mußten, genossen sie diesen. Hierauf erkundigten sie sich bei dem Jäger, der seinen Hund wusch und kämmte, nach ihrer Schuldigkeit. Lakonisch und ohne aufzusehen, versetzte er, er habe sich schon bezahlt gemacht. »Fehlt dir etwas von deinen Sachen?« fragte Adolf, der sich nicht länger halten konnte, seinen Freund mit Spott. Als dies Otto verneinte, sagte er zu dem Jäger: »Auch ich habe das Meinige beisammen, darum nennt die Zeche!« – »Meine Herren!« rief der Jäger und leerte, an den Tisch tretend, ein Glas Bier, »ich will nicht länger Versteckens mit Ihnen spielen. Sie lagen die Nacht hindurch auf der Folter, und die Folter hat man umsonst!« – »Eine Aufrichtigkeit sondergleichen!« versetzte Adolf und sah Otto an. »Nicht wahr«, fuhr der Jäger fort, »ich irrte mich nicht? Ich bin in Ihren Augen, was der Blutmann in den Augen der Kinder ist?« – »Ganz recht, mein Freund«, sagte Adolf und klopfte ihn mit unterdrücktem Grimm auf die Schulter, »Ihr seid der rechte Sohn Eures Vaters!« – »Das versteh ich nicht«, entgegnete der Jäger und erglühte über und über, »aber dies versprech ich mir, nicht ohne Schamröte sollen Sie mein schlechtes Haus verlassen. Sehen Sie die alte Frau dort, die Ihnen gestern abend Brot und Bier brachte und heut morgen den Kaffee? Es ist meine Mutter! Sie hat keine Zähne mehr; auch von den Ihrigen werden Sie zweiunddreißig vermissen, wenn Sie einmal siebzig Jahre zählen. Sie ist einäugig, aber nur, weil die Hand eines bösen Buben ihr das linke Auge ausschlug, als sie in ihrer einsamen Hütte überfallen wurde und ihres Mannes sauer verdienten Sparpfennig nicht gutwillig hergeben wollte. Und nun hören Sie! Ich stand gestern abend schon hinter Ihnen, als Sie, ins Fenster schauend, meine arme Wohnung betrachteten, und wollte Sie eben, zuvorkommend, wie es sich geziemt, zum gastlichen Eintritt einladen, da begannen Sie Ihre schnöden Bemerkungen über meine Mutter, die mich um so mehr verdrossen, je besser ich es mit Ihnen im Sinne gehabt hatte. Hitzig, wie ich bin, hätte ich auf der Stelle, verzeihen Sie, daß ich es sage, mit meinem derben Eichenstock dreinschlagen mögen, aber ich ließ den bereits erhobenen Arm wieder sinken, denn mir kam der Gedanke einer gründlicheren Rache, ich nahm mir vor, Sie zur Strafe für Ihren ungerechten Verdacht in der Phantasie alles Schreckliche durchempfinden zu lassen, das Sie in Wirklichkeit bei mir getroffen hätten, wenn ich gewesen wäre, wofür Sie mich halten zu dürfen glaubten. So trat ich denn mit meiner Einladung zu Ihnen heran, suchte Sie aber, sobald ich Sie im Bereich meiner vier Pfähle sah, durch Zweideutigkeiten aller Art zu den schlimmsten Vermutungen aufzuregen und konnte dies um so eher die halbe Nacht hindurch fortsetzen, als mich ohnehin die Pflege meines kranken Gauls, der leider um ein Uhr tot hinfiel, nicht ans Bett denken ließ.« – »Also war es«, unterbrach Otto den Jäger, »der Tod des Gauls, den Ihr Eurer Mutter auf ihre Frage, wie's stünde, verkündetet?« – »Auch das haben Sie gehört?« versetzte jener, »nun, der Zufall hat mir besser gedient, als ich ahnen konnte! Wahrlich, daran dachte ich nicht, aller Mutwille verging mir, als ich das schöne treue Tier, das ich erst vor wenigen Wochen um teuren Preis erstand, zusammenbrechen und die vier Füße von sich strekken sah, ich schüttete den Hafer über den toten Körper aus und warf das Maß an die Wand, daß es zerbrach!« – »Seid Ihr«, fragte Adolf, »nicht der Sohn des –?« Er nannte den Namen des schon erwähnten berüchtigten Mörders, den er mit eigenen Augen hatte köpfen sehen. »Heiliger Gott, nein«, erwiderte der Jäger entsetzt, »wie kommen Sie zu einer solchen Frage?« – »Ein alter Kalender«, warf Otto ein, »den wir oben fanden, veranlaßte diesen Irrtum, der uns in der Nacht mit Grauen erfüllte und ohne den Euer Plan gewiß nicht so gut geglückt wäre.« – »Was in der Kammer alles liegen mag«, versetzte der Jäger, »weiß ich nicht, ich habe mich noch nicht darum kümmern können, denn ich bin erst seit kurzem im hiesigen Revier angestellt und habe bis auf weiteres in dieser Mordhöhle, die nächstens eingerissen und an deren Stelle ein ordentliches Haus aufgeführt werden soll, Quartier nehmen müssen.« – »Ihr seid ein braver Mann«, rief Adolf aus und legte seine Börse auf den Tisch, »nehmt das als Beisteuer zu einem neuen Gaul!« Otto wollte in studentischer Unbekümmertheit um den nächsten Tag dasselbe tun, doch der Jäger schob das Geld zurück und sagte: »Ich nehme keinen Pfennig, es ist genug, wenn wir uns gegenseitig vergeben!«

DER SCHNEIDERMEISTER NEPOMUK SCHLÄGEL AUF DER FREUDENJAGD

Wenn dir, lieber Leser, in der Augustinergasse der Stadt München um die Zeit, wo ein ordnungliebender Bürger ins Bierhaus zu gehen pflegt, nämlich in der Winterabend-Dämmerung zwischen vier und fünf Uhr, ein Mann von untersetzter Statur begegnen sollte, an dem dir ein ungewöhnlich großer Mund mit trefflichem Gebiß und ein plötzliches Stehenbleiben nebst der damit verbundenen scharfen Musterung deiner Rückseite auffällt, so fürchte nur nicht etwa, daß es ein Gauner sei, dem dein sorgloses Schlendern böse Gedanken einflößte; es ist kein anderer als der ehrsame Schneidermeister Nepomuk Schlägel, der in dem Albrecht-Dürer-Hause zu Nürnberg geboren und erzogen, aber noch nie, sei es auch nur für eine Nacht, auf die Wache gesetzt, geschweige in ein Gefängnis gebracht wurde, und bloß um sich zu ärgern, bloß um sich zu sagen: Was sind das Stiefel! Welch ein Rock gegen den deinigen, Nepomuk, und ein silberner Knopf auf dem Stock! schenkt er dir seine Aufmerksamkeit. Langsam schreitet er die Straße entlang, und sein spürender Blick weiß an jedem Vorübergehenden einen Vorzug aufzufinden, der ihm die Galle rege macht; an dem alten Bettler dort, der sich ermüdet an die Ecke lehnt, wird ihm die blautuchene Hose, die dem fast Erstarrten zu Mittag ein mitleidiger Student zuwarf, gewiß nicht entgehen, wohl aber, daß sie einige Löcher hat; der Stelzfuß selbst, der eben pfeifend vorüberstapft, gibt ihm zu einem Fluch Grund genug, denn er denkt: Es wäre die Frage, ob du ein hölzernes Bein bezahlen könntest, wenn du, wie der da, das fleischerne einbüßtest. Als er einmal vom Lande einen Dieb einbringen sah, verdroß es ihn sehr, daß der kränkliche Mensch, den der Arzt für den Fußtransport zu schwach befunden hatte, auf einen Leiterwagen gepackt war, und er fragte einen Bekannten giftig, ob er glaube, daß man ihn in gleicher Lage ähnlich behandeln würde; ich würde es für ein Wunder halten, wenn ihm nicht selbst der Raubmörder, der kürzlich durch Vermittlung des Scharfrichters das Zeitliche mit dem Ewigen gesegnete, durch irgend etwas zum Murren über die Ungerechtigkeit und Stiefmütterlichkeit des Glücks gegen ihn, den vernachlässigten, immer hintangesetzten Schneidermeister, Anlaß gegeben hätte. Eben begegnet ihm sein einziger Kunde, der Unteroffizier, dem er zuweilen die Zivilhose flickt, weil keiner seiner Kollegen sich aus gerechtem Kleidermacherstolz damit befassen will. Nepomuk grüßt ihn, aber unmöglich könnte ein Prinz von Geblüt den kahlen Hut des Schneidermeisters mit größerem Abscheu berühren, als der Schneidermeister selbst, er scheint ihn nur abzuziehen und zu schwenken, um ihn von sich zu schleudern. Jetzt tritt er in einen Bäckerladen, nicht, um Brot einzukaufen – Geld hat er nicht –, sondern weil er gehört hat, die reiche Tante des Bäckers, den er noch von seinen Gesellenjahren her kennt, sei gestorben und habe dem Manne ihr Vermögen hinterlassen; nun will er kondolieren und gratulieren, und hofft dabei zu erfahren, daß alles, zum wenigsten das Beste, nämlich die Erbschaft, erstunken und erlogen sei. Bettelkinder könnt er durchprügeln, weil sie ihn nicht anbetteln; woher weiß das Gesindel – denkt er –, daß ich ein Lump bin; könnte ich nicht auch ein Sonderling sein, ein Engländer, der sich aus Grillenhaftigkeit in nichtswürdige Kleider steckt? Was hat der Kerl für Schultern und Fäuste – ruft er aus, indem er in die laute, vom Steinkohlen-Feuer lustig und hell erleuchtete Werkstatt eines Schmiedes hineinlauscht, und auf den riesenhaften Gesellen, der eben den schweren Hammer schwingt, grollende Blicke wirft –, ich glaube, er könnte den Amboß zerschmettern wie Glas, wenn er wollte. Aus dir, Nepomuk, hätte nie ein tüchtiger Schmied werden können, denn du bist aus Lappen zusammengepfuscht; pfui über die Wirtschaft! – Dem liebenden Paare, das, innig in sein süßes Geschwätz verloren, vorüberschleicht, folgt er auf dem Fuß, nicht aus Neugier, oder um es zu stören, sondern um sich bei Laternenlicht aus des Mädchens Gesicht die Impertinenz zu abstrahieren, mit der sie ihn würde ablaufen lassen, falls er sich zum Seladon antrüge; daß ich längst ein Weib habe, denkt er, sieht mir keine an, aber wohl, daß ich häßlich bin wie die Nacht. »Jung freilich, aber jungfräulich?« ruft er dann und schießt vorbei. Einer alten Frau, die die Gosse zur rechten Hand hat, rennt er gegen den knöchernen Arm, damit sie ihm seine krummen Säbelbeine und den Ansatz zum Höcker vorwerfe, oder doch wenigstens, falls sie wider sein Vermuten nicht zu jenem streitbaren Korps gehört, das bei Tage Äpfel oder Fische feilbietet, seine Tölpelhaftigkeit. Wenn der Pudel, der, auf seiner Abendpromenade begriffen, eben, ein Bild der personifizierten Zufriedenheit, die Straße herunterkommt, dem Schneidermeister nicht beizeiten ausweicht, so versetzt er ihm gewiß einen derben Stoß mit dem Fuße, denn das wohlbeleibte Tier ist Schlägel, dem nichts der Art entgeht, schon eine Minute lang ein Dorn im Auge. Solch eine Kreatur – denkt er –, die die Garderobe mit auf die Welt bringt, frißt und säuft und macht sich Pläsier, und krepiert zuletzt ohne Qual und Krankenbett. Der Pudel stiehlt sich, geschickt und hurtig am herausgerückten Tisch in einer offenen Metzgerbude aufspringend, eine Groschenwurst; »Heda, halt!« – ruft Nepomuk – diebische Hunde – brummt er dann mit einem Ingrimm, als ob er selbst bestohlen wäre – sollten so gut aufgeknüpft werden wie Menschen, die das siebente Gebot nicht respektieren; warum haben sie mehr Recht zu einer schlechten Aufführung wie ich? Dem Fleischer, der gerade, die messingne Brille auf der Nase, in der Bairischen Landbötin liest, ist das crimen entgangen; Nepomuk macht ihm schleunige Mitteilung und lächelt, da jener verdrießlich die Nachtmütze ins Gesicht schiebt und einen Fluch ausstößt, an diesem Abend zum ersten Mal. »Das Kind hat die Wassersucht!« – sagt er zu einer Magd, die einen blassen, weinerlichen, in dicke Tücher eingewickelten Knaben über die Straße trägt – »schützt der Doktor noch immer ein heilbares Übel vor? Drei Brüder verlor ich daran!« »Also der ist richtig davongekommen!« – ruft er und biegt, um seinem ehemaligen Schulkameraden, dem schon aus der Ferne gutmütig mit der Hand grüßenden Seifensieder, nicht zu begegnen, in ein Nebengäßchen ab – ja, das sag ich ja nur, der Kerl, so schmächtig er scheint, ist aus Eisen gegossen, jeder andere, zum Beispiel ich, erliegt hitzigen Gallenfiebern, wenn sie ihn packen, ihn ficht's nicht an, er darf schon wieder in der Abendluft herumlaufen, obgleich sie wahrlich rauh und kalt ist; nun, ich will mich nicht erbosen, wenn ich mich auch nicht darüber freuen kann, daß der einzige Zeuge meines ersten und letzten Tuchdiebstahls, denn an die Wiederholung ist nicht zu denken, da niemand etwas Neues bei mir machen läßt, just ein Katzenleben hat! Es ist ihm völlig recht, daß der rußige Schornsteinfeger mit seinen weißen Augen, der gerade, die lange schmutzige Leiter unterm Arm und den Kehrbesen in der Hand, aus einem Winkel hervortritt, ihm im engen Gäßchen beim besten Willen nicht auszuweichen vermag; verfluchter Kittel – denkt er und wirft auf seinen Rock einen schnöden Seitenblick –, dir geschieht, was dir gebührt! Einem weinenden blondhaarigen Mädchen von sieben Jahren, das den Sechsbätzner, wofür es das Nachtbier holen sollte, verloren hat und sich nicht zum jähzornigen Vater zurückgetraut, gibt er, statt der Münze, die das Kind für die Erzählung seiner Jammergeschichte erwartet, den Rat, ein andermal die Hand fester zuzuhalten und sich nicht wieder am Juwelierladen durch Betrachtung der blitzenden Goldsachen und Edelsteine zu zerstreuen; er möchte des Strafamts wegen wohl auf eine Viertelstunde Vater zum Mädchen sein. Einige Wonne würd er spüren, wenn einmal plötzlich unter seinen Augen ein großes Verbrechen – ein Totschlag wäre groß genug – begangen würde, er müßte aber zu spät kommen, um die Tat zu verhüten, und früh genug, um den Missetäter der Gendarmerie zu überantworten. So war, da einst in einem Dorf, wo er übernachtete, Feuer ausbrach, niemand geschäftiger, schrecklichen, das heißt erschreckenden, Lärm zu machen und die Sturmglocke zu läuten, als Nepomuk, nachdem er sich vorher überzeugt hatte, daß das Löschen bei dem starken Winde und der Gebrechlichkeit der Spritzen unmöglich sei. Ebenso ist er jeden Sonnabend der erste, der der alten, halb blinden Tischlerswitwe, die neben ihm in einem elenden Dachkämmerlein wohnt und leidenschaftlich in der Zahlenlotterie spielt, weil sie Sarg und Leichenhemd gern herausbringen möchte, mit zuvorkommender Dienstfertigkeit es anzeigt, daß ihre Nummern wieder ausgeblieben sind. Die schönste Militärmusik beim Aufziehen der Hauptwache am Schrannenplatz ergötzt ihn zuweilen sehr, aber nur dann, wenn es grimmig kalt ist oder viel Schnee fällt, so daß den Spielleuten die Finger erstarren; jetzt – denkt er – wissen sie doch, wofür der König sie löhnt. An Theaterabenden versäumt er selten, sich vor dem Schauspielhause einzufinden. Es verdrießt ihn, daß das Haus nie bei einer Oper, wie es doch in anderen Städten schon geschah, in Flammen aufgeht, denn das wäre ein Schauspiel, das in seinen Augen jedes sonstige überträfe, und ein römisch-unentgeltliches obendrein. Auch ist es ihm nicht angenehm, daß so selten Ohnmächtige oder Epileptische herausgebracht werden. Doch entschädigt ihn manches, z. B. an einer Equipage junge hitzige Pferde, die der Hafer so sticht, daß sie nicht stehen oder gar durchgehen wollen, während die Herrschaft aussteigt; ein plötzlicher Regenguß, der Damen, die das Parapluie vergaßen, bis auf die Haut einnäßt; auch wohl ein leichtfüßiger Elegant, der die Stufen gar zu schnell und gar zu anmutig hinaufhüpfen will, weil die artige Kusine seine Grazie bewundern soll, und der dabei schmählich ausglitscht. Wenig beneidet er übrigens Standespersonen, die ins Schauspiel fahren, namentlich durchaus nicht den Hof, aus demselben Grunde, warum er dem Vogel seine Flügel und dem Himmel seine Sterne nicht mißgönnt, dagegen ergrimmt er gegen alles, was Parterre und Galerie füllt, denn – sagt er – da hinein gehörte ich so gut wie andere, wenn's in der Welt nicht so liederlich herginge. Von Mitleid empfindet er eigentlich so viel wie gar nichts, wenn ein armes Riegelhäubchen, dem der Geliebte, ein Maler und Anstreicher, für den Freischütz ein Billett geschenkt hat, den kahlen Strickbeutel beim Eintritt ins Haus umsonst danach durchsucht, und zuletzt mit Entsetzen entdeckt, daß die Schatullenmäuse aus Hunger oder Langeweile ein Loch hineingefressen haben. Es empört ihn, daß Theaterbediente unsterblich sind, wie er sich hyperbolisch ausdrückt; der Wanst da mit der roten Nase, der an der Kasse sitzt – sagt er –, wird, wie ein Schwein, mir vor den Augen von Tag zu Tag fetter, und doch verschluckt er mehr Zugluft als die Flöhe in meinem Ärmel! Wenn junge Herren, die nur ins Theater eintreten, um es in einer Szene, die alles spannt, mit Geräusch wieder zu verlassen, anbettelnden Gassenbuben die Contremarke verweigern, weil sie sich keine geben ließen, so vergnügt's ihn einigermaßen. Ließe sich bei der Aufmerksamkeit des zahlreichen Aufsichtspersonals an ein Einschleichen nur irgend denken, so hätte Nepomuk es längst versucht, nicht, um sich an Schiller oder Kotzebue zu delektieren – er verlacht beide, und das Publikum, das sich durch sie täuschen läßt, obendrein –, sondern um sich zu sagen: Also die kleine geschminkte Wachspuppe da ist Mamsell die und die, die dafür, daß sie hopst oder das Gesicht verzieht und sich stellt, als ob sie weinte, dreitausend Gulden einstreicht, und der zum Barbier herausstaffierte Narr ist Herr der und der, dem man seine Triller und Läufer, seit ihm viertausend nicht mehr genug sind, mit sechstausend bezahlt! Festtage sind wahre Leckertage für ihn. Am heiligen Weihnachtsabend kann er sich's nicht versagen, stundenlang Gasse nach Gasse, die freundliche, im Glanz der menschlich und göttlich schönsten Jahresfeier schimmernde Stadt, der Gustav Adolph einst Räder wünschte, um sie nach Schweden hinüberschaffen zu können, zu durchstreifen. Dann ergeht er sich in erheiternden Phantasien, denkt zuweilen: Wie wär's, wenn jener Läufer dich suchte, weil er dich in die Residenz zur Tafel bitten soll, schämt sich aber bald des materiellen Gelüstes, und malt sich's aus, wie es den Konditor, an dessen prangendem Laden ihn eben sein Weg vorbeiführt, überraschen würde, wenn er ihm plötzlich die Fenster einwürfe; wär ich der Teufel, denkt er, so macht ich mir doch den Spaß, in jedem Hause, sowie man sich zum Schmarotzen niedersetzte, die Lichter auszublasen und den Tisch umzustoßen, oder ich verwandelte auch den Wein in ein abführendes Dekokt und den Braten in unverdauliches Sohlleder; ja daraus, daß so etwas nie geschieht, schließt er fast, daß es gar keinen Teufel gibt. Neujahr ermuntert er mutwillige junge Leute eifrigst zum Freudenschießen, teils, weil es von der Polizei verboten ist, teils, weil es den unvorsichtigen Schützen oft die Hand kostet oder doch einen Finger. Am Oktoberfest hält er sich am liebsten in der Nähe des sogenannten Rettungszelts für Verunglückende auf, hat aber selten die Satisfaktion, einen Erquetschten, vom Pferde Gestürzten oder sonst Beschädigten hineinbringen zu sehen, und schimpft darum das ganze Fest eine Lumperei. Am Tage Allerseelen besucht er das Grab seines Vaters, nicht, um daran zu beten oder es gar zu bekränzen, sondern um daran zu fluchen und es dem Toten vorzuwerfen, daß er ihm nichts hinterlassen hat. Wer weiß – denkt er –, wie weit die Macht der Toten geht, und ob sie einem nicht Schätze anzeigen oder Glücksnummern eingeben können! Fleißigst besucht er die Kirchen und macht, da alle ihn auf gleiche Weise erbauen, keinen Unterschied zwischen protestantischen und katholischen. Da hocken sie alle – murrt er, indem er die vollen Sitzbänke und Betstühle mustert – dickbäuchig und mit strotzenden Vollmondgesichtern, gleich gemästeten Hühnern auf der Latte; da stammeln sie, wie Gäste, die vom Schmaus aufstehen, fürs genossene Gute den Dank heraus und bitten um ferneres gütiges Gedenken; da gehen sie selbstzufrieden und zuversichtlich davon und sind sicher, nicht, wie ich, der Schneidermeister, vergessen zu werden! »Vater unser, gib ihr doch« – er faßt, während er dies sagt, ein tief in Gebet und Gebetbuch versunkenes schönes Mädchen mit auf die Seite geneigtem, gesund-blassem Madonnengesicht ins Auge –, »gib ihr doch, was sie verlangt, gib ihr den Geliebten, und dann gib ihr auch etwas, was sie nicht verlangt!« Zuweilen geht er bei sich selbst zu Gast und beneidet sich seiner frühern Jahre wegen. Da ich ein Knabe war – denkt er – und es nicht zu schätzen wußte, mangelte mir's an nichts; meine Hemden mußten immer etwas feiner sein als die der Nachbarskinder, kein Sonntagmorgen ging vorüber, wo ich nicht mit Lebkuchen vor die Tür oder ans Fenster treten und auf die rothaarige Böttchertochter, die ihre trockene Semmel verzehrte, stolz herabschauen konnte, und wenn mir die Mittagskost nicht behagte, so backte die Mutter mir heimlich einen leckern Pfannkuchen. Wurde nicht damals mein Geburtstag so gut gefeiert wie der des Königs, und gab's dann nicht Gänse, mit Äpfeln und Rosinen gefüllt und mit herrlicher brauner Sauce übergossen? O verflucht und dreimal verflucht sei jene Zeit! Hätt ich solche Gänse nie gefressen, so würde mir jetzt nicht das Maul danach wässern! Bier- und Speisehäuser sind Bet-, d. h. Fluchhäuser für ihn; seine nah an den Atheismus streifende Überzeugung von der gebrechlichen Einrichtung der Welt hat er in dieser trüben Atmosphäre und im eigentlichsten Verstande aus

Bierkrügen, aus solchen nämlich, die er nicht stürzen durfte, geschöpft. Was muß er aber auch nicht alles aushalten, ehe er nur dazu kommt, seine Andacht zu verrichten! Für dich, lieber Leser, der du, die Abendpfeife oder die Zigarre im Munde und das bare blanke Geld im Sack, dich nach einem Gespräch und einer Zeitung oder nach reelleren Dingen sehnst, ist der Eintritt in ein Wirtshaus freilich kein Heldenstück. Du gehst einem wahren Bombardement von Genüssen entgegen: devote Bücklinge, die dich an der Tür empfangen; interessante Neuigkeiten, die gerade, wie du eintrittst, erzählt werden; ein Herzensfreund, den du erst in acht Tagen von seiner Reise zurückerwarten durftest und der deiner mit Ungeduld harrt; ein anderer, der dir noch vor einer Stunde sagte, er könne den Akten heute gewiß keinen Augenblick abmüßigen, und der nun doch lächelnd hinter dem Tisch sitzt; dies und wieviel mehr noch verwirrt dir den Kopf und stürzt dich mitten in jenen süßen Taumel hinein, in dem alle Wollustknospen der Sinne und des Herzens aufbrechen, und bloß zur Erinnerung an die Unvollkommenheit alles Irdischen mischt sich der kleine Verdruß darunter, daß heute abend jeder Braten, nur kein Rehbraten, auf den du dich doch gerade gespitzt hattest, auf der Speisekarte paradiert. Wie anders verhält es sich mit Nepomuk! Es steckt etwas Rätselhaftes in einem Wirt. Er trieft von Artigkeiten, wenn er von Schweiß trieft; quäle ihn bis aufs Blut, laß ihn hundert Dinge aus allen Ecken und Winkeln seines Hauses herbeischleppen, finde nichts gut genug, sondern verlange immerfort das Bessere und das Beste: Ihm dünkt's nicht unverschämt; er wird nicht verdrießlich, er lächelt dazu, seine Heiterkeit steigt mit seiner Mühe, und er kreiert dich, ohne Pfalzgraf zu sein, zum Baron, zum Grafen, zu allem, was du nicht bist. Wehe aber stillen, genügsamen Leuten wie Nepomuk, die sich, mit einem Trunk Luft zufrieden, so gut oder so schlecht sie zu haben ist, bescheiden in eine Ecke drücken und sich ein Gewissen daraus machen, ihn oder den Kellner zu plagen. Sie sind ihm in tiefster Seele zuwider, und er hat des kein Hehl; da er sie durch Blicke nicht vergiften kann, so sucht er sie dadurch zu vertreiben, und die Römerseele, die dies kleine Gewehrfeuer erträgt, halte darum den Sieg nur nicht für schon entschieden, sondern bereite sich auf die schnödeste Kriegslist vor, denn die Niederlage beugt den Feind nicht, sie macht ihn grimmig und tückisch. Wer hat dies schmerzlicher erfahren als der Schneidermeister Nepomuk Schlägel! Er hielt, man muß es sagen, im Stachusgarten aus, was Menschen aushalten können. Augen, aus denen die ganze Hölle flammte; schnödes Einpalisadieren mit leeren Krügen und Flaschen; verachtungsvolles

Wegnehmen des Lichts von dem Tisch, an dem er, in fast kindlicher Unbefangenheit mit seinem Hut spielend, einsam saß; sogar ein Tritt des groben Aufwärters auf seine Leichdornen, dem keine Bitte um Entschuldigung folgte – standhaft ertrug und verbiß er alles, wie jener Holländer die Greuel der Französischen Revolution, und tröstete sich wie dieser: Es hat ein Ende, und jeden Abend lebt ich noch, wenn ich zu Bett ging. Was halfs? Einmal war er kaum eingetreten, da setzte der Wirt gräßlich-freundlich in eigener Person einen übermächtigen Braten samt Zubehör und zwei helle Festkerzen vor ihn hin und sah dann mit inhaltsschwerem Gesicht auf seine Tasche. Als er den Mann gutmütig aufmerksam machte, er habe nichts bestellt, fuhr der Grobian ihn an, das wisse er wohl, und eben darum solle er sich zum Teufel scheren, er habe noch nie etwas bestellt. Seitdem schleicht er sich ins Wirtshaus wie eine Maus sich in die Speisekammer. Wenn's nur glücken will, mischt er sich als einzelnen bitteren Tropfen in eine Welle willkommener Gäste, die hineinströmt. Geht das nicht, so gibt er sich beim Eintritt das Ansehen, als ob er jemanden suche, fragt auch wohl nach einem Herrn mit metallenen Knöpfen auf dem Rock oder mit rotem Schnurrbart und schlüpft dann mit der Geschwindigkeit einer Eidechse in den dunkelsten Winkel. Wahrlich, Nepomuk, wer dich so mit unendlicher Geschicklichkeit das Kunststück, dich in einer räucherigen Wirtshausecke unterzubringen, ausführen sieht, der ahnt nicht, daß es bloß darum geschieht, damit du jedem Gast die Bissen in den Mund zählen und dich dabei der kalten Kartoffeln, die dich zu Hause erwarten, mit Zähneknirschen erinnern kannst. Und wird dir, wenn du's aufrichtig bedenkst, etwas anderes zuteil? Ein zerbrochenes Glas kann dich wenig trösten, denn selten oder nie trifft das Unglück einen, der den letzten Heller schon ausgegeben hat und es nicht bezahlen kann; geschäh's aber auch einmal, so würde es dir zu nichts als zu der Überzeugung verhelfen, daß es, dich ausgenommen, niemanden bei Wirtsleuten an Kredit fehlt. Prügeleien entstehen freilich beim Biere ebenso oft wie ewige Freundschaften, aber wen verdrießt denn ein Faustschlag, da er zwei zurückgeben darf, wer macht sich viel aus einer gepletschten Nase, wenn er zu seiner Satisfaktion das abgerissene Ohr des Gegners in der Hand behielt? Im trunkenen Zustande wird allerdings manches ausgeschwatzt, was besser verschwiegen bliebe, aber ist jemals in deiner Anwesenheit von einer längst vergessenen Mordtat oder einer Brandstiftung etwas zum Vorschein gekommen, und was hattest du also von deiner Nüchternheit, deinem Aufhorchen? Das Bierhaus ist unstreitig der Boden, wo Wassersuchten und andere Todkrankheiten lustig wie Pilze zu Dutzenden aufschießen; ist aber, frage dich einmal, deine Phantasie flügelkräftig genug, dir, wenn du irgendeinen Hans-ohne-Sorgen frisch und wohlgemut das sechste Glas hinunterstürzen und das siebente fordern siehst, flink als niederschlagendes Pulver das Krankenbett vorzuführen, wo ihm ein Arzt kopfschüttelnd das Bier als Wasser wieder abzapft und im stillen das Leben abspricht? Nichts bleibt dir, als das wohltuende Gefühl glücklich überwundener Hindernisse und der Triumph, doch auch da zu sein, nichts, als der leidige Trost, daß, sowie die Polizeistunde eintritt, jeder fortgewiesen wird, gleich dir, und daß dann dir das Gehen besser fleckt als den meisten. Und nun zu Hause! Freilich sollst du aus dem Munde deiner Frau noch die erste Klage über die bittere Armut hören, die sie mit dir teilen muß; sie wartet geduldig auf dich in der ungeheizten Kammer, solange du auch ausbleiben magst, sie geht, wenn du endlich mit leeren Händen kommst, hungrig zu Bette, wie sie hungrig aufgestanden ist, und beschwert sich mit keinem Wort über ihr Schicksal. Aber nie wirst du sie dahin bringen, daß sie sich ihre schönen schwarzen Haare abschneiden läßt, und da du, seit dein Nachbar, der Friseur, dir zwei Kronentaler dafür bot, keinen Gedanken mehr spinnst, der nicht an diese Haare geknüpft wäre, so hast du ebensoviel Qual und Pein von ihr, als wenn sie tobte und lärmte. Umsonst ziehst du sie schmeichelnd auf deinen Schoß, nennst sie dein Täubchen und fragst sie, indem du ihre Locken kosend durch die Finger gleiten lässest, ob sie dich glücklich machen will; umsonst suchst du sie durch den Triumphzug von gebratenen Gänsen, dampfenden Nudeln und schäumenden Bierkrügen, den du mit dichterischer Glut und Kraft vor ihre Phantasie heraufbeschwörst, zu betäuben, um dann gleich einem Stoßvogel die Bemerkung: Und das alles kann man für zwei Kronentaler haben! hinterdreinfliegen zu lassen; umsonst machst du's ihr plausibel, daß man ohne langes Haar leben kann, aber nicht ohne Geld. Sie erwidert sanft, aber doch bestimmt: Im Sarg magst du mich scheren, früher nicht! Und da sich, wie du versucht hast, im Schlafe nichts bei ihr ausrichten läßt, so wirst du durch dieses Hauskreuz vielleicht dein ganzes Leben lang für die Freuden, die du dir auf der Straße erjagst, den Zoll abtragen müssen. Und ist's denn so ganz ungerecht?

MATTEO

Matteo war ein junger Mann, der, obwohl von niedriger Herkunft und nicht mit besonderen Talenten ausgestattet, sich durch seine Dienstbeflissenheit und sein stilles, bescheidenes Wesen angenehm zu machen und Vertrauen zu erwecken wußte. Man trug ihm in Genua, wo er lebte, allerlei Verrichtungen auf, die er fleißig und treu besorgte; man lohnte ihn gut, und er war mit seiner beschränkten Lage so zufrieden, daß er sich in seinen Gebeten vom Himmel nichts erflehte, als es ewig zu behalten, wie er es hatte; er war einer der Glücklichen, die im Leben selbst die Aufgabe des Lebens sehen.

Matteo wurde krank, die bösartigsten Blattern befielen ihn, und er mußte viel leiden. In seiner Krankheit erweiterte sich auf einmal der Kreis seiner Wünsche. Wie schön wäre es, wenn jetzt ein liebendes Weib an deinem Lager säße und deine Schmerzen zu lindern und deine Ungeduld zu beschwichtigen suchte! So dachte er, als er blind daniederlag, und malte sich in seiner Einsamkeit dies reizende Bild mit Behagen aus. Dicht neben ihm wohnte eine bejahrte Witwe mit ihrer einzigen Tochter Felicita, die gewöhnlich, wenn Matteo in aller Frühe seine Wohnung verließ, um seinen Geschäften nachzugehen, schon in ihrem Gärtchen stand und seinen freundlichen Gruß freundlich erwiderte. Er hatte das Mädchen immer seinen Morgenstern genannt und sich ihrer sanften, erquikkenden Schönheit innig erfreut; niemals jedoch war ihm der Gedanke gekommen, sich um ihre Liebe zu bewerben, er hatte sich kaum gedrungen gefühlt, hin und wieder ein Wort mit ihr zu reden. Ein wunderbarer Traum, der ihm während seiner Krankheit kam, gestaltete im Augenblick dies alles anders. Ihm war, als hätte er etwas verloren und wisse selbst nicht, was. Eine ungeheure Angst erfüllte seine Brust, Tränen stürzten aus seinen Augen, und verzweifelnd eilte er durch die Gassen der Stadt. Plötzlich trat ihm Felicita entgegen und fragte ihn mit ihrer süßen Stimme: »Was suchst du, Matteo?« – »Dich, dich, Felicita!« rief er jauchzend aus. »So komm!« sagte sie und sah ihn lächelnd an. Er wollte sie entzückt an seine Brust ziehen, sie aber rief: »Folge mir nach!« und schwang sich, wie auf Flügeln, zum Himmel empor. »Ach, ich habe ja keine Flügel!« sagte er. – »Sehne dich nur recht nach mir, dann wirst du sie bekommen!« tröstete sie ihn und verschwand in den goldenen Wolken. Diesen Traum träumte Matteo auch noch im Wachen fort, er nahm sich vor, ihn gleich nach seiner Genesung Felicita zu erzählen und ihr dabei recht tief in die Augen zu sehen. Endlich war er so weit hergestellt, daß er sein Zimmer wieder verlassen konnte, er händigte der Alten, die ihn in seiner Krankheit notdürftig verpflegt hatte, freudig den Rest seiner kleinen Barschaft ein und trat, sich in seinem Gefühl viel reicher dünkend wie noch je zuvor, seit langer Zeit zum erstenmal aus seiner Tür. Es traf sich, daß auch Felicita, zu deren Wohnung er sogleich hinübersah, in demselben Augenblick in ihr Gärtchen eintrat. Sie war köstlicher geschmückt, als er sie zu irgendeiner Zeit, die höchsten Festtage nicht ausgenommen, erblickt hatte, ein reiches seidenes Kleid umfloß ihre edle Gestalt, und ein goldenes Kreuz, mit roten Edelsteinen besetzt, glänzte an ihrem Halse. Das seltsame Zusammentreffen und die ungewohnte Pracht, die das Mädchen umgab, machten auf Matteo einen unbeschreiblichen Eindruck; sie erschien ihm als ein überaus herrliches Kleinod, das die über ihm waltende göttliche Macht ihm zum Lohn für die bestandene harte Prüfung bestimmt habe. Er faltete unwillkürlich die Hände und lehnte sich, vor Wonne und Wehmut zitternd und den Gruß vergessend, an einen Baum. »Armer Matteo!« rief ihm Felicita schon aus der Ferne zu, »aber, heiliger Gott, wie häßlich bist du geworden!« schrie sie laut auf, als sie näher gekommen war und ihm ins Gesicht sah. »So?« versetzte er dumpf, von diesem Ausruf des Mädchens wie von einem tödlichen Pfeil in seinem Innersten getroffen. – »Verzeih meiner Überraschung dies törichte Wort«, begann sie nach einer Pause verlegen, »ich sagte es gewiß nicht, um deines Unglücks zu spotten!« – »Ich danke dir vielmehr«, erwiderte er bitter, »daß du bei mir die Stelle eines Spiegels vertreten magst, es fehlt mir wirklich an einem!« – »Du zürnst mir, Matteo, aber du mußt mir verzeihen, du mußt es um so eher tun, da ich eine Braut bin. Du willst mir doch gewiß nicht die schönsten Tage meines Lebens verbittern?« Matteo starrte sie an, sie ergriff seine Hand und fuhr fort: »Sieh, morgen feiere ich meine Hochzeit; zum Zeichen, daß du mir nicht mehr böse bist, kommst du auch, meine Mutter wird dich gern sehen.« Matteo sagte kein Wort, er wandte sich um und kehrte langsam in sein Haus zurück. Er fing an, bitterlich zu weinen, und als sein Blick von ungefähr auf das über seinem

Bett hängende Kruzifix fiel, wandte er im ersten Moment dem dornengekrönten Heiland in seiner Entrüstung den Rücken zu, denn er hatte eine Empfindung, als ob der höchste Gott seine Allmacht schnöde gemißbraucht und nur, um ihn zu höhnen und zu verspotten, sein Herz so seltsam verwandelt habe. Doch gleich darauf war ihm, als hätte er durch diesen Gedanken heillos an der ewigen Liebe gefrevelt, und in tiefer Zerknirschung warf er sich vor dem Bilde auf die Knie und schluchzte: »Strafe mich, wie du willst und mußt, ich empörte mich gegen dich und hab's verdient!« Dann erhob er sich wunderbar gekräftigt vom Boden und reinigte mit frommer Sorgfalt das Kruzifix vom Spinnengeweb.

»Gott sei Dank«, rief er aus, »daß ich arm bin, zum Verzweifeln bleibt mir keine Zeit!« Zwar traten ihm hierbei die hellen Tränen wieder in die Augen, aber er verließ, den Schmerz mit Gewalt in seine Brust zurückpressend, sein Zimmer, um sich in den ihm bekannten Häusern der Stadt zu zeigen und sich Beschäftigung irgendeiner Art zu erbitten.

»Wer bist du?« hörte er sich in dem ersten Hause, das er betrat, von der Dame anreden. – »Ich bin Matteo!« versetzte er erstaunt. – »Matteo? Das ist unmöglich. Matteo war ja ein hübscher, frischer Bursch mit einem Gesicht, das man recht gern sah, du aber siehst aus wie ein Geschundener!« – »Ich war krank!« sagte Matteo leise. – »Das mag eine eigene Krankheit gewesen sein! Mensch, laß dich hier nicht wieder blicken, es wird einem übel zumut, wenn man dich ansieht!« Die Dame wandte sich mit einer Gebärde des Abscheus von ihm ab, Matteo blieb besinnungslos stehen und schaute ihr nach. Als er sich endlich wieder ermannte und das Haus verlassen wollte, bemerkte er einen Spiegel und trat vor diesen hin. »Ha, das bin ich?« rief er erschrocken aus, als der Spiegel ihm statt seiner früheren Züge ein häßliches Geflecht von Narben und Pusteln zeigte. Und während er noch einmal hineinschaute, spuckte er das ihm in dem klaren Rund hämisch deutlich entgegentretende Bild in kaltem Ingrimm an und sprach: »Wer so aussieht, der muß sich selbst verachten!« Nun blieb er lange, lange vor dem Spiegel stehen, als wollte er durch den Anblick seiner selbst seine Seele versteinern. Dann rief er mit einem Blick gen Himmel: »Den Dank für meine Genesung nehme ich zurück!« und eilte fort. Er ging nach und nach in alle Häuser, wo er sich vor seiner Krankheit auf diese oder jene Weise nützlich zu machen gewußt hatte. Aber allenthalben sah er ich abgewiesen; hier, weil inzwischen ein anderer in seine Stelle getreten war, dort, weil seine Gestalt Widerwillen einflößte, an einem dritten Ort, weil es wirklich nichts für ihn zu tun gab, und zuletzt, weil er, durch die Not gezwungen, seine wenigen Kleidungsstücke zu verkaufen, gar zu abgerissen und bettelhaft erschien. Bald kündigte ihm auch seine Wirtin, weil er die Miete nicht mehr zu bezahlen vermochte, die Wohnung auf; er mußte sie verlassen und hatte nun nicht einmal ein Obdach mehr. Eine stumme Erbitterung, die sich anfangs nicht gegen die Welt, sondern gegen ihn selbst kehrte, bemächtigte sich seiner. Kränkungen und Demütigungen kamen ihm erwünscht und wurden ihm zum Bedürfnis, er war wie einer, der sein Leben nur dann noch fühlt, wenn er zu all seinen alten Wunden noch eine neue erhält.

Als er eines Abends die Straßen durchwandelte, um sich nach einer Lagerstätte für die Nacht umzusehen, winkte ihm ein sehr vornehm gekleideter Herr. »Kennst du den Signor Barbarucci?« – »Ich kenne ihn!« – »Es dauert keine Stunde, so kommt er hier vorbei!« – »Was soll das mir?« – »Er darf morgen nicht mehr leben! Nimm!« Mit diesen Worten drückte er Matteo eine Börse in die Hand. Matteo warf sie ihm empört vor die Füße. »So hab ich mich geirrt? Wie ist das möglich!« rief der Fremde überrascht aus mit einem spöttischen Blick auf Matteo; dann hob er sein Geld wieder auf und ging fort. Matteo war es, als habe in diesem Augenblick eine unsichtbare Hand den letzten Faden, der ihn noch an das Bessere knüpfte, grausam zerschnitten; ich muß, dachte er knirschend, jetzt in meinem Gesicht einen Widerstrahl der Hölle tragen, denn man tritt auf mich zu und mutet mir ohne Umstände das Ungeheuerste an, als ob es mein Handwerk wäre; soll man nichts anderes scheinen wollen, als man ist, so soll man auch nichts anderes sein wollen, als man scheint, das seh ich ein und will's darnach verhalten!«

Der Signor Barbarucci kam die enge Gasse herunter. Ha, dachte Matteo, nun endlich wird es mir klar, weshalb mein Vater, als er starb, mir doch lieber einen Dolch hinterließ als gar nichts! Hätt ich ihn doch bei mir! Als ich ihn zum erstenmal schliff, geschah es nur, weil er rostig geworden war. Aber es ist gut, daß ich es beizeiten tat! Eine menschliche Regung beschlich ihn wieder. »Bevor ich zu morden anfange«, rief er aus, »will ich es mit dem Betteln versuchen, aber, dies schwör ich, wenn ich schnöde abgewiesen werde, nur dies einzige Mal!«

Er ging den Signor um ein Almosen an, nicht eben demütig. Dieser, der aus einer lustigen Gesellschaft kam und berauscht war, zog seine Börse und sprach, indem er Matteo eine schwere Münze reichte: »Nimm hin, ich hab's im Spiel gewonnen!« Matteo wollte schon ein Lohn es Gott! aussprechen und mitleidsvoll eine Warnung hinzufügen, aber er verschluckte beides und ballte die Hand, denn der Signor, forttaumelnd, rief: »Ich wohne bei der Kirche St. Petri und Pauli und sage dir das, damit du, wenn du dich einmal erhängen willst, mich zu finden weißt, ich will dann den Strick für dich bezahlen!« Matteo nahm die Münze und warf sie ihm an den Kopf. Der Signor, erschreckt, entfernte sich eilig, und Matteo, der die Münze im Mondlicht schimmern sah, beugte sich unwillkürlich, um sie wieder aufzuheben. Dann aber trat er sie mit dem Fuß in die Erde, halb aus heiligem Menschenstolz, halb aus Furcht, das Geld, wenn er es besäße, möge ihn morgen in seinem gefaßten Entschluß wankend machen.

Der nächste Abend kam. Matteo hatte den ganzen Tag verschlafen, um sich, um die Welt und Gott zu vergessen. Zuletzt weckte ihn der Hunger. Die anständigste, geräuschloseste Art des Selbstmordes, das stille Erhungern, das ein Gemißhandelter oft gern wählen würde, ist leider zugleich auch die schwerste, und wenigstens dies sollte anders sein. Matteo sprang auf, zog den auf seiner Brust verborgen gehaltenen Dolch, den er schon in der Frühe des Morgens bei seiner ehemaligen Wirtin abgeholt hatte, hervor und stieß ihn in einen Baum. Heller Saft entquoll der Rinde, zugleich fiel eine reife Frucht vom Wipfel herunter. »Baum«, rief Matteo, »du bist wie die Welt. Erst ein Stoß, dann eine Frucht!« Er bückte sich gierig nach der Frucht, aber er stolperte dabei über eine aus der Erde hervorragende Wurzel des Baums, stürzte zu Boden und stach sich mit dem Dolch in die Hand. Strömend rann sein Blut, er betrachtete es ernsthaft und sprach dann: »Man wird nicht ohnmächtig, wenn man Blut fließen sieht!« Schnell, wie es in Italien geschieht, brach die Nacht herein, und Matteo trat seine Wanderung durch die Straßen an.

»Der erste ist der Rechte!« rief er halblaut vor sich hin, als er Schritte hörte. Aber das Schicksal lachte zu seinem Schwur, denn zuerst begegnete ihm die Alte, die ihn in seiner Krankheit gepflegt und ihm auch nachher noch von ihrer Armut mitgeteilt hatte. »Wohin, Mutter?« fragte er sie, als er sie im Schein des eben aus den Wolken hervortretenden Mondes erkannte. »Zu Haus, um mich hungrig zu Bette zu legen«, versetzte sie, »und morgen wieder hungrig aufzustehen!« – »Morgen zahl ich dir, was ich dir schuldig bin«, sagte Matteo. »Wenn du kannst, mein Sohn, so tust du ein christlich Werk!« erwiderte die Alte und entfernte sich. »Bei Gott«, sprach Matteo, »die alte Frau soll morgen essen, wer weiß, ob sie übermorgen noch essen kann!« In eine hohle, schmale Gasse einbiegend, deren schwindelerregende hohe Häuser das Mondlicht abhielten, bemerkte er ein hinter den übrigen in einem Winkel zurückliegendes Gebäude, wo sich ein Mensch mittels einer angelehnten Leiter auf die Terrasse schwang. Der schleicht, dachte Matteo, wahrscheinlich zu dem Weibe eines anderen, aber für diesmal sei ihm der Spaß versalzen! Sacht zog er die Leiter weg, legte sie nieder und klopfte unten, obwohl so leise, daß es geraume Zeit dauerte, bis man drinnen aufmerksam ward. Endlich wurde ein Schiebefenster geöffnet, und die dünne zitternde Stimme eines Greises fragte, wer noch so spät störe. »Ich will Euch nur anzeigen, alter Herr«, versetzte Matteo, »daß soeben Besuch bei Euch eingetroffen ist; es mag ein Freund sein, der es mit Eurer jungen Frau, wenn Ihr vielleicht eine genommen habt, oder mit Eurer Tochter wohlmeint, und es wäre Euch gewiß unangenehm, wenn der nächtliche Gast sich wieder entfernte, ohne daß Ihr ihn gebührend bewillkommt hättet!« – »Treibt Eure abgeschmackten Possen anderwärts«, erwiderte der Alte verdrießlich, »meine Tür ist fest verschlossen, und durchs Schlüsselloch kommen nur die Gespenster!« – »Die Liebe hat Flügel!« sagte Matteo und hob die Leiter vom Boden auf, »sie fürchtet sich nicht, den Hals zu brechen, und klettert, wie die Katzen, übers Dach.«

»Mein Geld! Mein Geld!« schrie jetzt der Alte hell auf, »Pietro! Nicolo! Diebe! Diebe!«

Es ward augenblicklich lebendig im Hause, angezündete Lichter, umhergetragen, erhellten Zimmer nach Zimmer. Steht es so? dachte Matteo, so lege ich die Leiter wieder an! Wirklich tat er's, doch der gehetzte, fliehende Dieb, der sie nicht am alten Platz fand, sprang in seiner Angst von der hohen Terrasse auf die Straße herab, wobei ihm klingend ein Geldsack entfiel. Jammernd blieb er am Boden liegen, denn er hatte ein Bein gebrochen. »Jetzt«, sprach Matteo, »müßte ich den Dieb bestehlen, dann wäre der Wahnsinn vollkommen!« Vielleicht hätte er es getan, aber es war zu spät, schon stürzte der Alte samt seinen Dienern mit Windlichtern aus der Tür, und von einer anderen Seite näherte sich die durch das Geschrei und Geräusch herbeigezogene Scharwache. Der Alte hob zuerst den Geldsack auf, dann stieß er nach dem Dieb mit dem Fuß, zuletzt sagte er Matteo in einigen kahlen Worten seinen Dank, gab aber zugleich, Matteos zerrissenes Kleid mit Entsetzen bemerkend, dem Nicolo Befehl, aufs Haus zu passen, damit sich keiner einschleiche. Matteo ging weiter. »Der angehende Mörder«, rief er grimmig lachend, »liefert den Dieb an den Galgen!« Der unergründliche Widerspruch des Lebens packte ihn wie mit Krallen, die

Welt kam ihm wie ein unsinniges Kaleidoskop vor, das in buntem Gemisch kluge und dumme Figuren ohne Zweck und ohne Regel darstellt, und die menschliche Vernunft, wie der Versuch eines Kindes, auf dem Sturmwind, der alles bewegt und durcheinanderschüttelt, zu reiten.

An einem übelberüchtigten Platz stand er still. Ein Mord schien ihm jetzt ein Nichts, als müßte er sich mit einer schweren Tat, wie mit Ballast, beladen, damit seine Gedanken ihn nicht nur ins Grenzenlose, in die unendliche Leere, hineinwirbelten. Bald kam ein Mann daher, an der Hand seinen Knaben. Matteo nahm eine drohende Stellung an, doch der Mann trat vertrauensvoll auf ihn zu und sprach: »Guter Freund, es ist hier ein gar unheimlicher Ort, den jeder gern meidet, wenn er kann! Habt Ihr nichts Notwendiges zu versäumen, so tut mir den Gefallen, mich über die verrufene Strecke bis an mein Haus zu begleiten, ich will Euch den Weg bezahlen!« Diese unerwartete Anrede drang Matteo anfangs zum Herzen, doch bald dachte er: Es ist die List der Furcht, die so spricht! Und mit der Hand in den Busen nach dem Dolch fahrend, versetzte er wild: »Sehe ich aus wie einer, dessen Schutz man in Anspruch nimmt?« – »Was Euer Aussehen betrifft«, erwiderte der Mann ruhig und nahm seinen Knaben, der sich über Müdigkeit beklagte, auf den Arm, »so sagt es mir zu, das heißt seit der Zeit, daß Ihr krank gewesen seid, denn von Leuten, die schöner sind als Ihr, das fürcht ich, kommt mein ganzes Unglück. Ich kenne Euch wohl, Ihr heißt Matteo, einer meiner Freunde hat mir viel Gutes von Euch gesagt, und ich möchte Euch in meinen Dienst nehmen, doch muß ich erst wissen, wie Ihr meiner Frau gefallt.« – »Ei, wie blank!« rief der Knabe dazwischen und zeigte auf Matteos halb entblößten Dolch, den er, nun er von seinem Vater getragen ward, bemerken konnte, »gib mir das schöne Messer!« Alsbald griff er, sich zu Matteo hinüberbeugend, keck in dessen Busen hinein und faßte den Dolch, den er der Scheide hastig entriß und trotz der Vorstellungen seines Vaters nicht wieder lassen wollte. Matteo fuhr mit seiner Hand nach der Stirn, er wußte nicht, war es der Stachel eines Schmerzes, war es der eines Gedankens, der ihm kalt durchs Gehirn drang. Daß der Mann, dem er den Tod von seiner Faust bestimmt hatte, jetzt ahnungslos, von ihm Hilfe und Beistand gegen die Angriffe anderer erwartend, an seiner Seite ging; daß der Mutwille der Unschuld ihm das Mordinstrument spielend raubte, weil den Kindesblick der falsche Glanz desselben bestach, und daß der Knabe mit dem Eisen, womit er seinen Vater hatte durchbohren wollen, vielleicht einen Apfel spießen oder den gestopften

Kleiebauch einer Puppe aufschlitzen würde, das schien ihm so wunderbar und dennoch so fratzenhaft dabei, daß es ihn über alles menschliche Bewußtsein hinausdrängte, daß ihm war, als ob er mit dem Kopf auf eine Nadelspitze gestellt und nun mit Windeseile von Morgen gen Abend und wieder von Abend gen Morgen im Kreis herumgedreht, mit seinem Auge alles auf einmal sehen, die Enden der Dinge zugleich auffassen und die Unvereinbarkeiten verknüpfen müsse, daß es ihm vorkam, als ob ein Mensch an und für sich eigentlich gar nichts sei und wie ein Spiegel immer nur für das gelten könne, was er eben abbilde. »Hier ist mein Haus«, sagte der Mann in sonderbarem Ton und setzte den Knaben nieder, »bleibt einmal mit dem Kinde stehen, ich will durch eine hintere Tür gehen und dann vorn aufmachen. Laßt aber niemand heraus, wenn einer wollte; kein Weib und noch weniger eine Mannsperson!« Matteo gehorchte; was ihn sonst verwundert hätte, schien ihm jetzt natürlich, nur das Gewöhnliche, die Rückkehr des entfesselten Stroms seltsamer Ereignisse und Zufälle in das alte Bett, würde ihn überrascht haben.

Der Knabe zitterte vor Frost, er setzte sich auf einen Stein und schloß die Augen. Matteo beugte sich, ihn streichelnd, auf ihn herab, da wurde die Haustür leise aufgemacht, und ein Herr, sich dicht in einen prächtigen Mantel einwickelnd, schlich vorsichtig heraus. Matteo, der empfangenen Weisung eingedenk, vertrat ihm den Weg und suchte ihn mit Gewalt ins Haus zurückzudrängen. Der Unbekannte stieß einen Fluch aus, machte eine schnelle Bewegung und verwundete Matteo in den Arm. Matteo, seiner selbst nicht mehr mächtig, entriß dem eingeschlummerten Knaben den Dolch und jagte ihn mit der Wut eines Menschen, der sich in demselben Augenblick mörderisch angefallen sieht, wo er in sich selbst einen grimmigen Mordgedanken niedergekämpft hat, dem Unbekannten so gewaltsam ins Herz, daß er mit einem gebrochenen Laut gegen das Haus zurücktaumelte und auf dem Flur, die Tür durch das mechanische Gewicht seines sich überschlagenden Körpers aufstoßend, leblos zu Boden sank.

Jetzt erschien der Vater des Knaben, in der Hand eine qualmende Kerze tragend, mit der anderen im höchsten Zorn an ihren langen, seidenen Locken sein Weib, eine bleiche, schöne Gestalt mit entblößtem Busen, nach sich ziehend. »War keiner hier? Keiner? Keiner?« rief er aus. »Gehen denn Gespenster im Hause um, daß die Treppen knarren und die Türen aufspringen? Aber ich denke, der Vogel ist gefangen!« In seiner Raserei zog er die junge Frau, die sich auch gar nicht sträubte, immer weiter vorwärts, bis sie zuletzt über den Ermordeten, den sowenig sie als er bemerkte, stolperte und niederstürzend zu Boden fiel. Mit Entsetzen raffte sie sich wieder auf, erst an ihrem befleckten weißen Kleide, das der Tote aus seiner noch sprudelnden Wunde mit Blut gefärbt hatte, erkannte der Mann, was geschehen war. Er leuchtete dem Leichnam ins Gesicht und erstarrte, dann rief er: »Gut, Matteo, gut, daß du mir die Arbeit abgenommen hast, den hätte ich nicht töten können, es ist mein Jugendfreund!«

Unwillkürlich warf auch Matteo, der dastand, als ob er erwartete, daß ihn gleich ein Berg, heranwandelnd und über ihn zusammenbrechend, bedecken würde, auf den Getöteten einen Blick. Das entstellte Gesicht des Signor Barbarucci grinste ihm entgegen, und nun war ihm auf einmal, als ob das, was er getan habe, leicht zu tragen sei, um so mehr, als sein Arm ihn eben sehr zu schmerzen anfing.

»Einen Arzt! Einen Arzt!« schrie die junge Frau und warf sich mit dem ungebundensten Jammer maßloser Liebe über den Leichnam hin. »O du Verruchter!« rief sie dann, wieder aufspringend, drang furienhaft wütend auf Matteo ein, riß ihm den Dolch weg und stach nach ihm.

Ihr Mann schleuderte sie in eine Ecke, und Matteo sprach, indem er seinen blutenden Arm in die Höhe hob: »Ich wurde zuerst angegriffen und habe mich nur meines Lebens gewehrt.«

»Deines Lebens, du Hund?« kreischte sie, »errötest du nicht, daß du noch lebst und daß der tot ist, der wie ein Licht über die Erde wandelte? Verflucht sei die Hand, die dir wieder Brot und Wein reichen wird!«

»Du hast dich selbst verflucht«, sprach ihr Mann, »denn noch heut abend sollst du Matteo speisen und tränken, und sogleich sollst du ihm seinen Arm verbinden!«

»Den Arm, der den Geliebten meiner Seele niederstieß?« schrie sie und schlug ein helles Gelächter auf.

»Metze, Metze, das mir?« rief der Mann erblassend, »deine letzte Stunde ist da!« Er stürzte auf sie los, sie kauerte sich nieder und hielt ihre Hände vor die Augen, der Knabe umklammerte, herausspringend und vor seine Mutter tretend, die Knie des Wütenden, aber er packte ihn und warf ihn weit von sich, so daß der kleine Kopf dröhnend gegen die harte Wand fuhr und das Kind, ohne einen Laut von sich zu geben, liegenblieb.

»Heiliger Gott!« rief Matteo erschaudernd und ergriff die zur Erde gefallene und nur noch mühsam fortglimmende Kerze, »Ihr habt den Knaben getötet.«

Der Mann, der die Frau inzwischen bei der Gurgel gepackt hatte, drehte langsam den Hals herum und sprach: »Das lügst du!«

»Er atmet nicht mehr!« sagte Matteo, sich mit dem Kinde beschäftigend. Der Mann trat mit schwankenden Schritten heran, in einiger Entfernung von Matteo blieb er stehen und sprach halblaut: »Wer weiß denn, ob es mein Sohn ist!« – »Er ist's, er ist's!« kreischte die Frau, »ich schwöre bei allen Heiligen im Himmel, die jetzt ihr Antlitz verhüllen, weil der eigene Vater ihn umgebracht hat!«

»Dann fahr ihm nach und sage den Heiligen, daß du schuld an dem Greuel bist!« So rief er, aber er bewegte sich nicht von der Stelle.

Jetzt rührte sich der Knabe und öffnete die Augen, als er aber seinen finster vor sich hin starrenden Vater erblickte, schloß er sie wieder fest zu. »Gebt Euch zufrieden«, sprach Matteo, »er lebt!«

Als die ängstlich aufhorchende Frau dieses Wort vernahm, rutschte sie auf ihren Knien herbei, nahm den Fuß ihres Mannes und setzte sich ihn stillschweigend auf den Nacken, in ihrem Innern zum erstenmal von einem Gedanken zerspalten, der sie, wie in blutrotem Licht, von fern die ungeheure Verwirrung erkennen ließ, die ein Weib, das die ehelichen Schranken leichtsinnig überspringt, in alle menschliche Verhältnisse hineinbringt. Der Mann ließ sie gewähren und sah nur auf den Knaben, der erst in sehr langer Zeit die Augen wieder aufschlug und nun von Matteo in die Arme seines Vaters gelegt wurde. »Ich preise diesen Abend«, sprach der Mann feierlich, »er hat den Argwohn, den ich gegen mein schlechtes Weib hegte, zwar schrecklich bestätigt, aber er hat mir doch zugleich auch die Überzeugung gegeben, daß der Knabe hier, den ich oft, wenn ich ihn küssen wollte, mit eiskaltem Schauder wieder niedersetzte, ohne es zu tun, wirklich der meine ist, denn der Wut dieser Nichtswürdigen, die mich aus Rache gern zum Kindesmörder gestempelt hätte, darf ich glauben, was ich nach dem, was geschah, ihren Beteuerungen nie geglaubt haben würde.«

»O verzeih mir«, stöhnte die Frau, »und töte mich, wenn du mir nicht verzeihen kannst, erst deine Tat hat mich über die meinige belehrt, und ich hasse, obgleich er tot ist, meinen Verführer jetzt mehr, als ich ihn je geliebt habe.« Der Mann, sie scharf betrachtend, versetzte: »Ist das wahr?« – »Ich schwöre!« erwiderte sie und hob die Hände gen Himmel. »Dann beweise es dadurch«, sagte er kalt, »daß du die Leiche, die hier nicht liegenbleiben kann, auf deinen Schultern die Straße hinunterträgst, bis auf den wüsten Platz, wo schon so mancher Mord vorfiel.« Statt aller Antwort ging sie zitternd, aber entschlossen, auf den Toten zu und versuchte, ihn aufzuheben. »Laß ab, es ist genug«, sprach der Mann sanft, »ich will es selbst tun, aber du verbindest mittlerweile Matteo den Arm, denn er bleibt, statt des glatten, geschmeidigen Burschen, den ich gestern gehen ließ, als Diener bei uns!«

Der Mann schaffte nun den Leichnam fort, was ihm, da die Gasse, wo er wohnte, einsam und verrufen war, trotz des hellen Mondscheins gelang, ohne daß er gestört oder auch nur bemerkt wurde; die Frau verband Matteos Wunde und trug ihm ein gutes Nachtessen auf, und Matteo dachte bei sich selbst, daß, wenn er sich in einem so guten Hause, wo ihm aus allen Ecken die Wohlhäbigkeit entgegenlachte, so plötzlich untergebracht sähe, er dies einzig und allein seiner Häßlichkeit verdanke, und söhnte sich mit der ewigen Macht, die den Reif, innerhalb dessen ein menschliches Dasein sich bewegt, wohl zuweilen zerbricht, aber ihn doch auch zur rechten Zeit wieder zusammenfügt, in seinem Herzen einigermaßen wieder aus.

MEINE KINDHEIT

1

Mein Vater besaß zur Zeit meiner Geburt ein kleines Haus, an das ein Gärtchen stieß, in welchem sich einige Fruchtbäume, namentlich ein sehr ergiebiger Birnbaum, befanden. In dem Hause waren drei Wohnungen, deren freundlichste und geräumigste wir einnahmen; ihr Hauptvorzug bestand darin, daß sie gegen die Sonnenseite lag. Die anderen beiden wurden vermietet; die uns gegenüberliegende war von dem alten Mauermann Klaus Ohl nebst seiner kleinen, krummen Frau bewohnt und die dritte, zu der ein Hintergeingang durch den Garten führte, von einer Tagelöhnerfamilie. Die Mietsleute wechselten nie, und für uns Kinder gehörten sie mit zum Hause wie Vater und Mutter, von denen sie sich auch, was die liebreiche Beschäftigung mit uns anlangte, kaum oder gar nicht unterschieden. Unser Garten war von anderen Gärten umgeben. An der einen Seite befand sich der Garten eines jovialen Tischlermeisters, der mich gern neckte und von dem ich noch heute nicht begreife, wie er, was er doch später tat, sich selbst das Leben nehmen konnte. Ich hatte einmal als ganz kleines Bürschchen mit altklugem Gesicht über den Zaun zu ihm herübergesagt: »Nachbar, es ist sehr kalt!« und er wurde nicht müde, dieses Wort gegen mich zu wiederholen, besonders in den heißen Sommermonaten. An den Garten des Tischlers stieß der des Predigers. Dieser war von einer hohen hölzernen Planke eingefaßt, die uns Kindern das Überschauen verwehrte, nicht aber das Durchblinzeln durch Spalten und Risse. Dies machte uns im Frühling, wenn die fremden, schönen Blumen wiederkamen, an denen der Garten reich war, eine unendliche Freude, nur zitterten wir, der Prediger möchte uns gewahr werden. Vor diesem hatten wir eine unbegrenzte Ehrfurcht, die sich ebenso sehr auf sein ernstes, strenges, milzsüchtiges Gesicht und seinen kalten Blick als auf seinen Stand und seine uns imponierenden Funktionen, z. B. auf sein Herwandeln hinter Leichen, die immer an unserem Hause vorbeikamen, gegründet haben mag. Wenn er zu uns hinübersah, was er zuweilen tat, hörten wir jedesmal zu spielen auf und schlichen uns ins Haus zurück. Nach einer anderen Seite bildete ein alter Brunnen die Grenze zwischen unserem Garten und dem nachbarlichen. Von Bäumen beschattet und tief, wie er war, die hölzerne Bedachung gebrechlich und dunkelgrün bemoost, konnte ich ihn nie ohne Schauer betrachten. Geschlossen wurde das längliche Viereck durch den Garten eines Milchhändlers, der wegen der Kühe, die er hielt, bei der ganzen Nachbarschaft in einem Herrenansehen stand, und durch den Hof eines Weißgerbers, des verdrießlichsten aller Menschen, von dem meine Mutter immer sagte, er sähe aus, als ob er einen verzehrt hätte und den andern eben beim Kopfe kriegen und anbeißen wolle. Dies war die Atmosphäre, in der ich als Kind atmete. Sie konnte nicht enger sein, dennoch erstrecken sich ihre Eindrücke bis auf den gegenwärtigen Tag. Noch sieht mir der lustige Tischler über den Zaun, noch der grämliche Pfarrer über die Planke. Noch sehe ich den vierschrötigen, wohlgenährten Milchhändler, die Hände in der Tasche, zum Zeichen, daß sie nicht leer sei, in seiner Tür stehen; noch den Weißgerber mit seinem gallig-gelben Gesicht, den ein Kind schon durch seine roten Backen beleidigte und der mir noch schrecklicher vorkam, wenn er zu lächeln anfing. Noch sitze ich auf der kleinen Bank unter dem breiten Birnbaum und harre, während ich mich an seinem Schatten erquicke, ob sein von der Sonne beschienener Gipfel nicht eine wegen Wurmstichs frühreife Frucht fallen läßt; noch flößt mir der Brunnen, an dessen Überdachung alle Augenblicke etwas genagelt werden mußte, ein unheimliches Gefühl ein.

2

Mein Vater war im Hause sehr ernster Natur, außer demselben munter und gesprächig; man rühmte an ihm die Gabe, Märchen zu erzählen, es vergingen aber viele Jahre, ehe wir sie mit eigenen Ohren kennenlernten. Er konnte es nicht leiden, wenn wir lachten und uns überhaupt hören ließen; dagegen sang er an den langen Winterabenden, in der Dämmerung, gern Choräle, auch wohl weltliche Lieder und liebte es, wenn wir mit einstimmten. Meine Mutter war äußerst gutherzig und etwas heftig; aus ihren blauen Augen leuchtete die rührendste Milde; wenn sie sich leidenschaftlich aufgeregt fühlte, fing sie zu weinen an. Ich war ihr Liebling, mein zwei Jahre jüngerer Bruder der Liebling meines Vaters. Der Grund war, weil ich meiner Mutter glich und mein Bruder meinem Vater zu gleichen schien, denn es war, wie sich später zeigte, keineswegs der Fall. Meine Eltern lebten im besten Frieden miteinander, solange sich Brot im Hause befand; wenn es mangelte, was im Sommer selten, im Winter, wo es an Arbeit fehlte, öfter vorkam, ergaben sich zuweilen ängstliche Szenen. Ich kann mich der Zeit nicht erinnern, wo mir diese, obgleich sie nie ausarteten, nicht fürchterlicher als alles gewesen wären, und eben darum darf ich sie nicht mit Stillschweigen übergehen.

Eines Auftritts anderer Art erinnere ich mich aus meiner frühesten Kindheit; es ist der erste, dessen ich gedenke, er mag in mein drittes Jahr fallen, wenn nicht noch ins zweite. Ich darf ihn erzählen, ohne mich an dem mir heiligen Andenken meiner Eltern zu versündigen, denn wer in ihm etwas Besonderes sieht, der kennt die unteren Stände nicht. Mein Vater wurde, wenn er seinem Handwerk nachging, meistens bei den Leuten, bei denen er arbeitete, beköstigt. Dann aßen wir zu Hause, wie alle Familien, um die gewöhnliche Zeit zu Mittag. Mitunter mußte er sich aber gegen eine Entschädigung im Tagelohn selbst die Kost halten. Dann wurde das Mittagessen verschoben und zur Abwehr des Hungers um zwölf Uhr nur ein einfaches Butterbrot genossen. Es war in dem kleinen Haushalt, der keine doppelte Hauptmahlzeit vertrug, eine billige Einrichtung. An einem solchen Tag backte meine Mutter Pfannkuchen, sicher mehr, um uns Kinder zu erfreuen, als um ein eigenes Gelüst zu stillen. Wir verzehrten sie mit dem größten Appetit und versprachen, dem Vater am Abend nichts davon zu sagen. Als er kam, waren wir bereits zu Bett gebracht und lagen im tiefen Schlaf. Ob er gewohnt sein mochte, uns noch auf den Beinen zu finden, und aus dem Gegenteil den Verdacht schöpfte, daß gegen die Hausordnung gefehlt worden sei, weiß ich nicht; genug, er weckte mich auf, liebkoste mich, nahm mich auf den Arm und fragte mich, was ich gegessen habe. »Pfannkuchen!« erwiderte ich schlaftrunken. Hierauf hielt er es der Mutter vor, die nichts zu entgegnen hatte und ihm sein Essen auftrug, mir aber einen Unheil verkündenden Blick zuwarf. Als wir am nächsten Tag wieder allein waren, gab sie mir nach ihrem Ausdruck mit der Rute eine eindringliche Lektion im Stillschweigen.

Zu anderen Zeiten schärfte sie mir wieder die strengste Wahrheitsliebe ein. Man sollte denken, diese Widersprüche hätten schlimme Folgen haben können. Es war nicht der Fall und wird nie der Fall sein, denn das Leben bringt noch ganz andere, und die menschliche Natur ist auch auf diese eingerichtet. Eine Erfahrung machte ich aber allerdings, die ein Kind besser spät macht oder niemals, nämlich die, daß der Vater zuweilen dies wolle und die Mutter das. Daß ich in frühester Kindheit wirklich gehungert hätte, wie später, erinnere ich [mich] nicht, wohl aber, daß die Mutter sich zuweilen mit dem Zusehen begnügen mußte und gern begnügte, wenn wir Kinder aßen, weil wir sonst nicht satt geworden wären.

3

Der Hauptreiz der Kindheit beruht darauf, daß alles, bis zu den Haustieren herab, freundlich und wohlwollend gegen sie ist, denn daraus entspringt ein Gefühl der Sicherheit, was bei dem ersten Schritt in die feindselige Welt hinaus entweicht und nie zurückkehrt. Besonders in den unteren Ständen ist dies der Fall. Das Kind spielt nicht vor der Tür, ohne daß die benachbarte Dienstmagd, die zum Einkaufen oder Wasserschöpfen über die Straße geschickt wird, ihm eine Blume schenkt; die Obsthändlerin wirft ihm aus ihrem Korb eine Kirsche oder eine Birne zu, ein wohlhabender Bürger wohl gar eine kleine Münze, für die es sich eine Semmel kaufen kann; der Fuhrmann knallt vorüberkommend mit seiner Peitsche, der Musikant entlockt seinem Instrument im Gehen einige Töne, und wer nichts von allem tut, der fragt es wenigstens nach seinem Namen und Alter oder lächelt es an. Freilich muß es reinlich gehalten sein. Dieses Wohlwollen wurde auch mir und meinem Bruder in reichlichem Maße zuteil, besonders von den Mitbewohnern unsers Hauses, den vorzugsweise sogenannten Nachbarn, die uns fast ebensoviel galten als die Mutter und mehr als der strenge Vater. Im Sommer hatten sie ihre Arbeit und konnten sich nur wenig mit uns abgeben, da war es aber auch nicht notwendig, denn wir spielten von früh bis spät, von der Betzeit bis zur Bettzeit, im Garten und hatten an den Schmetterlingen Gesellschaft genug. Aber im Winter, bei Regen und Schnee, wo wir aufs Haus beschränkt waren, ging fast alles, was uns unterhielt und erheiterte, von ihnen aus. Die Frau des Tagelöhners, Meta mit Namen, eine riesige, etwas vorwärts gebeugte Figur mit einem alttestamentarisch ehernen Gesicht, an das ich durch die Cumäische Sibylle des Michelangelo in der Sixtinischen Kapelle lebhaft wieder erinnert worden bin, kam gewöhnlich, ein rotes Tuch um den Kopf gewunden, in den langen Winterabenden zur Zeit der Dämmerung zu uns herum und blieb bis zum Lichtanzünden. Dann erzählte sie Hexen- und Spukgeschichten, die aus ihrem Munde eindringlicher wie aus jedem anderen klangen; wir hörten vom Blocksberg und vom höllischen Sabbat, der Besenstiel, der so verächtlich erscheinende, erhielt seine unheimliche Bedeutung, und die finstere Schornsteinhöhle, die in jedem Hause und also auch in dem unsrigen auf eine so boshafte Weise von den Mächten der Hölle und ihren Dienerinnen gemißbraucht werden konnte, flößte uns Entsetzen ein. Genau erinnere ich mich noch des Eindrucks, den die Erzählung von der verruchten Müllerin, die sich nachts in eine Katze verwandelte, auf mich machte, und wie ich mich beruhigte, daß sie für diesen schlechten Streich doch endlich die gebührende Strafe erhielt; der Katze wurde nämlich, als sie einmal den nächtlichen Spaziergang antrat, von dem Müllerburschen, dem sie verdächtig vorkam, eine Pfote abgehauen, und am nächsten Tag lag die Müllerin mit blutigem rechtem Arm ohne Hand im Bett. Wenn Licht angezündet wurde, gingen wir gewöhnlich zum Nachbar Ohl hinüber, und in seiner Stube war es uns freilich heimlicher als in Metas Atmosphäre. Der Nachbar Ohl war ein Mann, den ich nie verdrießlich gesehen habe, sooft er auch Ursache hatte, es zu sein. Mit leerem Magen, ja, was bei ihm mehr sagen wollte, mit leerer Pfeife tanzte, sang und pfiff er uns etwas vor, wenn wir kamen, und sein immer freundliches, ja vergnügtes Gesicht leuchtet mir, trotz der beträchtlich geröteten Nase, die ich mir nach der Erzählung meiner Mutter einmal mit Sehnsucht gewünscht haben soll, als ich, auf den Knien von ihm geschaukelt, zu ihm hinaufsah, und trotz der gewalkten, spitz zulaufenden Mütze, die er beständig trug, noch jetzt wie ein Stern. Es hatte eine Zeit gegeben, wo er der einzige Maurer im Ort und Herr von zwanzig bis dreißig Gesellen gewesen war, von denen sich später viele zu Meistern aufwarfen und ihm die Arbeit wegnahmen; damals hätte er, wie man ihm nachsagte, sich eine sorgenfreie Zukunft gründen können, wenn er nicht die Kegelbahn zu oft besucht und ein gutes Glas Wein zu sehr geliebt hätte, aber wer die bösen Tage trug wie er, der war wegen des unbekümmerten Genusses der guten nicht zu schelten. Ich kann seiner nicht ohne Rührung gedenken; wie sollte ich auch? Er hat den Paukenschläger und den Trompeter, die er mir und meinem Bruder einst zum Jahrmarkt schenkte, von dem Spielwarenverkäufer mit größter Mühe erborgt und sich, da seine Armut ihm das Abtragen der kleinen Schuld erst spät gestattete, noch nach Jahren, als ich schon lang und altklug an seiner Seite ging, darum mahnen lassen müssen. Unerschöpflich war er in Erfindungen, uns zu unterhalten, und da dazu bei Kindern nichts als guter Wille gehört, so mißlang es ihm nie. Eine Hauptfreude war es für uns, wenn er ein Stück Kreide in die Hand nahm, sich mit uns an seinen runden Tisch setzte und zu zeichnen anfing, Mühlen, Häuser, Tiere und was es weiter gab. Dabei kamen ihm die lustigsten Einfälle, die mir noch in den Ohren klingen. Selbst sein höchster Genuß war keiner für ihn, wenn wir ihn nicht teilten. Er bestand darin, daß er des Sonntagsvormittags nach der Predigt und vor der Mahlzeit langsam zur Erinnerung an bessere Zeiten ein sogenanntes halbes Plank Branntwein trank und eine Pfeife dazu rauchte. Von diesem Branntwein mußten wir jeder einen Fingerhut voll bekommen, oder er schmeckte ihm selbst nicht. Das Getränk war allerdings nicht das schicklichste für uns, aber die Quantität war gering genug, um nachteilige Folgen zu verhüten; mein Vater verbot jedoch diese Sonntagsfeier, als er dahinterkam. Dies betrübte den guten Alten sehr, hielt ihn aber, wie ich hinzusetzen muß, nicht ab, uns wieder mittrinken zu lassen, nur daß es ganz in der Stille geschah und daß er uns dringend anempfahl, dem Vater nachher aus dem Wege zu gehen, damit er keine Gelegenheit erhalte, einen von uns zu küssen und so die Übertretung seiner Vorschrift zu entdecken: Ein Kuß, den Lippen meines Bruders aufgedrückt, hatte ihm nämlich das erstemal das Spiel verraten. Zuweilen brachte der eine oder der andere seiner beiden unverheirateten Brüder, die meistens im Lande umherstreiften und Taugenichtse sein mochten, den Winter bei ihm zu. Sie fanden bei ihm immer willig Aufnahme und blieben, bis sie der Frühling oder der Hunger forttrieb; er jagte sie nicht, so schmal sein Stück Brot war, er brach es mit Freuden noch einmal durch; aber wenn er gar nichts hatte, so konnte er freilich auch nichts geben. Wenn Onkel Hans oder Johann kamen, war es für uns ein Fest, denn sie ließen ein neues Stück Welt in unser Nest fallen, sie erzählten uns von Wäldern und ihren Abenteuern darin, von Räubern und Mördern, denen sie nur kaum entgangen seien, von Schwarzsauer, das sie in einsamen Waldschenken gegessen, und von Menschenfingern und -zehen, die sie zuletzt auf dem Grunde der Schüssel gefunden haben wollten. Der Hausfrau waren die aufschneiderischen Schmarotzerschwäger höchst unwillkommen, denn sie trug die Last des Lebens nicht so leichten Muts wie ihr Mann, und sie wußte, daß sie nicht wieder gingen, solange noch ein Stück Speck im Schornstein hing, aber sie begnügte sich, heimlich zu murren und gegen meine Mutter ihr Herz auszuschütten. Uns Kinder hatte auch sie gern und beschenkte uns im Sommer, sooft sie konnte, mit roten und weißen Johannisbeeren, die sie sich selbst von einer geizigen Freundin erbettelte. Ich scheute jedoch ihre zu große Nähe, denn sie machte sich ein Geschäft daraus, mir die Nägel zu beschneiden, sooft es not tat, und das war mir wegen des damit verbundenen prickelnden Gefühls in den Nervenenden äußerst verhaßt. Sie las fleißig in der Bibel, und der erste starke, ja fürchterliche Eindruck aus diesem düstern Buch kam mir, lange bevor ich selbst darin zu lesen vermochte, durch sie, indem sie mir aus dem Jeremias die schreckliche Stelle vorlas, worin der zürnende Prophet weissagt, daß zur Zeit der großen Not die Mütter ihre eigenen Kinder schlachten und sie essen würden. Ich erinnere mich noch, welch ein Grausen diese Stelle mir einflößte, als ich sie hörte, vielleicht weil ich nicht wußte, ob sie sich auf die Vergangenheit oder auf die Zukunft, auf Jerusalem oder auf Wesselburen bezog, und weil ich selbst ein Kind war und eine Mutter hatte.

4

In meinem vierten Jahre wurde ich in eine Klippschule gebracht. Eine alte Jungfer, Susanna mit Namen, hoch und männerhaft von Wuchs, mit freundlichen blauen Augen, die wie Lichter aus einem graublassen Gesicht hervorschimmerten, stand ihr vor. Wir Kinder wurden in dem geräumigen Saal, der zur Schulstube diente und ziemlich finster war, an den Wänden herumgepflanzt, die Knaben auf der einen Seite, die Mädchen auf der andern; Susannas Tisch, mit Schulbüchern beladen, stand in der Mitte, und sie selbst saß, ihre weiße tönerne Pfeife im Munde und eine Tasse Tee vor sich, in einem Respekt einflößenden, urväterlichen Lehnstuhl dahinter. Vor ihr lag ein langes Lineal, das aber nicht zum Linienziehen, sondern zu unserer Abstrafung benutzt wurde, wenn wir mit Stirnerunzeln und Räuspern nicht länger im Zaum zu halten waren; eine Tüte voll Rosinen, zur Belohnung außerordentlicher Tugenden bestimmt, lag daneben. Die Klapse fielen jedoch regelmäßiger als die Rosinen, ja die Tüte war, so sparsam Susanna auch mit dem Inhalt umging, zuweilen völlig leer, wir lernten daher Kants Kategorischen Imperativ zeitig genug kennen. An den Tisch wurde groß und klein von Zeit zu Zeit herangerufen, die vorgerückteren Schüler zum Schreibunterricht, der Troß, um seine Lektion aufzusagen und, wie es nun kam, Schläge auf die Finger mit dem Lineal oder Rosinen in Empfang zu nehmen. Eine unfreundliche Magd, die sich hin und wieder sogar einen Eingriff ins Strafamt erlaubte, ging ab und zu und ward von dem jüngsten Zuwachs mitunter auf äußerst unerfreuliche Weise in Anspruch genommen, weshalb sie scharf darüber wachte, daß er nicht zu viel von den mitgebrachten Süßigkeiten zu sich nahm. Hinter dem Hause war ein kleiner Hof, an den Susannas Gärtchen stieß; auf dem Hofe trieben wir in den Freistunden unsere Spiele, das Gärtchen wurde vor uns verschlossen gehalten. Es stand voll Blumen, deren phantastische Gestalten ich noch im schwülen Sommerwind schwanken sehe; von diesen Blumen brach Susanna uns bei guter Laune wohl hin und wieder einige ab, jedoch erst dann, wenn sie dem Welken nahe waren; früher raubte sie den sauber angelegten und sorgfältig gejäteten Beeten, zwischen denen sich Fußsteige hinzogen, dic kaum für die hüpfenden Vögel breit genug erschienen, nichts von ihrem Schmuck. Susanna verteilte ihre Geschenke übrigens sehr parteiisch. Die Kinder wohlhabender Eltern erhielten das Beste und durften ihre oft unbescheidenen Wünsche laut aussprechen, ohne zurechtgewiesen zu werden; die Ärmeren mußten mit dem zufrieden sein, was übrigblieb, und bekamen gar nichts, wenn sie den Gnadenakt nicht stillschweigend abwarteten. Das trat am schreiendsten zu Weihnacht hervor. Dann fand eine große Verteilung von Kuchen und Nüssen statt, aber in treuster Befolgung der Evangeliumsworte: Wer da hat, dem wird gegeben! Die Töchter des Kirchspielschreibers, einer gewaltigen Respektsperson, die Söhne des Arztes usw. wurden mit halben Dutzenden von Kuchen, mit ganzen Tüchern voll Nüsse beladen; die armen Teufel dagegen, deren Aussichten für den Heiligen Abend im Gegensatz zu diesen ausschließlich auf Susannas milder Hand beruhten, wurden kümmerlich abgefunden. Der Grund war, weil Susanna auf Gegengeschenke rechnete, auch wohl rechnen mußte, und von Leuten, die nur mit Mühe das Schulgeld aufzubringen wußten, keine erwarten durfte. Ich wurde nicht ganz zurückgesetzt, denn Susanna erhielt im Herbst regelmäßig von unserem Birnbaum ihren Tribut, und ich genoß ohnehin meines »guten Kopfs« wegen vor vielen eine Art von Vorzug, aber ich empfand den Unterschied doch auch und hatte besonders viel von der Magd zu leiden, die mir das Unschuldigste gehässig auslegte, das Ziehen eines Taschentuchs z. B. einmal als ein Zeichen, daß ich es gefüllt haben wollte, was mir die glühendste Schamröte auf die Wangen und die Tränen in die Augen trieb. Sobald Susannas Parteilichkeit und die Ungerechtigkeit ihrer Magd mir ins Bewußtsein traten, hatte ich den Zauberkreis der Kindheit überschritten. Es geschah sehr früh.

5

Noch jetzt sind mir aus dieser Schulstube zwei Momente lebhaft gegenwärtig. Ich erinnere mich zunächst, daß ich dort von der Natur und dem Unsichtbaren, den der ahnende Mensch hinter ihr vermutet, den ersten furchtbaren Eindruck empfing. Das Kind hat eine Periode, und sie dauert ziemlich lange, wo es die ganze Welt von seinen Eltern, wenigstens von dem immer etwas geheimnisvoll im Hintergrund stehenbleibenden Vater abhängig glaubt und wo es sie ebensogut um schönes Wetter, wie um ein Spielzeug, bitten könnte. Diese Periode nimmt natürlich ein Ende, wenn es zu seinem Erstaunen die Erfahrung macht, daß Dinge geschehen, welche den Eltern so unwillkommen sind wie ihm selbst die Schläge, und mit ihr entweicht ein großer Teil des mystischen Zaubers, der das heilige Haupt der Erzeuger umfließt, ja es beginnt erst, wenn sie vorüber ist, die eigentliche menschliche Selbständigkeit. Mir öffnete ein fürchterliches Gewitter, das mit einem Wolkenbruch und mit einem Schloßenfall verbunden war, die Augen über diesen Punkt. Es war ein schwüler Sommernachmittag, einer von denen, welche die Erde ausdörren und alle ihre Kreaturen rösten. Wir Kinder saßen träge und gedrückt mit unseren Katechismen oder Fibeln auf den Bänken umher, Susanna selbst nickte schlaftrunken ein und ließ uns die Späße und Neckereien, durch die wir uns wach zu erhalten suchten, nachsichtig hingehen, nicht einmal die Fliegen summten, bis auf die ganz kleinen, die immer munter sind, als auf einmal der erste Donnerschlag erscholl und im wurmstichigen Gebälk des alten, ausgewohnten Hauses schmetternd und krachend nachdröhnte. In desperatester Mischung, wie es eben nur bei Gewittern des Nordens vorkommt, folgte nun ein Schloßengeprassel, welches in weniger als einer Minute an der Windseite alle Fensterscheiben zertrümmerte und gleich darauf, ja dazwischen, ein Regenguß, der eine neue Sündflut einzuleiten schien. Wir Kinder, erschreckt auffahrend, liefen schreiend und lärmend durcheinander, Susanna selbst verlor den Kopf, und ihrer Magd gelang es erst, die Läden zu schließen, als nichts mehr zu retten, sondern der bereits hereingebrochenen Überschwemmung zur Erhöhung des allgemeinen Entsetzens und zur Vermehrung der eingerissenen Verwirrung nur noch die ägyptische Finsternis beizugesellen war. In den Pausen zwischen dem einen Donnerschlag und dem anderen faßte Susanna sich zwar notdürftig wieder und suchte ihre Schützlinge, die sich, je nach ihrem Alter, entweder an ihre Schürze gehängt hatten oder für sich mit geschlossenen Augen in den Ecken kauerten, nach Kräften zu trösten und zu beschwichtigen; aber plötzlich zuckte wieder ein bläulich flammender Blitz durch die Ladenritzen, und die Rede erstarb ihr auf den Lippen, während die Magd, fast so ängstlich wie das jüngste Kind, heulend aufkreischte: »Der liebe Gott ist bös!« Und wenn es wieder finster im Saal wurde, pädagogisch griesgrämlich hinzusetzte: »Ihr taugt aber auch alle nichts!« Dies Wort, aus so widerwärtigem Munde es auch kam, machte einen tiefen Eindruck auf mich, es nötigte mich, über mich selbst und über alles, was mich umgab, hinaufzublicken, und entzündete den religiösen Funken in mir. Aus der Schule ins väterliche Haus zurückgeholt, fand ich auch dort den Greuel der Verwüstung vor; unser Birnbaum hatte nicht bloß seine jungen Früchte, sondern auch seinen ganzen Blätterschmuck verloren und stand kahl da wie im Winter; ja ein sehr ergiebiger Pflaumenbaum, der nicht nur uns selbst, sondern noch obendrein den halben Ort und wenigstens unsre ziemlich weitläuftige Gevatterschaft zu versorgen pflegte, war sogar um den reichsten seiner Äste gekommen und glich in seiner Verstümmelung einem Menschen mit gebrochenem Arm. War es nun schon für die Mutter ein leidiger Trost, daß unser Schwein jetzt auf acht Tage mit leckerer Kost versehen sei, so wollte es mir ganz und gar nicht eingehen, und kaum die reichlich umherliegenden Glasscherben, aus denen sich auf die leichteste Weise von der Welt durch Unterklebung mit feuchter Erde die trefflichsten Spiegel machen ließen, boten für die unwiederbringlichen Herbstfreuden einigen Ersatz. Jetzt aber begriff ich's auf einmal, warum mein Vater des Sonntags immer in die Kirche ging und warum ich nie ein reines Hemd anziehen durfte, ohne dabei: Das walte Gott! zu sagen; ich hatte den Herrn aller Herren kennengelernt, seine zornigen Diener Donner und Blitz, Hagel und Sturm hatten ihm die Pforten meines Herzens weit aufgetan, und in seiner vollen Majestät war er eingezogen. Es zeigte sich auch kurz darauf, was innerlich mit mir vorgegangen war, denn als der Wind eines Abends wieder mächtig in den Schornstein blies und der Regen stark aufs Dach klopfte, während ich zu Bett gebracht wurde, verwandelte sich das eingelernte Geplapper meiner Lippen plötzlich in ein wirklich ängstliches Gebet, und damit war die geistige Nabelschnur, die mich bis dahin ausschließlich an die Eltern gebunden hatte, zerrissen, ja es kam gar bald so weit, daß ich mich bei Gott über Vater und Mutter zu beklagen anfing, wenn ich ein Unrecht von ihnen erfahren zu haben glaubte. Weiter knüpft sich an diese Schulstube mein erster und vielleicht bitterster Martergang. Um deutlich zu machen, was ich sagen will, muß ich etwas ausholen.

Schon in der Kleinkinderschule finden sich alle Elemente beisammen, die der reifere Mensch in potenzierterem Maße später in der Welt antrifft. Die Brutalität, die Hinterlist, die gemeine Klugheit, die Heuchelei, alles ist vertreten, und ein reines Gemüt steht immer so da wie Adam und Eva auf dem Bilde unter den wilden Tieren. Wieviel hiervon der Natur, wieviel der ersten Erziehung oder vielmehr der Verwahrlosung von Haus aus beizumessen ist, bleibe hier unentschieden: Die Tatsache unterliegt keinem Zweifel. Das war denn auch in Wesselburen der Fall. Von dem rohen Knaben an, der die Vögel bei lebendigem Leibe rupfte und den Fliegen die Beine ausriß, bis zu dem fixfingrigen Knirps herunter, der seinen Kameraden die buntpapiernen Merkzeichen aus der Fibel stahl, war jede Spezies vorhanden, und das Schicksal, das die besser gearteten und darum zum Leiden verdammten Mitschüler den jungen Sündern zuweilen im Zorn prophezeiten, wenn sie eben Gegenstand ihrer Foppereien oder ihrer Heimtücke geworden waren, ging an mehr als einem buchstäblich in Erfüllung. Der Auswurf hat immer insoweit Instinkt, daß er weiß, wen sein Stachel am ersten und am schärfsten trifft, und so war denn ich den boshaften Anzapfungen eine Zeitlang am meisten ausgesetzt. Bald stellte sich einer, als ob er sehr eifrig im Katechismus lese, den er dicht vors Gesicht hielt, raunte mir aber übers Blatt weg allerlei Schändlichkeiten ins Ohr und fragte mich, ob ich noch dumm genug sei zu glauben, daß die Kinder aus dem Brunnen kämen und daß der Storch sie heraufhole. Bald rief ein anderer mir zu: »Willst du einen Apfel haben, so nimm ihn dir aus meiner Tasche, ich habe einen für dich mitgebracht!« Und wenn ich das tat, so schrie er: »Susanna, ich werde bestohlen!« und leugnete sein Wort ab. Ein dritter bespuckte wohl gar sein Buch, fing dann zu heulen an und behauptete mit frecher Stirn, ich habe es getan. War ich nun solchen Vexationen fast allein preisgegeben, teils, weil ich sie am empfindlichsten aufnahm, und teils, weil sie wegen meiner großen Arglosigkeit am besten bei mir glückten, so gab es dagegen noch andere, die sich alle ohne Ausnahme gefallen lassen mußten. Dazu gehörten vorzugsweise die Prahlereien einiger hoch aufgeschossener Rangen, die uns übrigen in Jahren beträchtlich voraus waren, aber trotzdem noch auf der Abc-Bank saßen und von Zeit zu Zeit die Schule schwänzten. Sie hatten an und für sich nichts davon als doppelte und dreifache Langeweile, denn nach Hause durften sie nicht kommen und Spielkameraden fanden sie nicht, es blieb ihnen daher nichts übrig, als sich hinter einen Zaun hinzuducken oder in einem ausgetrockneten Wassergraben zu lauern, bis die Erlösungsstunde schlug, und sich dann, als ob sie gewesen wären, wo sie sein sollten, auf dem Heimwege unter uns zu mischen. Aber sie wußten sich zu entschädigen und sich den Spaß nachträglich zu bereiten, wenn sie wieder in die Schule kamen und uns ihre Abenteuer berichteten. Da war einmal der Vater ganz dicht am Zaun vorbeigegangen, das spanische Rohr, womit er sie durchzuwalken pflegte, in der Hand und hatte sie doch nicht bemerkt; da war ein anderes Mal die Mutter, vom Spitz begleitet, an den Graben gekommen, der Hund hatte sie aufgeschnüffelt, die Mutter sie entdeckt und die Lüge, daß sie von Susanna hergeschickt seien, um ihr Kamillenblumen zu pflücken, ihnen doch noch durchgeholfen. Dabei brüsteten sie sich wie alte Soldaten, die den verwunderten Rekruten ihre Heldentaten erzählten, und die Applikation lautete stets: »Wir riskieren Peitsche und Stock, ihr höchstens die Rute, und dennoch wagt ihr nichts!« Dies war verdrießlich und um so mehr, da sich die Wahrheit nicht ganz in Abrede stellen ließ; als daher der Sohn eines Altflickers einst mit zerbleutem Rücken zur Schule kam und uns mitteilte, sein Vater habe ihn ertappt und ihn derb mit dem Knieriemen gezüchtigt, er werde es nun aber nur um so öfter probieren, denn er sei kein Hase, beschloß auch ich, meine Courage zu zeigen, und das noch denselben Nachmittag. Ich ging also, als meine Mutter mich zur gewohnten Stunde, mit zwei saftigen Birnen für den Durst ausgerüstet, fortschickte, nicht zu Susanna, sondern verkroch mich mit klopfendem Herzen und ängstlich rückwärts spähend in den Holzschuppen unseres Nachbars, des Tischlers, von seinem Sohn, der viel älter war als ich und schon mit in der Werkstatt hantierte, dazu aufgemuntert und dabei unterstützt. Es war sehr heiß und mein Schlupfwinkel so dunkel als dumpf, die beiden Birnen hielten nicht lange vor, auch aß ich sie nicht ohne Gewissensbisse, und eine im Hintergrund mit ihren Jungen kauernde alte Katze, die bei der geringsten meiner Bewegungen grimmig knurrte, trug nicht auf die angenehmste Weise zu meiner Zerstreuung bei. Die Sünde führte ihre Strafe unmittelbar mit sich, ich zählte alle Viertel- und halbe Stunden der Uhr, deren Schläge gellend und, wie es mir vorkam, drohend vom hohen Turm zu mir herüberdrangen, ich ängstete mich ab, ob ich auch wohl unbemerkt aus dem Schuppen wieder herauskommen werde, und ich dachte nur sehr selten und äußerst flüchtig an den Triumph, den ich morgen zu feiern hoffte. Es war bereits ziemlich spät, da trat meine Mutter in den Garten und ging, vergnügt und fröhlich um sich blickend, zum Brunnen, um Wasser zu schöpfen. Sie kam fast an mir vorbei, und mir stockte schon davon der Atem, aber wie ward mir erst, als der Vertraute meines

Geheimnisses sie plötzlich fragte, ob sie auch wohl wisse, wo Christian sei, und auf ihre stutzend abgegebene Antwort: »Bei Susanna!« halb schalkhaft, halb schadenfroh versetzte: »Nein! Nein! Bei der Katze!« und ihr blinzelnd und zwinkernd mein Versteck zeigte. Ich sprang, vor Wut außer mir, hervor und stieß nach dem lachenden Verräter mit dem Fuß, meine Mutter aber, das ganze Gesicht eine Flamme, setzte ihren Eimer beiseite und packte mich bei Armen und Haaren, um mich noch in die Schule zu bringen. Ich riß mich los, ich wälzte mich auf dem Boden, ich heulte und schrie, aber alles war umsonst, sie schleppte mich, viel zu empört darüber, in ihrem überall gepriesenen stillen Liebling einen solchen Missetäter zu entdecken, um auf mich zu hören, mit Gewalt fort, und mein fortgesetztes Widerstreben hatte keine andere Folge, als daß alle Fenster an der Straße aufgerissen wurden und alle Köpfe herausschauten. Als ich ankam, wurden meine Kameraden gerade entlassen, sie rotteten sich aber um mich herum und überhäuften mich mit Spott und Hohn, während Susanna, die einsehen mochte, daß die Lektion zu streng war, mich zu begütigen suchte. Seit jenem Tage glaube ich zu wissen, wie dem Spießrutenläufer zumute ist.

6

Ich hätte oben eigentlich noch einen dritten Moment nennen sollen, aber dieser, wie hoch oder wie niedrig man ihn auch anschlagen mag, wenn man auf ihn zurückschaut, ist jedenfalls im Menschenleben so einzig und unvergleichlich, daß man ihn mit keinem anderen zusammenstellen darf. Ich lernte in Susannas dumpfer Schulstube nämlich auch die Liebe kennen, und zwar in derselben Stunde, wo ich sie betrat, also in meinem vierten Jahre. Die erste Liebe! Wer lächelt nicht, indem er dies liest, wem schwebt nicht irgendein Ännchen oder Gretchen vor, das ihm auch einmal eine Sternenkrone zu tragen und in Himmelblau und Morgengold gekleidet zu sein schien, und das jetzt vielleicht – es wäre frevelhaft, das Gegenbild auszumalen! Doch wer sagt sich nicht auch, daß er damals wie im Fluge an jedem Honigkelch, der im Garten der Erde steht, vorübergeführt wurde, zu rasch freilich, um sich zu berauschen, aber langsam genug, um den heiligen Frühduft einzuatmen! Darum gesellt sich jetzt zum Lächeln die Rührung, indem ich des schönen Maimorgens gedenke, an welchem das längst beschlossene, aber immer wieder verschobene und endlich unwandelbar auf einen bestimmten Tag festgesetzte große Ereignis, nämlich meine Entlassung aus dem väterlichen Hause in die Schule, wirklich stattfand. »Er wird weinen!« sagte Meta am Abend vorher und nickte sibyllenhaft, als ob sie alles wüßte. »Er wird nicht weinen, aber er wird zu spät aufstehen!« erwiderte die Nachbarin Ohl. »Er wird sich tapfer halten und auch zur rechten Zeit aus dem Bette sein!« warf der gutmütige Alte dazwischen. Dann fügte er hinzu: »Ich habe etwas für ihn, und das geb ich ihm, wenn er morgen früh um sieben gewaschen und gekämmt in meine Tür kommt.« Ich war um sieben beim Nachbar und bekam zur Belohnung einen kleinen, hölzernen Kuckuck, ich hatte bis halb acht guten Mut und spielte mit unserem Mops, mir wurde um dreiviertel flau, aber ich ward gegen acht wieder ein ganzer Kerl, weil Meta mit schadenfrohem Gesicht eintrat, und machte mich, die neue Fibel mit Johann Ballhorns eierlegendem Hahn unterm Arm, beherzt auf den Weg. Die Mutter ging mit, um mich feierlich zu introduzieren, der Mops folgte, ich war noch nicht ganz verlassen und stand vor Susanna, ehe ich's dachte. Susanna klopfte mich nach Schulmeisterart auf die Backen und strich mir die Haare zurück, meine Mutter empfahl mir in strengem Ton, der sie viel Mühe kostete, Fleiß und Gehorsam und entfernte sich eilig, um nicht wieder weich zu werden, der Mops war eine ziemliche Weile unschlüssig, zuletzt schloß er sich ihr an. Ich erhielt einen goldpapiernen Heiligen zum Geschenk, dann wurde mir mein Platz angewiesen, und ich war dem surrenden und sumsenden Kinderbienenstock einverleibt, welcher dem Auftritt neugierig und der Unterbrechung froh zugesehen hatte. Es dauerte einige Zeit, bis ich aufzuschauen wagte, denn ich fühlte, daß ich gemustert wurde, und das setzte mich in Verlegenheit. Endlich tat ich's, und mein erster Blick fiel auf ein schlankes blasses Mädchen, das mir gerade gegenüber saß; sie hieß Emilie und war die Tochter des Kirchspielschreibers. Ein leidenschaftliches Zittern überflog mich, das Blut drang mir zum Herzen, aber auch eine Regung von Scham mischte sich gleich in mein erstes Empfinden, und ich schlug die Augen so rasch wieder zu Boden, als ob ich einen Frevel damit begangen hätte. Seit dieser Stunde kam Emilie mir nicht mehr aus dem Sinn, die vorher so gefürchtete Schule wurde mein Lieblingsaufenthalt, weil ich sie nur dort sehen konnte, die Sonn- und Feiertage, die mich von ihr trennten, waren mir so verhaßt, als sie mir sonst erwünscht gewesen sein würden, ich fühlte mich ordentlich unglücklich, wenn sie einmal ausblieb. Sie schwebte mir vor, wo ich ging und stand, und ich wurde nicht müde, still für mich hin ihren Namen auszusprechen, wenn ich mich allein befand; besonders waren ihre schwarzen Augenbrauen und ihre roten Lippen mir immer gegenwärtig, wogegen ich mich nicht erinnere, daß auch ihre Stimme Eindruck auf mich gemacht hätte, obgleich später gerade hiervon alles bei mir abhing. Daß ich bald das Lob des fleißigsten Schulgängers und des besten Schülers davontrug, versteht sich von selbst; mir war dabei aber eigen zumut, denn ich wußte gar wohl, daß es nicht die Fibel war, die mich zu Susanna hintrieb, und daß ich nicht, um schnell lesen zu lernen, so emsig buchstabierte. Allein, niemand durfte ahnen, was in mir vorging, und Emilie am wenigsten: Ich floh sie aufs ängstlichste, um mich nur ja nicht zu verraten; ich erwies ihr, wenn die gemeinschaftlichen Spiele uns dennoch zusammenführten, eher Feindseligkeiten als etwas Freundliches; ich zupfte sie von hinten bei den Haaren, um sie doch einmal zu berühren, und tat ihr weh dabei, nur um keinen Verdacht zu erregen. Ein einziges Mal jedoch brach die Natur sich gewaltsam Bahn, weil sie auf eine zu starke Probe gesetzt wurde. Als ich eines Nachmittags nämlich in der Tummelstunde, die dem Unterricht stets voranging, weil die Kinder nur langsam zusammenkamen und Susanna auch gern ein Mittagsschläfchen hielt, in die Schulstube trat, bot sich mir ein höchst betrübsamer Anblick dar: Emilie wurde von einem Knaben mißhandelt, und dieser war einer meiner besten Kameraden. Er zupfte und knuffte sie weidlich, und das ertrug ich noch, obgleich nicht ohne große Mühe und mit immer steigender, stiller Erbitterung. Endlich aber trieb er sie in einen Winkel, und als er sie wieder herausließ, blutete ihr der Mund, wahrscheinlich, weil er sie irgendwo gekratzt hatte. Da konnte ich mich nicht länger halten, der Anblick des Blutes versetzte mich in Raserei, ich fiel über ihn her, warf ihn zu Boden und gab ihm seine Püffe und Schläge doppelt und dreifach zurück. Aber Emilie, weit entfernt, mir dankbar zu sein, rief selbst für ihren Feind nach Hilfe und Beistand, als ich gar nicht wieder aufhörte, und verriet so unwillkürlich, daß sie ihn lieber hatte als den Rächer. Susanna, durch das Geschrei aus ihrem Schlummer geweckt, eilte herbei und forderte, mürrisch und unwillig, wie sie natürlich war, strenge Rechenschaft wegen meines plötzlichen Wutanfalls; was ich zur Entschuldigung hervorstotterte und stammelte, war unverständlich und unsinnig, und so trug ich denn als Lohn für meinen ersten Ritterdienst eine derbe Züchtigung davon. Diese Neigung dauerte bis in mein achtzehntes Jahr und hatte sehr verschiedene Phasen; ich muß daher noch mehrmals darauf zurückkommen.

7

Schon in der frühesten Zeit war die Phantasie außerordentlich stark in mir. Wenn ich des Abends zu Bett gebracht wurde, so fingen die Balken über mir zu kriechen an, aus allen Ecken und Winkeln des Zimmers glotzten Fratzengesichter hervor, und das vertrauteste, ein Stock, auf dem ich selbst zu reiten pflegte, der Tischfuß, ja die eigene Bettdecke mit ihren Blumen und Figuren wurden mir fremd und jagten mir Schrecken ein. Ich glaube, es ist hier zwischen der unbestimmten allgemeinen Furcht, die allen Kindern ohne Ausnahme eigen ist, und einer gesteigerten, die ihre Angstgebilde in schneidend scharfen Formen verkörpert und der jungen Seele wahrhaft objektiv macht, wohl zu unterscheiden; jene teilte mein Bruder, der neben mir lag, aber ihm fielen immer sehr bald die Augen zu, und dann schlief er ruhig bis an den hellen Morgen; diese quälte mich allein, und sie hielt den Schlaf nicht bloß von mir fern, sondern scheuchte ihn auch, wenn er schon gekommen war, oft noch wieder fort und ließ mich mitten in der Nacht um Hilfe rufen. Wie tief sich die Ausgeburten derselben mir eingeprägt haben, geht daraus hervor, daß sie mit voller Gewalt in jeder ernsten Krankheit wiederkehren; sowie das fieberisch siedende Blut mir übers Gehirn läuft und das Bewußtsein ertränkt, stellen die ältesten Teufel, alle später geborenen vertreibend und entwaffnend, sich wieder ein, um mich zu martern, und das beweist ohne Zweifel am besten, wie sie mich einst gemartert haben müssen. Aber auch am Tage war die Phantasie ungewöhnlich und vielleicht krankhaft rege in mir. Häßliche Menschen z. B., über die mein Bruder lachte und die er nachäffte, erfüllten mich mit Grauen; ein kleiner buckliger Schneider, an dessen dreieckigem leichenblassem Gesicht freilich unmäßig lange Ohren saßen, die noch obendrein hochrot und durchsichtig waren, konnte nicht vorbeigehen, ohne daß ich schreiend ins Haus lief, und fast den Tod hätte ich davon genommen, als er mir, höchlich aufgebracht, einmal folgte, mich einen dummen Jungen scheltend und mit meiner Mutter keifend, weil er glaubte, daß sie ihn in der häuslichen Erziehung als Knecht Ruprecht verwende. Ich konnte keinen Knochen sehen und begrub auch den kleinsten, der sich in unserem Gärtchen entdecken ließ, ja ich merzte später in Susannas Schule das Wort Rippe mit den Nägeln aus meinem Katechismus aus, weil es mir den eklen Gegenstand, den es bezeichnet, immer so lebhaft vergegenwärtigte, als ob er selbst in widerwärtiger Modergestalt vor mir läge. Dagegen war mir aber auch ein Rosenblatt, das der Wind mir über den Zaun zuwehte, so viel und mehr wie anderen die Rose selbst, und Wörter wie Tulpe und Lilie, wie Kirsche und Aprikose, wie Apfel und Birne versetzten mich unmittelbar in Frühling, Sommer und Herbst hinein, so daß ich die Fibelstücke, in denen sie vorkamen, vor allem gern laut buchstabierte und mich jedesmal ärgerte, wenn die Reihe mich nicht traf. Nur leider bedarf man in der Welt viel öfter des Verkleinerungs- als des Vergrößerungsglases, und davon ist selbst die schöne Jugendzeit nur in den seltensten Fällen ausgenommen. Denn wie man vom Pferde sagt, daß es den Menschen darum respektiert, weil es nach der Konstruktion seines Auges einen Riesen in ihm erblickt, so steht auch das mit Phantasie begabte Kind nur deshalb vor einem Sandkorn still, weil es ihm ein unübersteiglicher Berg erscheint. Die Dinge selbst können hier also nicht den Maßstab abgeben, sondern man muß nach dem Schatten fragen, den sie werfen, und so kann der Vater oft lachen, während der Sohn Höllenqualen erleidet, weil die Gewichte, womit beide wiegen, eben grundverschieden sind. Ein an sich drolliger Vorfall gehört hierher, da er gerade diesen für die Erziehung höchst wichtigen Punkt ins klarste Licht setzt. Ich sollte einmal zu Mittag eine Semmel holen, die Bäckersfrau reichte sie mir und gab mir zugleich in großmütiger Laune einen alten Nußknacker, der sich beim Aufräumen irgendwo vorgefunden haben mochte, mit auf den Weg. Ich hatte noch nie einen Nußknacker gesehen, ich kannte keine seiner verborgenen Eigenschaften und nahm ihn hin wie jede andere Puppe, die sich durch rote Backen und glotzende Augen empfahl. Vergnügt den Rückweg antretend und den Nußknacker als neugewonnenen Liebling zärtlich an die Brust drückend, bemerke ich plötzlich, daß er den Rachen öffnet und mir zum Dank für die Liebkosung seine grimmigen weißen Zähne zeigt. Man male sich meinen Schreck aus! Ich kreischte hell auf, ich rannte wie gehetzt über die Straße, aber ich hatte nicht so viel Besinnung oder Mut, den Unhold von mir zu werfen, und da er natürlich nach Maßgabe meiner eigenen Bewegungen während des Laufens sein Maul bald schloß, bald wieder aufriß, so konnte ich nicht umhin, ihn für lebendig zu halten, und kam halbtot zu Hause an. Hier wurde ich nun zwar ausgelacht und aufgeklärt, zuletzt gar gescholten, es half aber alles nichts, es war mir nicht möglich, mich mit dem Ungetüm wieder auszusöhnen, obgleich ich seine Unschuld erkannte, und ich ruhte nicht, bis ich die Erlaubnis erhielt, ihn an einen anderen Knaben wieder zu verschenken. Als mein Vater die Sache erfuhr, meinte er, es gäbe keinen zweiten Jungen, dem so etwas begegnen könne; das war sehr möglich, denn es gab vielleicht keinen, dem die Vettern des Nußknackers des Abends vorm Eindämmern vom Boden und von den Wänden herab schon Gesichter geschnitten hatten. Bei Nacht gipfelte diese Tätigkeit meiner gärenden Phantasie in einem Traum, der so ungeheuerlich war und einen solchen Eindruck in mir zurückließ, daß er eben deshalb siebenmal hintereinander wiederkehrte. Mir war, als hätte der liebe Gott, von dem ich schon so manches gehört hatte, zwischen Himmel und Erde ein Seil ausgespannt, mich hineingesetzt und sich danebengestellt, um mich zu schaukeln. Nun flog ich denn ohne Rast und Aufenthalt in schwindelerregender Eile hinauf und hinunter; jetzt war ich hoch in den Wolken, die Haare flatterten mir im Winde, ich hielt mich krampfhaft fest und schloß die Augen; jetzt war ich dem Boden wieder so nahe, daß ich den gelben Sand sowie die kleinen roten und weißen Steinchen deutlich erblicken, ja mit den Fußspitzen erreichen konnte. Dann wollte ich mich herauswerfen, aber das kostete doch einen Entschluß, und bevor es mir gelang, ging's wieder in die Höhe, und mir blieb nichts übrig, als abermals ins Seil zu greifen, um nicht zu stürzen und zerschmettert zu werden. Die Woche, in welche dieser Traum fällt, war vielleicht die entsetzlichste meiner Kindheit, denn die Erinnerung an ihn verließ mich den ganzen Tag nicht, und da ich, sowie ich trotz meines Sträubens zu Bett gebracht wurde, die Angst vor seiner Wiederkehr gleich mit hinein, ja unmittelbar mit in den Schlaf hinübernahm, so war es kein Wunder, daß er sich auch immer wieder einstellte, bis er sich allmählich abschwächte.

8

Ich blieb in Susannas Schule bis in mein sechstes Jahr und lernte dort fertig lesen. Zum Schreiben ward ich meiner Jugend wegen, wie es hieß, noch nicht zugelassen; es war das letzte, was Susanna mitzuteilen hatte, darum hielt sie vorsichtig damit zurück. Aber die notwendigen ersten Gedächtnisübungen wurden auch schon mit mir angestellt, denn so wie der Knirps sich vom geschlechtslosen Rock zur Hose und von der Fibel zum Katechismus aufgedient hatte, mußte er die zehn Gebote und die Hauptstücke des christlichen Glaubens auswendig lernen, wie Doktor Martin Luther, der große Reformator, sie vor dreihundert Jahren als Richtschnur für die protestantische Kirche formuliert hat. Weiter ging's nicht, und die ungeheuren Dogmen, die ohne Erklärung und Erläuterung aus dem Buch in das unentwickelte Kindergehirn hinüberspazierten, setzten sich hier natürlich in wunderliche und zum Teil groteske Bilder um, die jedoch dem jungen Gemüt keineswegs schadeten, sondern es heilsam anregten und eine ahnungsvolle Gärung darin hervorriefen. Denn, was tut's, ob das Kind, wenn es von der Erbsünde oder von Tod und Teufel hört, an diese tiefsinnigen Symbole einen Begriff oder eine abenteuerliche Vorstellung knüpft; sie zu ergründen ist die Aufgabe des ganzen Lebens, aber der werdende Mensch wird doch gleich beim Eingang an ein alles bedingendes Höheres gemahnt, und ich zweifle, ob sich das gleiche Ziel durch frühzeitige Einführung in die Mysterien der Regeldetri oder in die Weisheit der Äsopischen Fabeln erreichen läßt. Merkwürdig war allerdings dabei, daß Luther in meiner Einbildung fast unmittelbar neben Moses und Jesus Christus zu stehen kam, doch es hatte ohne Zweifel darin seinen Grund, daß sein donnerndes »Was ist das?« immer augenblicklich hinter den majestätischen Lakonismen Jehovas herscholl und daß obendrein sein derb-kerniges Gesicht, aus dem der Geist um so eindringlicher spricht, weil er offenbar mit dem widerstrebenden dicken Fleisch um den Sieg erst kämpfen muß, dem Katechismus in nachdrücklicher Schwärze vorgedruckt war. Aber auch das hatte meines Wissens für mich ebensowenig nachteilige Folgen als mein Glaube an die wirklichen Hörner und Klauen des Teufels oder an die Hippe des Todes, und ich lernte, sobald es not tat, sehr gut zwischen dem Salvator und dem Reformator unterscheiden. Übrigens genügte der bescheidene Erwerb, den ich bei Susanna davontrug, vollkommen, mir zu Hause ein gewisses Ansehen zu verschaffen; dem Meister Ohl imponierte es ungemein, daß ich bald besser wußte als er selbst, was der wahre Christ alles glaubt, und meine Mutter wurde fast zu Tränen gerührt, als ich das erstemal, ohne zu stottern oder gar zu stocken, bei der Lampe den Abendsegen vorlas, ja sie fühlte sich so davon erbaut, daß sie mir das Lektoramt für immer übertrug, das ich dann auch geraume Zeit mit viel Eifer und nicht ohne Selbstgefühl versah. Gegen Ende meines sechsten Jahres trat in den holsteinischen Schuleinrichtungen und also auch in denen meines Vaterländchens eine große Veränderung, ja eine vollständige Umgestaltung ein. Bis dahin hatte der Staat sich in die erste Erziehung gar nicht, in die spätere wenig gemischt; die Eltern konnten ihre Kinder schicken, wohin sie wollten, und die Klipp- und Winkelschulen waren reine Privatinstitute, um die sich selbst die Prediger kaum bekümmerten und die oft auf die seltsamste Weise entstanden. So war Susanna einmal an einem stürmischen Herbstabend, ohne einen Heller zu besitzen und völlig fremd, auf hölzernen Pantoffeln nach Wesselburen gekommen und hatte bei einer mitleidigen Pastorswitwe um Gottes willen ein Nachtquartier gefunden; diese entdeckt, daß die Pilgerin lesen und schreiben kann, auch in der Schrift nicht übel Bescheid weiß, und macht ihr daraufhin Knall und Fall den Vorschlag, im Ort, ja in ihrem Hause zu bleiben und Unterricht zu geben. Die Jugend, wenigstens der kriechende Teil derselben, war nämlich gerade verwaist, der bisherige Lehrer, lange Zeit wegen seiner strengen Zucht höchlich gepriesen, hatte ein naseweises kleines Mädchen zur Strafe für irgendeine Ungezogenheit entblößt auf einen heißen Ofen gesetzt, vielleicht, um ein noch größeres Lob davonzutragen, und das war denn doch auch den unbedingtesten Verehrern der Rute zu stark gewesen. Susanna stand ganz verlassen in der Welt da und wußte nicht, wohin sie sich wenden oder was sie ergreifen sollte, sie vertauschte die gewohnte Handarbeit daher gern, obgleich nicht ohne Angst, nach ihrem eigenen Ausdruck, mit der schweren Kopfarbeit, und die Spekulation glückte vollkommen und in kürzester Frist. Den mehr herangewachsenen Knaben und Mädchen öffneten sich freilich ernst und finster Rektorat und Konrektorat, die unter einer Art Kontrolle standen und sich nötigenfalls durch den weltlichen Arm rekrutierten, wenn der Nachwuchs nicht von selbst einsprach. Aber auch hier wurden trotz der pomphaften, mir bis zur Stunde rätselhaft gebliebenen Namen, womit sie stolzierten, nur die notdürftigsten Realien traktiert, und ein wegen seiner Gaben allgemein angestaunter Bruder meiner Mutter, den der keineswegs überbescheidene Rektor mit der feierlichen Erklärung entließ, daß er ihn nichts weiter lehren könne, weil er so viel wisse als er selbst, war allerdings ein gewaltiger Kalligraph und putzte seine Neujahrswünsche mit Tusche und Schnörkeln heraus, wie Fust und Schöffer ihre Inkunabeln, konnte jedoch nicht einen einzigen grammatikalischen Satz zustande bringen. Diesen unleugbar höchst mangelhaften und der Verbesserung bedürftigen Zuständen sollte nun ein für allemal ein Ende gemacht, das Volk sollte von der Wiege an erzogen und der Aberglaube bis auf die letzte Wurzel ausgerottet werden. Ob man gründlich erwog, was vornehmlich zu erwägen gewesen wäre, bleibe dahingestellt, denn der Begriff der Bildung ist äußerst relativ, und wie der ekelhafteste Rauch durchs Nippen aus allen Flaschen entsteht, so erzeugt das flache, enzyklopädische Wissen, das sich allenfalls in die Breite mitteilen läßt, gerade jenen widerwärtigen Hochmut, der sich keiner Autorität mehr beugt und doch zu der Tiefe, in der sich die geil aufschießenden dialektischen Widersprüche und Gegensätze von selbst lösen, nie hinabdringt. Jedenfalls ergriff man das rechte Mittel, indem man auf der einen Seite Seminarien stiftete und auf der anderen Elementarschulen errichtete, so daß der Abkläricht, der dort ausgekocht und als Rationalismus in die leeren Schulmeisterköpfe hineingetrichtert wurde, sich von hier aus gleich über das ganze Land ergießen konnte. Das Resultat war, daß auf eine etwas abergläubische Generation eine überaus superkluge folgte, denn es ist erstaunlich, wie der Enkel sich fühlt, wenn er weiß, daß ein nächtlicher Feuermeteor aus brennbaren Dünsten besteht, während der Großvater den Teufel darin erblickt, der in irgendeinen Schornstein mit seinen leuchtenden Geldsäcken hinein will. Doch wie es sich hiermit auch im allgemeinen verhalten mochte, und ich wiederhole meine Überzeugung, daß der Durchschnittspunkt hier außerordentlich schwer zu treffen ist: Für mich knüpfte sich an die Reform ein großes Glück. Auch Wesselburen erhielt nämlich seine Elementarschule, und an diese wurde ein Mann als Lehrer gewählt, dessen Namen ich nicht ohne ein Gefühl der tiefsten Dankbarkeit niederschreiben kann, weil er trotz seiner bescheidenen Stellung einen unermeßlichen Einfluß auf meine Entwicklung ausgeübt hat; er hieß *Franz Christian Dethlefsen* und kam aus dem benachbarten *Eiderstedt,* wo er schon eine kleine Bedienstung gehabt hatte, zu uns herüber.

9

Kein Haus ist so klein, daß es dem Kinde, welches darin geboren ward, nicht eine Welt schiene, deren Wunder und Geheimnisse es erst nach und nach entdeckt. Selbst die ärmlichste Hütte hat wenigstens ihren Boden, zu dem eine hölzerne Leiter hinaufführt, und mit welchem Gefühl wird diese zum erstenmal erstiegen! Gewiß findet sich oben einiges altes Gerät, das, unbrauchbar und vergessen, in eine längst vergangene Zeit zurückdeutet und an Menschen mahnt, die schon bis auf den letzten Knochen vermodert sind. Hinterm Schornstein steht wohl eine wurmstichige hölzerne Kiste, welche die Neugier reizt; handhoch liegt der Staub darauf, noch sitzt das Schloß, aber man braucht nicht nach dem Schlüssel zu suchen, denn man kann hineingreifen, wo man will, und wenn das Kind es mit Zittern und Zagen tut, so zieht es einen zerrissenen Stiefel oder die zerbrochene Kunkel eines Spinnrades hervor, das schon vor einem halben Jahrhundert beiseite gestellt wurde. Schaudernd schleudert es den Doppelfund wieder von sich, weil es sich unwillkürlich fragt: Wo ist das Bein, das jenen trug, und wo die Hand, die diese in Schwung setzte? Doch die Mutter hebt das eine oder das andere bedächtig wieder auf, weil sie gerade eines Riemens bedarf, der sich noch aus dem Stiefel des Großvaters herausschneiden läßt oder weil sie glaubt, daß sie mit der Kunkel der Urtante noch einmal Feuer anmachen kann. Wäre die Kiste aber auch während des letzten harten Winters, der die Leute sogar nötigte, getrocknete Mistfladen zu brennen, mit in den Kachelofen gewandert, so steckt doch im Dach noch eine verrostete Sichel, die einst blank und fröhlich zu Felde zog und tausend goldgrüne Halme in einem Ausholen darniederstreckte, und darüber hängt die unheimliche Sense, an der sich vorzeiten ein Knecht die Nase ablief, weil sie bis auf die Bodenluke hinabgeglitten war und er die Leiter zu rasch hinanstieg. Daneben piepsen in den Ecken die Mäuse, es springen wohl auch ein paar aus den Löchern hervor, um nach kurzem Tanz wieder hineinzuschlüpfen, ja, ein blendend weißes Wieselchen wird für einen Augenblick sichtbar, das kluge Köpfchen samt den Vorderpfoten spähend und schnuppernd in die Höhe hebend, und der einzige Sonnenstrahl, der durch irgendeine verstohlene Spalte dringt, ist einem Goldfaden so vollkommen ähnlich, daß man ihn gleich um den Finger wickeln möchte. Von einem Keller weiß die Hütte nichts, wohl aber das Bürgerhaus, wenn auch nicht des Weines, sondern der Kartoffeln und der Rüben wegen, die der Ärmere im Freien unter einem tüchtigen Erdhaufen birgt, den er im Herbst aufwirft und im Winter bei starkem Frost noch vorsichtig mit Stroh oder Mist bedeckt. In den Keller zu kommen, will nun noch viel mehr heißen, als auf den Boden zu gelangen; wo aber wäre das Kind, welches nicht auch dieses Gelüst auf die eine oder die andere Weise zu befriedigen wüßte! Es kann ja zum Nachbar gehen und sich schmeichelnd an die Schürze der Magd hängen, wenn sie gerade etwas heraufholen soll, es kann sogar den Augenblick erlauern, wo aus Versehen die Tür offenblieb, und sich auf eigene Faust hinunterwagen. Das ist freilich gefährlich, denn sie kann plötzlich zugeschlagen werden, und die sechzehnfüßigen Kanker, die in ekelhaftester Mißgestalt an den Wänden herumkriechen, so wie das durchsickernde grünliche Wasser, das sich in den hie und da absichtlich gelassenen Vertiefungen sammelt, laden nicht zum langen Verweilen ein. Aber was tut's, man hat die Kehle ja bei sich, und wer ordentlich schreit, der wird zuletzt gehört! Macht nun schon das Haus unter allen Umständen einen solchen Eindruck auf das Kind, wie muß ihm erst der Ort vorkommen! Es tritt, wenn es zum erstenmal von der Mutter oder vom Vater mitgenommen wird, den Gang durch den Straßenknäuel gewiß nicht ohne Staunen an, es kehrt noch weniger ohne Schwindel von ihm zurück. Ja, es bringt von vielen Objekten vielleicht ewige Typen mit heim, ewig in dem Sinn, daß sie sich im Fortgang des Lebens eher unmerklich bis ins Unendliche recken und erweitern, als sich jemals wieder zerschlagen lassen; denn die primitiven Abdrücke der Dinge sind unzerstörbar und behaupten sich gegen alle späteren, wie weit diese sie auch an sich übertreffen mögen. So war es denn auch für mich ein unvergeßlicher und bis auf den gegenwärtigen Tag fortwirkender Moment, als meine Mutter mich den Abendspaziergang, den sie sich in der schönen Sommerzeit an Sonn- und Feiertagen wohl gönnte, zum erstenmal teilen ließ. Mein Gott, wie groß war dies Wesselburen: Fünfjährige Beine wurden fast müde, bevor sie ganz herumkamen! Und was traf man alles unterwegs! Schon die Namen der Straßen und Plätze, wie rätselhaft und abenteuerlich klangen sie! »Nun sind wir auf dem Lollfuß! Das ist Blankenau! Hier geht's zum Klingelberg hinüber! Dort steht das Eichennest!« Je weniger sich ein Anhaltspunkt für sie fand, um so sicherer mußten sie Mysterien verbergen! Nun gar die Sachen selbst! Die Kirche, deren metallene Stimme ich schon so oft gehört hatte, der Gottesacker mit seinen düsteren Bäumen und seinen Kreuzen und Leichensteinen, ein uraltes Haus, das ein »Achtundvierziger«* bewohnt haben und in dessen Keller ein vom Teufel bewachter Schatz verborgen sein sollte, ein großer Fischteich: All diese Einzelheiten flossen für mich, als ob sie sich, wie die Glieder eines riesenhaften Tiers, organisch aufeinander bezögen, zu einem ungeheuren Totalbilde zusammen, und der Herbstmond übergoß es mit bläulichem Licht. Ich habe seitdem den Dom von Sankt Peter und jedes deutsche Münster gesehen, ich bin auf dem Père la Chaise und an der Pyramide des Cestius gewandelt, aber wenn ich im allgemeinen an Kirchen, Friedhöfe usw. denke, so schweben sie mir noch jetzt in der Gestalt vor, in der ich sie an jenem Abend erblickte.

* Die »Achtundvierziger« waren ein 1447 begründetes Obergericht (von 48 Mitgliedern) zur Aufrechterhaltung des Landfriedens.

10

Ungefähr um dieselbe Zeit, wo ich Susannas dumpfen Saal mit der neuerbauten, hellen und freundlichen Elementarschule vertauschte, mußte auch mein Vater sein kleines Haus verlassen und eine Mietwohnung beziehen. Das war nun für mich ein wunderlicher Kontrast. Die Schule hatte sich erweitert: Ich schaute aus blanken Fenstern mit breiten Föhrenrahmen, statt das neugierige Auge an grünen Bouteillenscheiben mit schmutziger Bleieinfassung zu versuchen, und der Tag, der bei Susanna immer später anfing und früher aufhörte, als er sollte, kam zu seinem vollen Recht; ich saß an einem bequemen Tisch mit Pult und Tintenfaß, der frische Holz- und Farbengeruch, der noch jetzt einigen Reiz für mich hat, versetzte mich in eine Art von fröhlichem Taumel, und als ich auf mein Lesen hin vom inspizierenden Prediger angewiesen wurde, die dritte Bank, die ich bescheiden gewählt hatte, mit der ersten zu vertauschen und sogar auf dieser noch einen der obersten Plätze einzunehmen, fehlte mir nicht viel mehr zur Seligkeit. Das Haus war dagegen zusammengeschrumpft und hatte sich verfinstert; jetzt gab es keinen Garten mehr, in dem ich mich mit meinen Kameraden bei gutem Wetter herumtummeln konnte, keine Diele, die uns bei Regen und Wind gastlich aufnahm: Ich war auf die enge Stube beschränkt, in der ich mich kaum selbst rühren, in die ich aber keinen Spielgefährten mitbringen durfte, und auf den Platz vor der Tür, auf dem es, da die Straße unmittelbar daran vorüberlief, nur selten einer bei mir aushielt. Der Grund der ganzen folgenschweren Veränderung war eigen genug. Mein Vater hatte sich bei seiner Verheiratung durch Übernahme einer Bürgschaft mit fremden Schulden beladen und würde ohne Zweifel schon viel früher ausgetrieben worden sein, wenn sein Gläubiger nicht glücklicherweise die lange Strafe einer Brandstiftung im Zuchthause abzubüßen gehabt hätte. Dies war einer der furchtbaren Menschen, die das Böse des Bösen wegen tun und den krummen Weg sogar dann noch vorziehen, wenn der gerade rascher und sicher zum Ziel führt; er hatte den lauernd-boshaften Höllenblick, den niemand aushält und der in einer noch kindlichen Zeit den Glauben an Hexen und Hexenmeister entzündet haben mag, weil die Freude über das Unheil in ihm einen Ausdruck findet, der das Unheil selbst notwendig vermehren zu müssen scheint. Krugwirt und Krämer seines Zeichens und für seinen Stand mehr als wohlhabend, hätte er die friedlichste und fröhlichste Existenz führen können, aber er mußte durchaus mit Gott und Welt in Feindschaft stehen und einem wahrhaft teuflischen Humor, von dem mir später selbst in Kriminalgeschichten kein zweites Beispiel vorgekommen ist, den Zügel schießenlassen. So ließ er seine Frau einmal auf ihre Bitte am Sonnabend mit der größten Freundlichkeit zur Beichte gehen, verbot ihr aber, am Sonntag nach protestantischem Brauch auch das Abendmahl zu nehmen, weil sie ihn darum nicht ersucht hätte. Wenn irgendeinem seiner Nachbarn ein schönes Pferd heranwuchs, so ging er zu ihm und bot ihm einen Spottpreis für das Tier. Wies dieser ihn ab, so sagte er: »Ich würde mir's doch überlegen und die alte Regel beherzigen, daß man alles hergeben soll, worum einmal gehandelt wurde; wer weiß, was geschieht!« Und sicher ward das Pferd trotz aller Überwachung früher oder später auf der Wiese oder im Stall mit durchschnittener Fußsehne gefunden und mußte erstochen werden, so daß er zuletzt kaufen konnte, was ihm irgend gefiel. Seinem Schwiegersohn half er bereitwilligst zu einem betrügerischen Bankrott, zu dem er ihn selbst verleitet haben mochte; als dieser jedoch nach geschworenem Meineid die unterschlagenen Sachen zurückverlangte, lachte er ihn aus und forderte ihn auf zu klagen. Beim Feuerlegen wurde er aber von seiner eigenen Magd überrascht, ungeachtet seiner Schlauheit und seines ebenso großen Glücks auf der Tat ertappt, und diesem Umstand verdankte mein Vater, den er durch allerlei listige Vorspiegelungen in die Bürgschaft hineingeschwatzt hatte, die wenigen Jahre ruhigen Besitzes, deren er sich in seinem kurzen Leben erfreute. Sowie das Zuchthaus dem Gemeinwesen seinen Zögling zurückgab, mußten wir die Stätte verlassen, an der unsre Großeltern über ein halbes Jahrhundert Freude und Leid miteinander geteilt hatten; es war für mich und meinen Bruder wie Weltuntergang, als die alten Mobilien, die sonst kaum beim Weißen des Zimmers von der Stelle gerückt wurden, plötzlich auf die Straße hinauswanderten, als die ehrwürdige holländische Schlaguhr, die nie richtig ging und immer Verwirrung anstiftete, auf einmal, hell vom Strahl der Maisonne beschienen, an einem Ast des Birnbaums hing, und der runde, wurmstichige Speisetisch, der uns, wenn gerade wenig darauf war, so oft den Wunsch abnötigte, daß wir alles haben möchten, was schon darauf verzehrt worden sei, wackelnd darunterstand. Doch war das Ganze natürlich auch ein Schauspiel für uns, und als sich sogar beim Aufräumen ein mir längst verlorengegangener bunter Pfeifenkopf in irgendeinem Rattenloch wiederfand und noch obendrein bei den mit uns ausziehenden Familien dies und jenes, was sich des Mitnehmens zu lohnen schien, für uns, die wir auch noch das letzte gebrauchen konnten, beim Durchstöbern der Winkel abfiel, kam der Tag uns bald als ein Festtag vor, und wir schieden, zwar nicht ohne Rührung, aber doch ohne Schmerz von den Räumen, in denen wir geboren waren. Was das eigentlich hieß, erfuhr ich erst nachher, aber freilich bald genug; ich war, ohne es selbst zu wissen, bis dahin ein kleiner Aristokrat gewesen und hatte nun aufgehört, es zu sein. Das hing so zusammen. An und für sich schaut der Kätner auf den Heuerling herab, wie der Bauer und der reiche Bürger auf ihn, und ebenso wird mit einem gewissen Respekt wieder zu ihm hinaufgeschaut. Er ist des ersten Grußes so sicher, als ob er einen Wechsel darüber in Händen hätte und ihn durch die Gerichte eintreiben könnte; kann er sich aber auf seiner Höhe nicht behaupten, so geht es ihm wie jeder Größe, die zu Falle kommt: Die Unteren rächen sich dafür an ihm, daß er sie einst überragt hat. Die Kinder richten sich in allen diesen Stücken nach den Eltern, und so hatte ich die Ehre der Erhebung, aber auch die Schmach des Sturzes mit meinem Vater zu teilen. Als wir uns noch im Besitz befanden, wurde mein Ansehen als Kätnerssohn noch bedeutend durch den Birn- und Pflaumenbaum unseres Gartens gesteigert. Selbst im Winter wurde es nicht ganz vergessen, daß ich im Sommer etwas zu verschenken habe, und mancher hartgefrorene Schneeball, der mir ursprünglich zugedacht war, flog doch an meinen Ohren vorüber, weil man besorgte, daß ich zu ungelegener Zeit Revanche nehmen möchte. Kam der Frühling heran, so begann man durch allerlei kleine Gaben um meine Protektion zu werben; bald erhielt ich ein Heiligenbild, bald ein buntes Merkzeichen, bald eine Muschel, und huldvoll versprach ich dafür, was man verlangte. Zeigten sich die ersten Blüten, so wurden mit Tischlers Wilhelm förmliche Geschäfte abgeschlossen; er überließ mir auf Kredit bald einen kleinen Wagen, bald einen Puppensarg, bald ein Schränkchen und ähnliche Spielereien, die er selbst zierlich genug aus den Holzabfällen seines Vaters zurechtzuschnitzeln wußte, und ich wies ihm dafür ganze oder halbe Körbe voll Birnen und Pflaumen an. Prangten die Bäume im vollen Flor, so war die Ernte auch in der Regel schon verkauft, aber allerdings ganz in der Stille, denn meine Mutter war wenig geneigt, die von mir eingegangenen Kontrakte zu realisieren, und Wilhelm stand ihr gegenüber immer als großmütiger und uneigennütziger Schenker da. Waren die Früchte reif, ein Zeitpunkt, über den Kinder und Erwachsene bekanntlich weit voneinander abweichen, so warf mein Gläubiger von seinem Garten aus mit Knütteln und Steinen dazwischen, während ich aufpaßte, ob auch jemand käme, und das Gefallene hurtig und ängstlich für ihn zusammenlas. Wir wählten gewöhnlich die Mittagsstunde dazu, und oft glückte es mir, meine Schulden vollständig abzutragen, bevor die allgemeine Obstlese eintrat; oft wurden wir aber auch von dieser überrascht oder sonst ertappt, und dann holte Wilhelm sich ohne Erbarmen und ohne sich darum zu kümmern, daß er zuweilen den größten Teil des bedungenen Preises schon eingestrichen hatte, in günstiger Stunde seine Sachen wieder, indem er rasch über den Zaun sprang und sie mir wegriß. Das gleiche hätte er wahrscheinlich in unfruchtbaren Jahren getan; ich weiß mich aber eines solchen nicht zu erinnern. Dies alles hatte nun ein Ende, und die Folgen waren anfangs recht bitter. Zunächst wurden meine Eltern feierlich als »Hungerleider« eingekleidet, denn es ist charakteristisch an den geringen Leuten, daß sie das Sprichwort: Armut sei keine Schande! zwar erfunden haben, aber keineswegs danach handeln. Dazu trug nun nicht wenig mit bei, daß meine Mutter etwas zurückhaltender Natur war und auch jetzt noch nicht aufhörte, ihr oft ausgesprochenes Prinzip: »Wegwerfen kann ich mich immer, damit hat es keine Eile!« zu befolgen. Dann fing man an, auf uns Kinder zu hacken. Die alten Spielkameraden zogen sich zurück oder ließen uns den eingetretenen Unterschied wenigstens empfinden, denn der Knabe, der einen Eierkuchen im Leibe hat, blickt den von der Seite an, der sich den Magen mit Kartoffeln füllen mußte; die neuen hänselten uns und zeigten sich widerwärtig, wo sie konnten, ja, die »Pflegehausjungen« drängten sich heran. Diese, arme Waisen, die auf öffentliche Kosten in einem Mittelding von Mildtätigkeitsanstalt und Hospital unterhalten wurden, bildeten nämlich die allerunterste Klasse; sie trugen graue Kittel, hatten in der Schule, wie die Grafen in Göttingen, ihre eigene Bank, nur aus anderen Gründen, und wurden von allen gemieden, so daß sie sich selbst als halbe Aussätzige betrachteten und sich nur dem näherten, den sie verhöhnen zu dürfen glaubten. Doch hatte das alles zuletzt sehr gute Folgen für mich. Ich war bis dahin ein Träumer gewesen, der sich am Tage gern hinter den Zaun oder den Brunnen verkroch, des Abends aber im Schoß der Mutter oder der Nachbarinnen kauerte und um Märchen und Gespenstergeschichten bat. Jetzt ward ich ins tätige Leben hineingetrieben; es galt, sich seiner Haut zu wehren, und wenn ich mich auf die erste Rauferei auch nur »nach langem Zögern und vielen, keineswegs kühnen Rettungsversuchen« einließ, so fiel sie doch so aus, daß ich die zweite nicht mehr scheute und an der dritten oder vierten schon Geschmack fand. Unsere Kriegserklärungen waren noch lakonischer als die der Römer oder der Spartiaten. Der Herausforderer sah seinen Gegner während der

Schulstunde, wenn der Lehrer für eine Minute den Rücken wandte, ernsthaft an, ballte die rechte Hand zur Faust und legte sie auf den Mund oder vielmehr aufs Maul; der Gegner wiederholte das symbolische Zeichen in der nächsten sicheren Minute, ohne auch nur mit einem Blick auf ein ausführlicheres Manifest zu dringen, und mittags wurde der Handel auf'm Kirchhof in der Nähe eines alten Grabkellers, vor dem sich ein grünbewachsener Fleck befand, mit den Naturwaffen durch Ringen und Hauen, im äußersten Fall auch durch Beißen und Kratzen bündig vor der ganzen Schule ausgemacht. Ich erhob mich zwar nie zum Rang eines eigentlichen Triariers, der seine Ehre dareinsetzte, das ganze Jahr mit blauem Auge oder verschwollener Nase herumzugehen, aber ich verscherzte doch sehr bald das mütterliche Lob, ein frommes Kind zu sein, das mir bis dahin so wohlgetan hatte, und stieg dafür im Ansehen bei meinem Vater, der es mit seinen Söhnen hielt wie Friedrich der Große mit seinen Offizieren, indem er sie bestrafte, wenn sie sich prügelten, und sie verhöhnte, wenn sie sich etwas bieten ließen. Einst biß mich mein Gegner, als ich auf ihm lag und ihn gemächlich durchwalkte, bis auf den Knochen in den Finger, so daß ich die Hand wochenlang nicht mehr zum Schreiben brauchen konnte; das war aber auch die gefährlichste Wunde, deren ich mich erinnere, und sie führte, wie dies wohl auch noch später im Leben zu geschehen pflegt, zu einer innigen Freundschaft.

DER RUBIN
Märchen

Es war an einem schönen, hellen Nachmittag, da stand Assad, ein junger Türke, der vor wenigen Tagen zum ersten Male die unermeßliche Stadt Bagdad betreten hatte und sich nun mit stets gesteigertem Erstaunen unter all ihren Wundern erging, vor der Bude des reichsten und angesehensten Juweliers. Mit inniger Lust versenkte er sich in das mannigfaltige glühende Leben, das, in Strahlen und Farben sich offenbarend, die edlen Gesteine durchflammt. »O Edelstein« – rief er voll Entzücken aus – »wohl mit Recht bist du erkoren, die Kronen der Könige zu schmücken, denn in dir ist alles Herrliche zugleich zusammengedrängt und geläutert, der flüchtige Sonnenstrahl ist gefangengenommen und in deinen geheimnisvollen Kern eingeschlossen; die schnell verlöschende Farbe feiert in dir ihre Verklärung und empfängt Unsterblichkeit, die reinen himmlischen Elemente Luft, Feuer und Wasser vermählen sich in deinem Glanze! Hier steh' ich an der Grenze der Natur, hier ist das letzte, höchste Produkt der schaffenden Kräfte, weiter – schauernd fühlt es der Geist – kann die Unendlichkeit selbst nicht.«

Der Juwelier, ein gutmütiger Mann, der für seine Kunst enthusiastisch eingenommen war, stand gerade in der Tür und empfand großes Vergnügen über die begeisterten Worte, die aus dem Munde des Jünglings hervorgingen. Er trat, bisher ungesehen, lächelnd zu ihm heran, öffnete den Kasten, ergriff seine Hand und steckte ihm einen schweren Ring an den Finger. Assad bemerkte es kaum, seinen Blick fesselte mit magischer Gewalt ein Rubin von seltener Größe, auf den die Sonne, die eben aus einer verschleiernden Wolke hervortrat, ihren vollen Schein warf. Er drückte unwillkürlich seine Hand gegen das Herz und holte zum Erstaunen des Juweliers einen tiefen Seufzer, dann streifte er den ihm angesteckten Ring mit dem Ausdruck sonderbaren Widerwillens wieder ab und rief, auf den Rubin zeigend, leidenschaftlich aus: »Behaltet das elende Ding und gebt mir den!« Kopfschüttelnd erwiderte der Juwelier: »Der Stein ist mir um Hunderte nicht feil!« »Ich muß ihn aber haben!« versetzte der Jüngling wie im Wahnsinn, ergriff den Rubin und stürzte flammenden Auges fort.

Der Juwelier erhob ein großes Geschrei, rannte Assad nach und schalt ihn einen Dieb, ja, da dies nicht zu helfen schien, einen Räuber und Mörder. Alsbald entstand ein Auflauf auf der Straße, der Jüngling wurde ergriffen und mit Ungestüm vor den Kadi geschleppt.

»Herr«, begann der Juwelier voll Zorn, »so jung dieser Mensch zu sein scheint, und so viel Einnehmendes in seiner Gestalt liegt, so ist er doch ein frecher, undankbarer Bösewicht. Ich sah ihn vor meiner Bude stehen und ergötzte mich, als ich ihn über die dort ausgebreiteten Schätze mit lauter Stimme wie ein Kind seine Verwunderung ausdrücken hörte. Von Wohlwollen übermannt, dachte ich: Du sollst einmal billiger kaufen als ein anderer, nahm einen kostbaren Ring aus dem Kasten und steckte ihm diesen an. Ich erwartete, er würde, so plötzlich beschenkt, große Augen machen und nicht wissen, wie er sich gebärden solle. Statt dessen nahm er kaum Notiz von meiner Freundlichkeit und stieß zu meinem nicht geringen Ärger dumme, unvernünftige Seufzer aus. Dann zog er den Ring wieder ab, warf mir ihn verächtlich hin und verlangte in einem so gebieterischen Ton, als ob er, wenn es ihm beliebte, auch wohl meinen Kopf fordern dürfte, den wundervollsten Rubin, der je in meine Hände geraten ist. Als ich, meinen gerechten Unwillen bekämpfend, weil ich seine Unwissenheit für den Grund seiner Unverschämtheit hielt, ihm bescheiden bemerkte, daß ein solcher Stein mehr Wert habe, als er denke, erklärte er geradezu, er müsse ihn haben, nahm auch mit der bekannten Abneigung der Straßenräuber gegen Formalitäten sogleich von meinem Eigentum Besitz und begab sich auf die Flucht. Ich folgte ihm; wie es mir bei der Last meines Bauches und in einer der Verdauung heiligen Stunde möglich war, ihn wieder einzuholen, begreife ich selbst nicht, die Angst muß dem Menschen übernatürliche Kräfte verleihen.«

Der Kadi, ein langer hagerer Mann mit einem Gesicht, das, wenn er in seiner Gerichtsstube stand, die Inschrift der Danteschen Hölle furchtbar-getreu widerspiegelte, war einmal selbst bestohlen worden und sprach seitdem gegen Diebe nur noch Todesurteile aus. Er fragte Assad freundlich, ob er das ihm angeschuldigte Vergehen leugne. »Wie könnt ich!« gab der Jüngling finster zur Antwort. »Es wäre auch gleichgültig«, versetzte der Kadi mit jenem dem Teufel abgeborgten Lächeln, womit Gerichtspersonen in allen Ländern der zerquetschten Menschheit in einem Unglücklichen so gern den Gnadenstoß geben, »man führe ihn vor die Stadt hinaus und tue, was rechtens. Jedoch nicht ohne vorgängige nachdrückliche Bastonade!« setzte er hinzu und griff nach der Pfeife, die ein Sklave ihm darbot.

Assad wurde abgeführt. Auf der Straße wandte er sich an den Juwelier, der in seiner Entrüstung noch gar nicht daran gedacht hatte, sich den Rubin zurückgeben zu lassen, und sagte zu ihm: »Herr, ich bitte Euch um einen letzten Gefallen. Laßt mir den Stein bis zum Tode. Begleitet mich hinaus bis vor das Tor, daß ich ihn dort noch einmal anschaue und in Eure Hände überliefere. Nicht wahr, Ihr werdet es mir nicht abschlagen? Es ist ja nur noch kurze Zeit.« In dem Juwelier erwachte Mitleid, ihn dauerte der schöne, gefaßte Jüngling, der jetzt noch in voller Kraft und Glut des Lebens vor ihm stand und doch schon in wenigen Augenblicken der Natur vor der Zeit zur beliebigen Verwendung für einen neuen Zweck zurückgegeben war. Vielleicht hätte er nun den Rubin gern darangesetzt, um ihn zu retten, doch das war bei der Gemütsart des Kadi unmöglich, er mußte sich also darauf beschränken, dem Scheidenden freundlich seine letzte Bitte zu bewilligen.

Angelangt vor dem Tore zog Assad den Rubin, den er bis dahin auf seinem Herzen bewahrt hatte, hervor, hielt ihn gegen die Sonne, in deren Strahlen er blinkte wie das Auge eines Menschen, drückte ihn wehmütig an den Mund und machte Anstalt, ihn dem Juwelier zurückzugeben. Bevor er aber dies noch auszuführen vermochte, trat ein Greis von sehr würdigem Ansehen, dem alles Volk willig Platz machte, auf ihn zu, maß ihn mit einem strengen Blick und sagte: »Assad, du bist ein Dieb!« Glühendes Rot überströmte die Wangen des Jünglings, aber fest und unverwirrt schaute er zu dem Greise auf und antwortete: »Ja, und, wie du gleich sehen wirst, ich leide den Tod dafür!« »Ist dir dein Diebstahl nicht leid?« fragte der Greis. »Nein«, versetzte Assad schnell und bestimmt, »ich weiß nicht, was mich an diesen Stein kettet, aber es mag gut sein, daß ich sterben muß, denn ich fühl's, ehe ich ihn in den Händen eines anderen ließe, könnte ich mich mit Raub und Mord beflecken, obgleich meine Seele vor einem Mord zurückschauderte wie vor dem eigenen Tode.« »Ei, wunderbar!« entgegnete der Greis, »gib mir doch deine Hand.« Assad reichte ihm die Hand.

Plötzlich befand er sich auf einer unbekannten Landstraße. Der Greis stand neben ihm. Mehr verwundert und überrascht als erfreut, schaute der Jüngling seinen Retter mit einem fragenden Blick an. »Du bist jetzt über hundert Stunden von Bagdad entfernt«, begann der Greis, der seinen Blick wohl verstanden hatte, »und sie können dort, wenn sie wollen, ein Lamm strangulieren, das ich zum Zeichen deiner Unschuld an deiner Stelle zurückgelassen habe. Glaube jedoch nicht, daß ich dich gerettet haben würde, wenn Leichtsinn oder schnöde Habsucht dich zum Raub an fremdem Eigentum verleitet hätten. Mir stehen große Kräfte zu Gebote, aber ich mißbrauche sie nie, wie so manche Genossen meiner Gewalt. Die Natur hat jene Macht, die den gewöhnlichen Lauf der Dinge aufhalten und verändern kann, vertrauensvoll in unsere Hände gelegt, damit wir ihr in irgendeinem außerordentlichen Falle, wenn die allgemeine Regel, das einfache Gesetz, nicht ausreicht, zu Hilfe kommen mögen. Solch ein Fall ist der deinige, denn der Rubin, den du dort in der Hand hältst, ist das Grab einer wunderschönen verzauberten Prinzessin. Aus ihrem Blut hat er das dunkle wunderbare Rot in sich gesogen, in das er getaucht ist. Das Feuer ihres Auges sprüht dir entgegen aus den blitzenden Strahlen, die er so verschwenderisch versendet. Ihr schlummerndes Leben schauerte dich an, als du den Stein im Sonnenschein glänzen sahst, da wurde deine Seele bis in die innersten Tiefen mit süßer Ahnung getränkt, und deine Hand mußte vollbringen, was Herz und Sinn geboten.« »Kann die Prinzessin durch mich erlöst werden?« fragte Assad tief aufatmend. »Das weiß nur sie selbst!« versetzte der Greis, »und du kannst, wenn du willst, sie einmal sehen und mit ihr reden. Sobald du um Mitternacht alle deine Gedanken in den einzigen an sie zusammendrängst und auf den Rubin drei Küsse drückst, so weicht der Zauber auf einen Augenblick, und sie tritt in voller Glorie der Schönheit aus ihrem steinernen Gefängnis hervor. Aber wage nicht dein Glück und deinen Frieden an einen ungewissen Moment; mit dem Dämon ist schwer zu kämpfen, dich aber würde die herrlichste der Jungfrauen mit unwiderstehlicher Gewalt in deinem tiefen Sinn gefangennehmen, und, wenn es dir nicht gelänge, ihren Bann zu brechen, so wärest du elend auf ewig. Und nun leb wohl, kein Sterblicher sieht mich zum zweiten Mal!«

Der Greis war verschwunden, sowie er ausgeredet hatte. Assad bemerkte es kaum, denn jede seiner Empfindungen, jeder seiner Gedanken war an das Wunder, das er in seiner Hand hielt, gebunden. Wie freute er sich, daß die Sonne sich schon zum Untergang neigte, daß die Schatten sich verlängerten, wie sehnte er sich nach der Mitternacht, die er sonst als unheimliche Freistunde der Toten und Gespenster gescheut, vor der er sich ängstlich in die schützenden Arme des frommen Schlafs hineingeflüchtet hatte. Sie erschien ihm jetzt wie ein Gefäß, aus dem seinen durstenden Lippen der holdeste Inbegriff alles Lebens entgegenschäumte, und daß sie über die ganze übrige Welt Angst, Grauen und Entsetzen ausgoß, gab ihr für ihn eben noch einen letzten schauerlich-zauberischen Reiz. Unterdes eilte er, da es schon dunkel wurde, rastlos fort, um noch vor völligem Einbruch der Finsternis die Stadt, die er in nicht gar weiter Ferne vor sich liegen sah, zu erreichen. Dies gelang ihm, auch war das Glück ihm günstig, daß er bald bei einer alten Frau ein Unterkommen für die Nacht fand. Er zog sich sogleich, große Müdigkeit vorschützend, in das ihm bestimmte Schlafgemach zurück, legte den Rubin vor sich auf den Tisch und zählte nun bei brennender Lampe und verhängten Fenstern die Minuten, die langsam, langsam, als wollte jede ihm den Inhalt der Ewigkeit vorrechnen, vorüberkrochen. Endlich war es zwölf. Mit unsäglicher Inbrunst drückte er jetzt den Rubin an seinen Mund und küßte ihn dreimal.

Da war es, als ob sich der Edelstein in seiner Hand in leichten, gefärbten Duft auflockerte, der zu einer morgenroten Wolke, die das ganze Zimmer erfüllte, anschwoll. Aus der Wolke schimmerte eine weibliche Gestalt hervor, anfangs blaß und im schwachen Umriß kaum erkennbar, aber schnell aufblühend zu frischem, glühendem Dasein. Die holde Jungfrau, – in ein blaues Gewand gekleidet, das Haupt in kindlicher Anmut ein wenig vorwärts neigend, warf einen schüchternen Blick auf ihre Umgebung und rief: »Wo bin ich?« Gleich darauf aber heftete sie wie in trostloser Verzweiflung ihr Auge starr und tränenlos auf Assad, vor dem es eben noch mädchenhaft-scheu zurückgebebt war, und, als erdrücke die erst jetzt erwachte Erinnerung an ihren Zustand wie ein Leichenstein jedwede ihrer Lebensregungen, holte sie einen Seufzer, in dem mehr als menschlicher Schmerz sich kundzutun schien, aus tiefster Brust. Die Jünglings-Blödigkeit, mit der er sich bisher in ehrerbietiger Entfernung hielt, verschwand, männlich-fest und die Hand an seinen Dolch legend, trat er vor, verneigte sich und sprach: »Edle Fürstin, wenn Eure Erlösung die schwachen Kräfte eines Menschen nicht übersteigt, so vergönnt mir, daß ich Euch mein Blut und Leben weihen darf.«

»Wie gern tue ich das«, gab sie hastig zur Antwort, »aber Ihr werdet, wie standhaft auch Euer Entschluß sei, das Werk nimmer vollbringen, nicht, weil es zu schwer ist, sondern weil es zu leicht ist!«

»Habe ich recht gehört?« fragte Assad mit höchster Verwunderung.

»Ich begreife Eure Frage«, versetzte sie, »Ihr könnt Euch nicht vorstellen, daß die Leichtigkeit meiner Entzauberung sie unmöglich macht, und dennoch ist es so. Der boshafteste und verschmitzteste aller Zauberer hat mich, die Tochter eines mächtigen Sultans, in einen Rubin gebannt, mich im Garten überraschend, weil mein Vater ihm seine Bitte um drei Tropfen meines Blutes, deren er vielleicht zu irgendeinem schnöden Zweck bedurfte, zornig abschlug. – Durch den jedesmaligen Besitzer des Steines kann der Zauber gebrochen werden, damit ich aber niemals wieder des schönen Lebens mich erfreuen möge, hat er die Entzauberung an ein Mittel geknüpft, auf das, weil es einem jeden an jedem Ort und zu jeder Stunde zu Gebote steht, eben darum keiner verfallen wird, und das ich, obgleich er mich, um meine Qual vollkommen zu machen, damit bekannt gemacht hat, als das teuerste Geheimnis bei mir bewahren muß, wenn ich nicht für ewig begraben sein will. Ach, wie fröstelt's mich! War's denn länger als eine Minute, daß ich der Freiheit genoß? Gib mir einen Becher Wein, schöner Jüngling, denn mich dürstet, aber schnell.«

Von seltsamer Rührung über diese Bitte ergriffen, welche ihm aus dem Munde einer Sterbenden zu kommen schien, die vom Leben noch einen letzten Genuß verlangt, um das Leben dadurch noch um einen letzten Augenblick zu betrügen, reichte Assad ihr mit abgewandtem Gesicht den Wein, den seine Wirtin ihm gebracht, und den er in seiner Aufgeregtheit ungetrunken gelassen hatte. – Freundlich dankend trank sie den Wein, gleich darauf war sie wieder von der Wolke umflossen. Mit einem glühenden Blick auf Assad, in dem sie wie ein verlöschendes Licht noch einmal aufzuflammen schien, rief sie aus: »O Gott, ich möchte doch leben!« – Dunkler wurde die Wolke und ringelte sich dichter und dichter um sie herum; Assad sah mit herzzerschneidendem Schmerz, wie die reizenden Formen sichtlich ineinanderschmolzen und zerrannen; noch immer glaubte er ihr, wie in stummem Flehen auf ihn gerichtetes Auge in dem Nebelknäul unterscheiden zu können, der sie einschlang, doch bald bemerkte er seinen Irrtum, was er für ihr Auge hielt, war nichts anderes als der Rubin, der schon wieder, matt von dem letzten Geflacker der nach Öl schmachtenden Lampe beschienen, auf dem Tische lag. »Ihr Leib, ihre Seele, o!« seufzte Assad und starrte den Edelstein an, die Lampe erlosch – wie ein wirkliches Wesen drängte sich die kalte, laut- und lichtlose Nacht an seine Brust.

Ein Jahr war verflossen. Es war ein schöner Morgen. Assad hatte sich aus der großen, geräuschvollen Stadt geflüchtet, still und bleich saß er auf einer Bank, die weit vor dem Tore am Ufer des großen Flusses, dem die Stadt ihr reges Leben, ihre Macht und ihren Reichtum dankte, an einem einsamen Platze stand, in seiner

Hand hielt er, ihn nach seiner Gewohnheit in stummer Verzweiflung betrachtend, den Rubin. »Das ist ein herrlicher Stein«, erscholl es auf einmal hinter ihm. Er sah sich um und erblickte einen ältlichen Mann von hoher, gebietender Gestalt, mit edlen Zügen, in denen sich ein tiefer, aber ins Innerste zurückgedrängter Lebensschmerz auszudrücken schien. »Ja, ein herrlicher Stein!« wiederholte Assad düster und verbarg mit den Gefühlen eines Eifersüchtigen den Rubin wieder auf seiner Brust. »Junger Mann«, sagte der Alte, »diesen Stein kauf ich dir ab. Es soll Edelsteine geben, die den Menschen sanft und mild machen, andere, die ihm liebliche Träume bringen. Als ich den deinigen erblickte, beschlich mich wunderbare Wehmut, und das Bild einer verlorenen Tochter ging mir, als ob sie mir neu geboren würde, in der Seele auf. Überlaß mir den Stein und bestimme selbst den Preis.« –

Assad schüttelte, ohne aufzusehen, den Kopf und erwiderte kalt und bitter: »Und wenn du mir ein Königreich zu Füßen legtest, so würde ich den Stein nicht dafür geben. Ich laß ihn nur mit dem Tode, und auch dann nicht, denn selbst ins Grab nehme ich ihn mit hinunter.«

»Sklave«, rief der Alte ergrimmt, »du gibst den Stein, oder ich nehme den Kopf dazu!«

Er richtete sich bei diesen Worten von der Lehne der Bank, über die er sich mit halbem Leib hingebeugt hatte, auf und warf, brennend vor Zorn, auf Assad einen durchbohrenden Blick. Assad antwortete nichts, aber er erhob sich ebenfalls und lächelte still vor sich hin, wie in verachtendem Hohn.

Der Alte, kreideweiß geworden, wandte sich um und winkte mit der Hand eine stattlich gekleidete Schar Bewaffneter heran. »Zeigt dem Hund da«, rief er ihnen entgegen und deutete mit einer heftigen Bewegung auf Assad, »wie der Sultan mit denen verfährt, die ihm trotzen.«

Assad zog seinen Dolch, doch sein Widerstand war fruchtlos, er sah sich alsbald von der Menge umringt und war nahe daran, überwältigt zu werden. Da fiel sein Blick auf den Sultan, der ihn scharf beobachtete, ein spöttisches Lächeln überflog sein Gesicht, er zog den Rubin hervor, nickte dem Sultan zu und warf, bevor noch jemand daran denken konnte, ihn zu hindern, den Stein weit von sich in den Fluß. »Durchstoßt ihn!« rief der Sultan und riß, zitternd vor Wut, sein Schwert aus der Scheide. »Ich tu's selbst!« sagte Assad und zückte den Dolch gegen die eigene Brust. Da ertönte auf einmal ein leises Ach, es war nur *ein* Laut, der in Assad das innerste Leben noch im Angesicht des Todes zur ungestümen Flamme auftrieb, er ließ den erhobenen Arm sinken und stand, wie in ein Wunder verloren, regungslos.

»O Fatime, Tochter, so sehe ich dich endlich wieder?« rief der Sultan aus und tat einen Schritt vorwärts, hielt dann aber plötzlich an, als ob er fürchtete, die teure Erscheinung möchte sich in nichts auflösen, sobald er sie zu fassen versuchte. – »Allah sei gelobt!« jauchzten die erstaunten Trabanten und warfen sich, ihr Angesicht verhüllend, zu Boden.

»Vater, führe mich zu meiner Mutter!« rief die süße Stimme, die Assad in jener Mitternacht vernahm, und leidenschaftlich ängstlich umschlang die Jungfrau den alten Mann. – Schmerz und Freude vermischten sich in Assads Brust, er seufzte laut auf, da trat die Prinzessin zu ihm heran, faßte errötend seine Hand und sagte, indem sie ihn zu ihrem Vater führte: »Hier ist mein Retter!«

Der Sultan blieb eine Weile stumm und ernst, dann sprach er zu Assad: »Ich wollte dich töten!«

»Ja«, erwiderte Assad, »aber noch leb ich.«

»Und du sollst leben bis ans Ende deiner Tage«, versetzte der Sultan mit erhöhter Stimme, »und wenn du mein Reich forderst, so will ich's dir zu Füßen legen und mir nichts ausbedingen als einen Turban, ein Schwert und ein Grab.«

»Ich habe nichts zu fordern!« entgegnete Assad düster und dumpf. Dann fuhr er, sich zu der Prinzessin wendend, langsam und gemessen fort, wie einer, der über sich selbst ein Todesurteil ausspricht: »Ich hätte gern für dich den letzten Tropfen meines Blutes verspritzt, aber es ward mir nicht vergönnt, ich konnte dich nicht erlösen, ich konnte dich bloß beklagen, und das konnte jedermann. Und heute – heute war ich sogar nichtswürdig genug, den Stein, der dein holdes Selbst umschloß, in die schlammige Tiefe hinabzuschleudern, als der Mann, der, wie ich jetzt sehe, dein Vater ist, und in dem gewiß nur ahnungsvolle Sehnsucht den Wunsch nach seinem Besitz so heftig entzündete, ihn von mir verlangte. Oh! Ich verachte mich selbst, und du mußt mich auch verachten!«

»Du tust dir unrecht«, sagte Fatime, »denn dadurch, daß du den Rubin, den du bisher, wie alle früheren Besitzer, nur zu starrsinnig festgehalten hattest, freiwillig und aus eigenem Antriebe von dir warfst, ward meine Erlösung vollbracht, dies war ja eben die schlimme Bedingung, die dieselbe, obgleich ein jeder sie an jedem Ort und zu jeder Stunde erfüllen konnte, ungewisser machte, wie ein Kampf mit Ungeheuern und Drachen.«

»So ward ich denn glücklich, weil ich erbärmlich war«, versetzte Assad. Fatime schaute ihn zugleich bittend und fragend an, denn sie verstand ihn nicht mehr, aber der Sultan trat hinzu und sagte: »Du bist von nun an mein Sohn, tritt nicht zurück, ein Mann muß sich nicht schämen, das von dem Zufall als Geschenk anzunehmen, was er, wenn's nötig wäre, dem Schicksal abtrotzen würde durch Kraft und Beharrlichkeit. Jetzt aber begleitet mich in meinen Palast, es ist nicht recht, daß wir uns so lange allein freuten – Fatime hat noch eine Mutter.« –

HERR HAIDVOGEL UND SEINE FAMILIE

Nun, warum laßt ihr die Köpfe so hängen? Lustig, wie ich es bin!« Mit diesen Worten trat Herr Haidvogel, an einem Winterabend aus der Stadt zurückkommend, in seine enge Stube, in der seine Frau, von den beiden durch die Dunkelheit geängstigten Kindern endlich dazu gedrängt, eben die Lampe angezündet hatte. »Warum siehst du mich nicht an?« – fuhr er fort und stellte sich vor seine Frau hin, die allerdings, ihr kleines frierendes Mädchen streichelnd, keinen Blick für ihren Mann zu haben schien; – »ziehst du wieder, wie gewöhnlich, im stillen einen Vergleich zwischen mir und dem Quacksalber von Doktor, der auch einmal hinter dir herlief? Danke Gott, daß du mich statt seiner bekommen hast, denn ich lebe doch wenigstens noch. Ihn hat heute mittag der Teufel geholt, und eine halbe Stunde darauf, als ich gerade an seinem Hause vorbeikam, nagelte der Vergolder, der noch von nichts wußte, das neue Schild mit den ellenlangen Buchstaben, das ihm die Kundschaft verdoppeln sollte, über seiner Tür fest.« – »Er ist –?« fragte die Frau, ihr Auge zum ersten Mal ein wenig erhebend, während ihre Hand von dem Haupte des Kindes herabglitt. »Tot!« – versetzte Herr Haidvogel schadenfroh schnell – »So gewißt tot, als ob er einen seiner eigenen Dekokte verschluckt hätte. Ja, der wird mich mit seinen ostindischen Taschentüchern nicht mehr ärgern, die er, wenn er des Morgens hier vorüberging und mich am Fenster stehen sah, immer im Winde flattern ließ! Sicher hat er sich zu Weihnachten wieder einen neuen Rock bestellt, denn bloß meinetwegen schaffte er sich dreimal soviel Kleider an, als er brauchte. Möchte der Schneider ihn doch schon zugeschnitten haben! Die Rechnung wär ein hübsches Christgeschenk für sein hochmütiges Weib, die es ganz zu vergessen scheint, wie gern sie, als mein Vater noch lebte, mit mir getanzt, und wie oft sie mir dabei die Hand gedrückt hat.« – »Mein Gott! Achtunddreißig Jahr!« – sagte die Frau, ohne sich um ihren Mann zu kümmern, und starrte vor sich hin. – »Und auch ihr« – begann Herr Haidvogel aufs neue und wandte sich zu den Kindern – »warum hockt ihr immer in der

Stube, warum springt ihr nicht herum, wenn's euch friert, warum find ich euch nie auf der Eisbahn wie die andern? Munter, Junge, tanz mit der Schwester, ich will pfeifen!« – »Sie haben den ganzen Tag noch keinen Bissen gegessen« – unterbrach die Frau ihn bitter – »die paar Kartoffeln, die du zu Hause brachtest, liegen noch da, es fehlte an Holz, sie zu kochen!« – »Und war da nicht zu helfen?« – erwiderte Haidvogel, indem er zugleich einen der beiden um den Tisch stehenden alten Stühle bei der Lehne packte und mit ihm so stark gegen den Boden stieß, daß er fast zerbrach – »ich sollte doch meinen!« – »So machtest du's stets« – versetzte die Frau – »und nur darum sind wir so weit heruntergekommen! Den letzten Stuhl, der noch für einen Einsprechenden übrigblieb, denn den andern füllst du aus, und den Kindern gehört ohnehin nicht mehr, als mein Schoß und deine Lende! Warum nicht auch die Bettlade! Ein Glas Wasser konnten wir längst keinem Menschen mehr anbieten, weil das Glas uns mangelt! Wenn's nach dir ginge, so würde morgen auch niemand mehr einen Sitz bei uns finden.« – »Wär das ein Unglück?« – entgegnete Herr Haidvogel – »läßt sich ein Hund bei uns sehen, als wenn er etwas von uns zu fordern hat? Und trollt sich so einer nicht um so eher wieder, wenn er sich nicht breit zum Predigen niederlassen kann? Doch gleichviel! Es gibt andere Mittel! Wir wollen uns heut abend etwas zugute tun! Es geht ein Gerücht über mich – – leider ist es falsch, du siehst – –« Er unterbrach sich, nahm den Hut, den er bisher aufbehalten hatte, ab und deutete auf eine Beule am Kopf. »Woher hast du die?« fragte die Frau und erhob sich. »Woher!« versetzte Herr Haidvogel und bedeckte sich schnell wieder. »Herausgeworfen bin ich einmal wieder beim Onkel. Alles beim alten!« – »Mensch! Mensch!« – fuhr die Frau erschreckt auf – »willst du uns noch um das letzte bringen? Was mein Onkel uns jährlich zufließen läßt, ist ohnehin wenig genug. Aber wir erhalten es nur unter der Bedingung, daß du nie sein Haus betrittst, daß du bei Tage nicht einmal daran vorbeigehst! Und nun! – – Ich zittre! Ich zittre!« Sie preßte ihre Kinder an sich. »Ei was!« – sagte Herr Haidvogel – »mit dem Tode hat jede Dummheit ein Ende. Eine Pflicht hab ich erfüllt, als ich hinging, eine Pflicht gegen die da und gegen dich! Ich hörte, den Alten habe der Schlag gerührt, und er sei gestorben, ohne ein Testament zu hinterlassen. Wenn das sich so verhalten hätte, würdest du doch wohl die Erbin gewesen sein, nicht wahr?« – »Aber es verhielt sich nicht so!« – versetzte dic Frau – »und das konntest du wissen!« – »Das konnte ich nicht wissen!« – fuhr Herr Haidvogel gereizt auf – »Es unterhielten sich zwei davon auf offener Straße, die es gar nicht sahen, daß ich in einer Ecke stand und an meinen Stiefelriemen knöpfte, die es also auf einen Spaß mit mir auch nicht abgesehen haben konnten. Als ich zum Vorschein kam, zogen sie den Hut vor mir, und der eine sprang sogar gleich herzu und hob mir den Stock auf, den ich noch überflüssigerweise zur Probe fallen ließ. Das war mir Beweis genug, und ich eilte ins Sterbehaus, um die aufsichtslosen Schurken, die Köchin und den Bedienten, am Verschleppen der Sachen zu verhindern. Gleich auf der Diele kam mir auch die Köchin mit dem Silberzeug entgegen. – ›Wohin damit?‹ fuhr ich die Person an. ›Nicht von der Stelle! Oder – Und Er da‹ – rief ich dem Schlingel, dem Johann zu, der eben, einen Rebhuhnflügel in der Hand, aus der Küche heraufkam – ›warum war Er noch nicht bei mir? Hat Er den Kalender vielleicht erst verbrannt, worin der Tote die Vorschüsse notierte, die Er ihm abzuschwatzen wußte? Das wird Ihm übel bekommen!‹« – »Gott! Gott!« – seufzte die Frau – »der ist zehn Jahre und die acht! Was wird aus den armen Kindern, wenn« – »Was würde aus ihnen« – unterbrach Herr Haidvogel sie mit Unwillen – »wenn sie einmal eine Erbschaft machten, und ihr Vater wäre weniger eifrig, ihre Rechte wahrzunehmen, als ich es bin! Diesmal freilich war ich etwas zu voreilig, denn kaum hatte ich meine letzte Drohung ausgesprochen, als der Alte erschien und zornig fragte, wer einen solchen Lärm erhöbe. Da nun die Köchin, boshaft, wie sie ist, erwiderte, daß ich ihr verböte, das Silberzeug zum Aufputzen für die bevorstehende Geburtstagsfeier des gnädigen Herrn zum Goldschmied zu bringen, und der Bediente noch ärgere Dinge hinzufügte, ereiferte er sich natürlich gewaltig, sein Gesicht wurde blau, seine Hände flogen und – – Genug, der tückische Wunsch, den er mir nachrief, daß ich auf der Treppe den Hals brechen möchte, ist nicht in Erfüllung gegangen, so gut der Johann seinen plumpen Auftrag auch ausführte, und wir wollen von dem Gerücht Vorteil ziehen, solange wir es noch können! Flink, Theodor, spring du zum Schlachter hinüber und hole einige Pfund Fleisch, und du, Auguste, lauf zum Krämer und besorge die Butter. Wenn sie uns noch nie geborgt haben, so borgen sie uns jetzt! Nicht diese Stirnfalten, Weib! Es gibt mehr Kinder, die nach sieben über die Straße geschickt werden und doch keinen Husten mit zu Hause bringen! Wasche du inzwischen die Kartoffeln ab, ich will Holz schaffen! Vater zahlt morgen, er ist beim Onkel!« Mit diesen Worten trieb er den Knaben und das Mädchen, die sich nur zögernd zum Gehorchen anschickten, weil sie solche Botschaften nicht zum ersten Mal ausrichten sollten und den Erfolg schon kannten, aus der Tür und folgte ihnen nach, während die Frau in ein Gelächter, halb der Verachtung, halb der Verzweiflung ausbrach und sich nicht von der Stelle rührte. Er tat aufs Geratewohl einen Gang durch das abgelegene Quartier, wo er wohnte, und musterte manchen Zaun und manche alte Hecke, sogar hie und da einen Fensterladen, der im Winde klapperte, weil er nicht gehörig befestigt war. Aber wenn er eben Hand anlegen wollte, schien ihm bald der Mond zu hell, bald gingen ihm zu viel Leute über die Straße, bald störte ihn ein Hund, der ihn anbellte. Endlich sagte er zu sich selbst: Ich will mir die Mühe gar nicht machen, denn es ist doch immer noch sehr zweifelhaft, ob wir Fleisch und Butter erhalten, und wenn, so liefert der Stuhl Holz genug. Sogleich nahm er seine gewöhnliche stolze Haltung, deren er sich als angehender Dieb bereits abgetan hatte, wieder an und kehrte um. Kaum aber hatte er einige Schritte gemacht, als er mit dem Fuß an etwas Hartes stieß; er hob es auf, und siehe da, es war ein Beutel mit Geld. Vorsichtig sah er sich nach allen Seiten um, ob ihn jemand bemerkt habe, dann steckte er den Beutel zu sich und setzte, jedoch nicht eben schneller als vorher, seinen Weg fort. Als er zu Hause wieder anlangte, fand er seine Frau nicht mit Zurichtung eines Bratens beschäftigt, sondern mit Entkleidung ihrer Tochter. Der Knabe kam ihm entgegen und richtete ihm eine Impertinenz vom Schlachter aus; auch das Mädchen wollte sprechen, doch die Mutter unterbrach sie und sagte: »Euer Vater weiß alles, was ihr ihm melden könnt, nur zu Bett mit euch, damit ihr hineinkommt, bevor die Lampe erlischt!« »Nichts da! Ihr bleibt auf!« rief Herr Haidvogel jetzt und warf den Beutel mit Geld auf den Tisch. Blanke Taler rollten, die Kinder jubelten, und die Frau sah ihren Mann mit dem Ausdruck des höchsten Erstaunens an. »Mensch« – sagte sie endlich langsam, und ein schlimmer Verdacht stieg in ihr auf – »woher kommt dir dies Geld?« »Wenn's nun ein Lotteriegewinn wäre« – erwiderte er – »würdest du dann endlich einräumen, daß ich recht tat, als ich die zwölf Kreuzer, die ich am Montag fand, zum Kollekteur trug, statt sie zu Brot herzugeben?« – »Nein« – versetzte sie – »aber ich würde mich freuen, daß eine Schlechtigkeit ausnahmsweise einmal gute Folgen gehabt hätte. Ist es denn so?« – »Laß uns weiterreden« – rief Herr Haidvogel, – »wenn wir satt sind! Dann fördert's die Verdauung. Wir leben in einer Welt, worin einem Menschen plötzlich eine Königskrone auf den Kopf fallen kann, der bis dahin kaum eine wollene Mütze besaß, sich ihn damit zu bedecken. Das sagte ich dir schon oft, erinnere dich daran und mach Feuer, jetzt wird dir der Stuhl wohl nicht mehr zu kostbar scheinen! Ich selbst hole, was sonst nötig ist, ich muß die Hunde ärgern, die mir den Kredit versagten, sie sollen glauben, daß ich bloß ihre Gesinnungen gegen mich auf die Probe gestellt habe, und da sie von meinen guten Zeiten her wissen, wieviel ich daraufgehen lasse, wenn ich nur kann, so wird sie's verdrießen, in dieser nicht besser bestanden zu sein!« Jetzt setzte die Frau sich emsig in Tätigkeit, während Herr Haidvogel sein Geld wieder einstrich und ging. Er kam an einer Schenke vorbei; es war die nämliche, in der er den größten Teil seines väterlichen Erbteils mit dem Leichtsinn und der Liederlichkeit eines verhätschelten einzigen Sohns verpraßt hatte, denn er war keineswegs immer ein armer Schlucker gewesen, er hatte ein für seine Verhältnisse ganz ansehnliches Vermögen hindurchgebracht und sich eben dadurch die Verachtung des Onkels, seiner Frau aber, die aus Pflichtgefühl nicht von ihm lassen wollte, den Haß desselben zugezogen. »Da sitzen nun« – dachte er – »die meisten von denen, womit ich sonst zusammenzusitzen pflegte, da schwatzen sie, wenn ihnen nichts Besseres einfällt, von mir, da lachen und spotten sie auf meine Kosten oder bedauern mich, wenn's gutgeht, zucken die Achseln und – ich muß hinein!« Er legte die Hand auf die Tür. »Was sie sagen werden, wenn ich so plötzlich erscheine, wie sie anfangs vor mir zurückweichen, dann, sowie sie Geld sehen, mir zunicken und vertraulich näherrücken werden! Ha, ginge einer von ihnen so weit, mich um ein Darlehen anzusprechen, ich würde es hergeben, wär's auch nur, um ihnen von der Größe der Summe, die mir zu Gebote steht, einen guten Begriff beizubringen.« Er trat ein. Drinnen war eine lärmende Gesellschaft beisammen, die alten Kameraden grüßten gleich freundlich und wisperten dann miteinander, es war offenbar, daß das Gerücht von Herrn Haidvogels plötzlicher Erbschaft bereits zu ihnen gedrungen war, und daß sie es jetzt für vollkommen bestätigt hielten, selbst der Wirt war höflich. Herr Haidvogel, der in der allgemeinen Aufmerksamkeit, die er erregte, und in dem Geflüster, das ringsumher entstand, eine hinreichende Genugtuung für alle Entbehrungen der letztverstrichenen Jahre fand, durchschritt, um seinen Triumph vollständig zu genießen, den Saal seiner ganzen Länge nach, ehe er sich niederließ, dann setzte er sich an einen Tisch, an dem der einzige Mensch saß, den er nicht kannte und der keine Notiz von ihm nahm. Dies verdroß ihn fast, und er faßte ihn darum scharf ins Auge; es schien nach dem ledernen Gurt, den er um den Leib trug, ein reisender Viehhändler zu sein, er hatte den Kopf auf den Tisch gestützt und starrte trübsinnig vor sich hin. »Dem ist ein Ochse gefallen!« dachte Herr Haidvogel, »und nun erinnert er sich mit Verdruß der vielen Schlachter, bei denen er das

Tier um leidlichen Preis hätte anbringen können. Gebührende Strafe für die übertriebene Habsucht!« Dann forderte er sich mit lauter Stimme ein Glas Wein. Der Wirt brachte es eilig in eigener Person und putzte zugleich das Licht, das etwas trüb vor dem Fremden brannte; nun erst sah man's ganz deutlich, wieviel Niedergeschlagenheit in den an sich so mannhaft trotzigen Zügen desselben lag. »Ist Euch nicht um Eure Zeche bange« – fragte Herr Haidvogel den Wirt halblaut und deutete auf den Fremden – »der scheint darüber nachzugrübeln, wie er Euch darum bringen will!« – »Das wäre noch ein Ding der Unmöglichkeit« – versetzte der Wirt lustig – »denn sie beläuft sich noch auf nichts, das Glas Bier, das er sich geben ließ, steht noch unberührt vor ihm.« – »Damit Ihr das nicht auch von mir sagen könnt« – sagte Herr Haidvogel – »will ich meinen Wein trinken!« Er tat's und zog dann eine Handvoll Taler hervor, die er hastig nach einer kleinen Münze zu durchsuchen begann, weniger, weil er so eifrig aufs Bezahlen erpicht war, als weil es ihn kitzelte, seinen Reichtum zu zeigen. »Ei du mein Himmel«, versetzte der Wirt abwehrend, »als ob das nicht Zeit hätte! Ihr denkt doch nicht schon wieder zu gehen? Von einem alten Freund, der sich so lange nicht mehr bei mir sehen ließ, würde mich das beleidigen, und noch mehr als das, es würde mich kränken!« – »Nun« – erwiderte Herr Haidvogel – »ich werde bleiben! Aber schickt schnell ein gutes Nachtessen zu den Meinigen hinüber! Sie wollen sich selbst was bereiten, wozu die Umstände!« – »Freilich, freilich, wozu? Ich kochte ja gern für die ganze Stadt! Was soll's nur sein? Hier ist die Speisekarte, beliebt's Euch auszuwählen?« – »Schickt alles, was darauf steht« – versetzte Herr Haidvogel – »dann schickt Ihr jedenfalls das Rechte mit! Bildet Euch übrigens nicht ein, daß Eure Küche die meinige übertrifft. Pah! Wenn ich den Schneider, der dort in der Ecke sitzt – heda, Meister, Ihr habt nun genug genickt und am Käppel geschoben, kommt morgen früh zu mir herüber und nehmt mir Maß! –, wenn ich den zuweilen durch ein Loch im Ärmel oder den Schuster durch einen zerrissenen Stiefel ärgerte, so geschah das ja bloß, weil ich meinem Magen nichts abgehen ließ, denn wenn mein Onkel auch nicht alle Tage Verlangen trug, mich zu umarmen, so fiel es ihm doch noch weniger ein, mich hungern zu lassen, und wenn er mir auch einmal in seinem bekannten Jähzorn verbot, zu ihm zu kommen, so kam er dafür reuig bei nächtlicher Weile zu mir. Betrachtet den da! Ist er magerer geworden, seit ich keine Bratwürste mehr bei Euch aß?« Hierbei klopfte er sich auf den Bauch, der allerdings trotz der nüchternen Atzung mit Kartoffeln und trockenem Brot die ehemalige

Rundung bewahrt und ihm auch immer für einen Ableiter erniedrigender Gedanken über die Beschaffenheit seines Tisches gegolten hatte. »O sicher nicht«, entgegnete der Wirt, obgleich trotz seiner Geschmeidigkeit nur mit mühsam unterdrücktem Lächeln, »was fällt Euch ein! Doch ich will dem Kellner Auftrag geben!« Er sprang fort, um nicht zu bersten. »Ob wirklich nichts Kleines mehr darunter ist?« sagte Herr Haidvogel mit einem langen Blick auf den Fremden, der noch dasaß wie vorhin, und dessen Unempfindlichkeit und Gleichgültigkeit gegen alles, was um ihn her vorging, ihn förmlich zu empören anfing. – »Freilich, das Bettelgesindel!« Er warf mit diesen Worten das Geld mit Geräusch auf den Tisch und schickte den Rest in der Tasche Handvoll nach Handvoll hinterdrein, fortwährend zwischen den Talern rührend und mit ihnen klappernd. Jedermann wurde aufs neue aufmerksam auf ihn, der Wirt rief dem Kellner einmal über das andere »Hurtig! Hurtig!« zu, zwei von den ehemaligen Kameraden, die ihr schnödes Benehmen gegen ihn in der Zwischenzeit in Vergessenheit zu bringen wünschten, stießen, scheinbar unbekümmert um ihn, aber laut genug, daß er es hören konnte, auf sein Wohl miteinander an, nur der Fremde verharrte in seiner vorigen Lage. Herr Haidvogel wollte aber durchaus auch von ihm beneidet werden, er trat ungeduldig zu ihm heran und bat ihn um Erlaubnis, sein Licht einen Augenblick nehmen zu dürfen, weil das seinige so düster brenne und zwei überhaupt heller leuchteten als eins. Der Fremde bewilligte es durch eine Kopfbewegung und sah nun endlich auf. Doch kaum hatte er auf den im Glanz der Lichter flimmernden und schimmernden Schatz des Herrn Haidvogel einen Blick geworfen, als er wie besessen auffuhr, den bisherigen Besitzer mit einem mächtigen Stoß beiseite schleuderte und mit einer Donnerstimme ausrief: »Des Todes ist, wer dies Geld berührt, es ist mein! Hundert Taler! Die russische Schaumünze, an der ich mein Eigentum erkenne! Und ein lederner Beutel! Zähle nach und vergleiche, wer zweifelt!« Der Wirt, die ganze Gesellschaft, vor allem aber Herr Haidvogel selbst standen einen Moment wie versteinert, der letztere faßte sich jedoch gleich wieder, weil er fühlte, daß er in den allerschnödesten Verdacht geraten werde, wenn er lange im Stillschweigen verharre, und antwortete dem Fremden, der unwillkürlich sein Schlachtermesser gezogen und sich mit halbem Leibe über das Geld hingelehnt hatte, kalt und spöttisch: »Ihr habt die Lumperei verloren, und ich habe sie gefunden! Könnt Ihr das nicht ruhig sagen? Da ist der Lederbeutel, den Ihr wohl noch vermißt! Eine Schaumünze! Ei, die hatte ich noch gar nicht bemerkt! Hübsch! Der Übergang über die Beresina! Ein Andenken?« Der Fremde maß Herrn Haidvogel mit einem zweideutigen Blick, und da er entdeckte, daß der Rock desselben etwas kahl war, zählte er sein Geld sorgfältig nach. Als er fand, daß an der Summe nicht das Geringste fehlte, reichte er ihm die Hand und sagte: »Verzeiht mir meine Heftigkeit und setzt Euch zu mir, daß wir zusammen trinken!« – »Trinkt, mit wem Ihr wollt« – entgegnete Herr Haidvogel vornehm – »aber haltet Euch ein andermal auf bessere Taschen!« Stolz wie ein Sieger den Walplatz, verließ er nun die Gaststube und überrannte in der Tür fast den schwer bepackten Kellner, der, bei einer so unerwarteten Wendung der Dinge vom Wirt eiligst wieder umgerufen, eben hineintrat. »Ich will's selbst mitnehmen!« rief er diesem zu und griff nach dem Eßkorb, den der verblüffte Mensch, der den Zusammenhang nicht kannte, auch ohne Widerstand fahrenließ, den der Wirt Herrn Haidvogel aber wieder entriß. »Ah, so war's gemeint«, sagte dieser, »gut, da ist hier denn auch für mein Glas Wein!« Er warf die letzten vier Groschen hin, die er besaß und die er zum Ankauf von Glanzwichse bestimmt gehabt hatte, versuchte den Wirt durch einen Puff, den er ihm im Vorbeischießen beibrachte, umzustoßen, was ihm freilich nicht gelang, und eilte fort. Leise, leise stahl er sich in sein Haus und in seine Wohnstube hinein. Seine Frau war in der Küche, wie er durch ein kleines, in der Tür angebrachtes Fenster sehen konnte, mit dem Abkochen der Kartoffeln beschäftigt, das Feuer brannte lustig auf dem Herd, und die Kinder standen mit heiteren Gesichtern umher. »Ich kann's nicht ändern!« fluchte er und begann, sich schleunig zu entkleiden. Er war damit glücklich zu Ende gekommen und stieg eben ins Bett, als seine Frau, die schon mit Ungeduld auf ihn wartete, in die Stube trat. »Mein Gott!« – rief sie, aufs höchste verwundert, aus – »du gehst zu Bett?« – »Tu du es auch«, entgegnete er und setzte, indem er die Decke über sich hinzog, gähnend hinzu: »Ehrlich währt am längsten!« Die Frau hatte aber noch kaum die Zeit gehabt, ihr Erstaunen durch einen unartikulierten Laut auszudrücken, als an die Tür gepocht wurde. »Riegel vor!« rief Herr Haidvogel, und als er sah, daß die Tür bereits aufging, griff er nach seinem Stock, der zu Häupten des Bettes stand. Der Kellner trat mit einer Last herein; die Gesichter der Kinder, die sich schon verfinstert hatten, klärten sich wieder auf, denn der leckere Duft, der sich im Zimmer verbreitete, und das fröhliche Klappern der Schüsseln verkündeten ihnen den Inhalt des Korbes. »Reue? Gewissensbisse?« – fragte Herr Haidvogel den Menschen, der den Korb stillschweigend auf den Tisch stellte – »hätt's kaum erwartet.« – »Mich schickt der Viehhändler« – entgegnete dieser – »er hat alles bezahlt!« – »Der!« – rief Herr Haidvogel – »was untersteht der Kerl sich! Mir, der ich schon an *einem* Abende mehr verspielt habe, als er in einem Jahre gewinnt! Nun wohl! Ein Finderlohn! Aber wohlgemerkt, nur für die Kinder! Ich berühre nichts davon! Ehrenwort!« Der Kellner wollte sich wieder entfernen, die Frau trug ihm eine herzliche Danksagung auf. »Kein Wort von Dank!« – fuhr Herr Haidvogel dazwischen – »er hat seine Schuldigkeit getan, und kaum! Aber deinem Herrn kannst du melden, daß ich ihm mit den Schüsseln, wenn er sie etwa zurückverlangt, die Fenster einwerfen werde!« In diesem Augenblick wurde abermals gepocht. »In Europa nimmt man im Bett keine Visiten an!« rief Herr Haidvogel, aber die Tür wurde trotzdem langsam geöffnet, und mit verstörtem Gesicht trat etwas verlegen der Bediente Johann herein. »Nun, Halunke« – schrie Herr Haidvogel ihm entgegen und schwang seinen Stock – »willst du die Zahlung haben für –?« Er berührte hierbei mit einer unzweideutigen Gebärde seinen Rücken. »Herr Haidvogel« – stotterte Johann – »Sie wissen, daß ich nichts tat, als was der Herr mir befahl, dessen Brot ich aß!« – »Aß?« fragte Herr Haidvogel gespannt. »Ja« – fuhr Johann fort – »der gnädige Herr ist am Schlag« – »Am Schlag?« – unterbrach ihn Herr Haidvogel verdrießlich und enttäuscht – »Kerl, bist du verrückt? Es war ja eine niederträchtige Lüge, mit eigenen Augen überzeugte ich mich davon!« – »Heute nachmittag, ja« – versetzte Johann – »aber jetzt nicht mehr! Leider!« – »Leider?« – rief Herr Haidvogel – »Gottlob!« – »Freilich, Gottlob!« – entgegnete Johann geschmeidig – »denn es war nicht mehr zum Aushalten! Wenn Sie wüßten, wie oft ich Fußtritte vom Alten erhielt, weil ich eine Fürbitte für Sie einlegte. Noch dieses Loch im Kopf – –« – »Hast du vor sieben Stunden von dem Türpfosten bekommen« – unterbrach ihn Herr Haidvogel – »an den du dich stießest, als du mit mir bosseln wolltest – – Was kümmert's mich noch! Hast du gehört, Frau?« – »Ist es denn wahr, Johann?« fragte sie schüchtern und schob dem Bedienten einen Stuhl hin, auf den er sich aber nicht niederließ, weil die Dame, die er schon lange nur noch über die Achsel angesehen hatte, plötzlich wieder eine Respektsperson für ihn geworden war. »Wie kannst du nur fragen« – eiferte Herr Haidvogel, dem dies nicht entging – »siehst du nicht, daß er mit krummem Rücken und eingeknickten Beinen vor dir steht? Aber wie kam's denn?« – »Wahrscheinlich« – entgegnete Johann zögernd – »von dem Ärger, den –« – »Den ich ihm machte?« fragte Herr Haidvogel jubelnd – »Ja? Ist's so? Das freut mich! O das freut mich! Maß für Maß! Kerl, ich schenke dir alles, was du heute abend gestohlen hast! Verbeugst dich? Bravo! Nun, Frau, war's gut, daß ich da war? He, was sagst du?« – »Laß ihn doch zu Wort kommen« – erwiderte sie unwillig – »noch wissen wir ja von nichts!« – »Der Auftritt mit Ihnen« – begann Johann wieder – »hatte ihn in die furchtbarste Aufregung versetzt, er schäumte vor Wut –« – »Das sah ich noch!« warf Herr Haidvogel ein, »oh, das sah ich!« – »Und er schrie: ›Gleich mach ich mein Testament, ich warte meinen Siebzigsten‹, Geburtstag meinte er vermutlich, ›nicht ab, und ich enterbe sie vollständig!‹« – »Es war also noch nicht geschehen« – versetzte Herr Haidvogel – »wie ihr Hunde ausgebracht hattet! Niederträchtig! Das gab meinem Kredit den Todesstoß!« – »Wir sagten« – erwiderte Johann kleinlaut – »was wir hörten und glaubten! Hätten wir das Gegenteil gewußt – –« – »So hättet Ihr« – unterbrach die Frau ihn bitter – »meinen Theodor zur Kirschenzeit zuweilen in den Garten gelassen, wenn der Onkel abwesend war, und er darum bat, weil die roten Beeren ihn so lockten!« – »Gewiß!« – entgegnete Johann mit einem dummen Gesicht – »das hätten wir getan!« – »Weiter!« drängte Herr Haidvogel. »Oh« – sagte Johann – »es ist gleich aus! Ich mußte zum Advokaten springen, und als ich zurückkam, lag er schon sprachlos da. Dann – genug, es ist vorbei!« – »Für ihn!« – versetzte Herr Haidvogel – »und für uns fängt's an. Hast du Geld bei dir?« – »Zu Befehl!« entgegnete Johann und griff dienstfertig in die Tasche. »So bezahl dem Menschen da, der Maulaffen an der Tür feilhält, das Essen! Heda, Kellner! Dem Viehhändler seinen Taler, oder sind's zwei? zurückgebracht und über alles, was du hier gehört hast, auf deine gewöhnliche Weise reinen Mund gehalten! Ah, sieh! Hättest du deine Mütze gleich beim Eintritt gezogen, wie sich's gebührt, so könntest du sie jetzt wieder aufsetzen! Nun mußt du's freilich umgekehrt machen! Gute Nacht!« Der Kellner ging, auch Johann schickte sich zum Fortgehen an, vorher aber sagte er noch, die Köchin habe sich ins Bett gelegt und stelle sich krank, es sei aber nicht wahr, ihr fehle nichts, dann entfernte er sich. »Nun, Frau«, – rief Herr Haidvogel und zog sich an – »kann ich mein väterliches Haus jetzt wiederkaufen, von dem ich den Kindern einst, als wir mit ihnen daran vorbeigingen, zu deinem Verdruß weismachte, es sei noch mein, und ich hätte nur den Türschlüssel verloren, sonst würde ich sie hineinführen? Kann ich – –« – »Nichts kannst du« – versetzte die Frau, die inzwischen ihr dünnes Umschlagtuch umgenommen und sich zum Fortgehen angeschickt hatte – »nichts ohne mich, ohne meine Einwilligung kommt kein Pfennig in deine Hände, und ich werde dafür sorgen, daß das Jammerleben, das jetzt zu Ende ist, nicht wieder anfangen kann!« – »Wie? Was?« rief Herr Haidvogel mit offenem Munde und war so überrascht, daß er den schon halb angezogenen Rock ganz anzuziehen vergaß und mit dem possierlich an der rechten Seite seines Leibes niederbaumelnden Kleidungsstück wie eine Vogelscheuche dastand. »Gewiß« – fuhr die Frau im bestimmtesten Ton fort – »du sollst mir tun, was dir gefällt, wenn dir mittags jemals wieder ein guter Braten auf dem Tisch fehlt, und wenn du des Abends wieder Kartoffeln essen mußt!« – »Pah« – erwiderte Herr Haidvogel giftig – »wenn man nicht selbst Bankrott macht, so tun's andere, und man verliert sein Geld. Das ist das beste!« – »Darauf laß ich's ankommen!« versetzte die Frau und ging. »Schöne Aussichten!« rief Herr Haidvogel und wandelte einige Male stillschweigend die Stube auf und ab. »Schmeckt's?« rief er dann den Kindern zu, die sich längst über das Essen hergemacht hatten, und setzte sich zu ihnen. »Galle macht Appetit! Ein neuer Beweis dafür!« murmelte er nach einer kleinen Pause der Untätigkeit und griff auch seinerseits zu. »Was ist's auch weiter?« – monologisierte er nun kauend fort – »ich bedinge mir ein Monatliches, das taten andere auch, und ehe sie's ins Wochenblatt setzen läßt, daß sie für meine Schulden nicht haftet, kann ich genug auf ihren Namen zusammenborgen! Heißa! Lustig! Was für Not?«

SCHNOCK
Ein niederländisches Gemälde

VORWORT

Der Komponist pflegt seinem Musikstück den Schlüssel vorzusetzen, damit ein jeder auf den ersten Blick erkenne, aus welcher Tonart es geht. Das ist eine Gewohnheit, die vielleicht von anderen Künstlern nachgeahmt zu werden verdient, wenn auch nur, weil sie alle ungehörigen Erwartungen im voraus abschneiden würde.

Das kleine Büchlein, welches ich dem Leser jetzt in die Hand gebe, enthält ein niederländisches Gemälde. Wer Raffael und Michelangelo nicht so lange vergessen kann, als er vor Teniers und Douw steht, der schleudere es augenblicklich an die Wand. Denn es will nur ergötzen, weiter nichts.

Darum ist es aber gar nicht überbescheiden, gar nicht bis zur Selbstverleugnung demütig. Es möchte sich neben Eulenspiegel, Katzenberger und Abraham Tonelli einen Platz erobern und würde überglücklich sein, wenn es seinen gegenwärtigen Prachtrock über kurz oder lang einmal abwerfen und sich auf Jahrmärkten und Kirchmessen in einem Bauernkittel von Fließpapier herumtummeln dürfte.

Übrigens wurde es nicht erst jetzt, sondern bereits im Jahr 1837, und zwar zu München während der unheimlichen Cholerazeit, geschrieben. Es wurde damals von dem Meister des Humors, dem alten *Tieck,* brieflich mit großer Wärme begrüßt. Ich habe es jedoch, weil es zu üppig ausgefallen war, bei der Herausgabe auf ein Drittel seines ursprünglichen Volumens reduziert und auch den Rest mit Sorgfalt überarbeitet.

Die vorstehende chronologische Bemerkung hat nicht den Zweck, dem Kritiker ein ungewöhnliches Maß von Nachsicht und Milde für mein Jugendwerk abzugewinnen; wenn ich es nicht mehr vertreten zu können glaubte, würde ich die Pflicht haben, es zu unterdrücken, und sie erfüllen. Sie soll nur diejenigen meiner Freunde, die sich für meine Entwicklung als solche interessieren, davon unterrichten, daß der Schnock ein Vorläufer, nicht ein Nachfolger meiner übrigen Arbeiten ist.

ERSTES KAPITEL

Zur Einleitung

In dem kleinen Marktflecken Y, wo sich jeder Reisende gern so lange aufhält, als er muß, nämlich so lange, als die Post ausbleibt, traf ich in den Hundstagen des Jahres 1836 zum letzten Mal ein. Der Ort ist einer von denen, wo man nur auf dem Leichenacker erfährt, daß Menschen darin leben, weil eine Reihe ehrwürdiger Grabsteine, die man nicht Lügen zu strafen wagt, versichern, daß Menschen darin sterben. Diesmal kannte ich ihn nicht wieder, und ich würde geglaubt haben, der Postillion sei fehlgefahren, wenn sich nicht der mir unvergeßliche Postmeister, eine lange, dürre, windschiefe Figur, die sich scheu und verlegen in jede Ecke drückt, als ob sie schon durch ihre bloße Existenz zu beleidigen fürchte, aus der Tür geschoben und so meine Zweifel verscheucht hätte. Alle Straßen nämlich, durch die ich kam, waren gedrängt voll von Leuten; kein Fenster, aus dem nicht mehr Köpfe hätten herausschauen wollen, als Platz fanden; auf dem Kirchturm selbst konnte ich deutlich Hauben und flatternde Schals unterscheiden, und jedes Gesicht, von der alten, halb erblindeten Bettelfrau an, die sich mühsam mit der rechten Hand auf ihren Stab stützte und mit der linken die Brille aufsetzte, bis zu dem kleinen weißgekleideten Mädchen mit seinen blonden Locken herunter, trug den Ausdruck der gespanntesten Erwartung. »Was gibt's denn«, fragte ich den Postmeister, »ist's Jahrmarkt heute?« »Den 16. hujus gewesen.« »Feiert der Amtmann oder der Stadtpfarrer das Dienstjubiläum?« »Herr Pastor primarius Nothnagel hat's schon gefeiert und ist an den Folgen des Schmauses gestorben, und unser Herr Amtmann darf in den nächsten vierzig Jahren an die Ehre noch nicht denken, dazu ist er, mit Erlaubnis zu sagen, noch viel zu jung.« »Gibt's denn Aufstand? Rebellieren die Bürger? Empört sich, was Hosen trägt?« »Bewahre uns Gott vor Rebellion! Dazu haben wir auch gar keine Zeit, man muß sich tummeln, ums liebe Brot zu verdienen und die hohen Steuern zu erschwingen. Nein, die Sache, es kurz zu vermelden, ist die. Ein höchst gefährlicher Verbrecher, ein Bösewicht, der einen greulichen Diebstahl begangen hat und einer Mordtat fähig gehalten wird, wurde gestern zur Haft gebracht und heute, als ihm der Gefangenwärter das Frühstück in den alten verfallenen Turm bringen wollte, vermißt. Da hat denn der Amtmann die gesamte Bürgerschaft aufgeboten, um ihn wieder einzufangen, und wie man vernimmt, so ist's, wunderbar genug! geglückt. Nun ist man natürlich begierig – –« Der Postmeister unterbrach sich; denn er bemerkte, daß ich schon längst nicht mehr auf ihn hörte, weil ich sonst über die Explikation das Schauspiel selbst versäumt hätte. Ein Zug, abenteuerlicher, als ich ihn je gesehen, kam die Straße herauf. Zuerst, in grellroten Röcken mit messingnen Knöpfen, an der Seite mächtige Säbel, die das Gehen erschwerten und den Mut gewiß nicht vermehrten, zwei ehrenfeste Männer, voll edlen Selbstgefühls, in denen sich ehemalige Unteroffiziere der Reichsarmee, die vielleicht manche Schlacht mit hatten verlieren helfen und jetzige Gerichts- und Polizeidiener nicht verkennen ließen. Dann, von zwei lahmen Pferden gezogen, ein Leiterwagen, auf dem der Held des Tages, der Triumphator, saß, dreifach gebunden, als ob er ein Herkules wäre und noch etwas mehr. Hinterher die ganze waffenfähige Mannschaft des Fleckens, mit Mistgabeln, Äxten und Beilen, Stricken, genug, mit allen möglichen Dingen, die der Leser nicht erwartet, armiert und nicht ohne Stolz zu Frauen und Töchtern aufblickend und sie mit leichtem Kopfnicken, da die Zeit nichts weiteres erlaubte, begrüßend. Der Wagen hielt; zwei alte Weiber, wovon eine der andern ihren breiten Rücken, der ihr das Sehen unmöglich mache, vorwarf, fingen an, sich zu prügeln, der Amtmann trat vor mit einem Gesicht, welches halb Fragezeichen war, halb aber auch, der Würde des Amts gemäß, Gedankenstrich. Die Gerichtsdiener machten Front und statteten beide zugleich, also so unverständlich wie möglich, Rapport ab, der Amtmann warf auf den Triumphator einen vernichtenden Blick, den dieser mit seinem ungezogensten Gähnen erwiderte, dann rief er finster aus: »Wo bleibt denn aber *Schnock,* der Schreiber, daß man ihn beloben, ihm seine Zufriedenheit bezeigen kann?« »Heda, Meister *Schnock,* aufgepaßt!« schrien die Gerichtsdiener, das verdrießliche Gesicht des Amtmanns und den mürrischen Ton seiner Stimme möglichst treu kopierend. Jetzt merkte ich auf; wer noch nie einen Glücklichen gesehen hat, der betrachte sich einen deutschen Bürger, dem bei irgendeinem Anlaß von Gerichts wegen die Versicherung erteilt wird, daß er ein ganzer Kerl sei. Nicht so schnell, als ich erwartet hatte, aber doch schnell genug, um die Stirnfalten des Amtmanns nicht durch sein Zögern zu verdoppeln, trat aus dem Haufen ein Mann heraus; breitschultrig, von gewaltigem Knochenbau, aber mit einem Gesicht, worauf das erste Kindergreinen über empfangene Rutenstreiche versteinert zu sein schien; ein Bär mit einer Kaninchenphysiognomie. Der Amtmann erteilte ihm ein sparsames Lob wegen seiner bewiesenen Herzhaftigkeit, *Schnock* senkte dazu wehmütig den Kopf und schickte einen ängstlichen Blick zu dem Gefangenen hinüber, der auf seinem Wagen in sanften Schlummer gefallen war, oder sich doch stellte, als ob er es wäre. Der Amtmann zog sich in das Heiligtum der Amtsstube zurück, die Gerichtsdiener rissen den Gefangenen von seinem Sitz herunter und schworen, er solle ihnen nicht zum zweiten Mal entkommen, und wenn er auch die Kunst besäße, sich in eine Fledermaus zu verwandeln. Die Menge zerstreute sich, nur *Schnock* blieb, als hätte er einen Basilisken gesehen, regungslos auf dem Platze stehen. Der Mann interessierte mich, ich trat zu ihm heran. »Mein Freund«, begann ich, »Ihr seid sehr in Gedanken vertieft!« »Weil ich ein geschlagener Mann bin«, gab er zur Antwort. Ich stutzte und fragte weiter: »Wieso? Wie kommt's, daß Ihr dies eben heute, wo Ihr Euch in so hohem Grade die Zufriedenheit Eurer Obrigkeit erworben zu haben scheint, so lebhaft fühlt?« »Eben darum«, versetzte er heftig; »wer bürgt mir, daß der sich im Gefängnis erdrosselt oder sich mit Glasscherben die Pulsader aufreißt? Gibt's der Herr«, er meinte mich, »mir etwa schwarz auf weiß, daß diesen heillosen Sünder in der Einsamkeit die Verzweiflung packt? Und darf ich hoffen, daß er außer dem Diebstahl, wegen dessen ihn der strengste Richter nicht zum Tode verurteilen, ja nicht einmal auf zeitlebens einstecken kann, noch eine Mordtat oder ein anderes Halsverbrechen begangen hat?« »Von wem sprecht Ihr denn eigentlich?« unterbrach ich ihn. »Nun, von wem anders als von dem Bösewicht, den ich das Unglück gehabt habe zu arretieren. Hätte ich doch lieber zuvor ein Bein gebrochen! Aber niemand entgeht seinem schlimmen Stern, und am wenigsten ich.« »Ich begreife Euch bei Gott nicht!« versetzte ich. »Für jeden ordentlichen Bürger pflegt es ein Fest zu sein, wenn ein dem öffentlichen Wohl gefährlicher Mensch zur Haft gebracht wird.« »O freilich, wenn er nur nicht selbst die Falle war, in der der Fuchs sich erwischen ließ!« »Ich dächte, das wäre gleichgültig!« »Wahrlich nicht für einen Mann, der ein Haus hat, das man ihm zur Nachtzeit überm Kopf anzünden kann, und der sich gestehen muß, daß sich in sein Fleisch so gut ein Loch bohren läßt wie in anderes. Meint Ihr, ein Kerl, der – Ihr könnt's nicht übersehen haben – auf'm Wagen einschläft, während ihm tausend Kehlen mit den greulichsten Verwünschungen überhäufen, werde sich für die endlose Langeweile, der er im Kerker, und für die Quälereien, denen er in den Verhören entgegengeht, nicht gegen mich Unglückseligen, dem er das alles verdankt, auf seine Weise erkenntlich zeigen? Was wird diese Kröte zwischen den finstern Mauern des Gefängnisses aushecken als giftige Rachepläne? Und wann hat man noch gehört, daß einem Bösewicht mißglückt ist, was er sich vornahm? Höchstens kommt man ihm hintendrein auf die Spur; das weckt aber keinen wieder auf, der einmal mit einer acht Zoll tiefen Wunde auf'm Kirchhof oder sonstwo verscharrt liegt. Dem Schlachtopfer ist's gleichgültig, ob man den Schlächter zu ihm in die Erde steckt.« »Mir scheint, ein Mann wie Ihr kann sich seiner Haut schon wehren; Euch geht, deucht mir, zu einem Riesen nicht viel ab, geschweige zu einem tüchtigen Schläger.« »Oh«, versetzte *Schnock* mit einem tiefen Seufzer, »wie oft soll ich diese vermaledeiten breiten Schultern, diese lügenhafte, großprahlerische Leibesgestalt, womit irgendein schadenfroher Teufel mich begabt hat, noch verfluchen! Jeder, der mich nicht kennt, glaubt, daß ich Berge versetzen kann. Warum bin ich unglücklich? Weil ich nicht einen Kopf kürzer bin. Wozu trieb mich meine Neigung in der Jugend, was war der Wunsch meiner Wünsche? Schneider wollte ich werden, darum bat ich meinen Vater; die führen ein friedsames, ruhiges Leben, sprichwörtlich ist's, daß sie keine Courage haben, man erwartet von ihnen nicht das Unglaubliche. Drang ich mit all meinen Bitten bei dem Vater durch? ›Junge‹ – sagte er, nicht scherzhaft, sondern in grimmigem Ton – ›bist du verrückt? Du könntst bei deinen Knochen und Kräften einen Ackergaul ersetzen und wolltst, gleich einem Affen, mit gekreuzten Beinen und löschpapiernem Gesicht hinter dem Fenster auf'm Schneidertisch hocken und Zwirn in die Nadel fädeln? Das ist was für Krüppel, für Lahme und Verwachsene, damit komm mir nicht; du wirst mir, so Gott will! ein braver Schreiner!‹ Natürlich, er war ja selbst ein Schreiner, und das edle Handwerk wäre zugrunde gegangen, hätte ich ein anderes ergriffen. Gott vergeb's ihm, meinetwegen; ich vergeb's ihm nicht, höchstens auf'm Totenbett, wo man alles vergibt!« *Schnock* ballte die Hand. »Aber, lieber Meister«, fragte ich weiter, »warum ließt Ihr den Dieb nicht entschlüpfen, wenn es Euch so bedenklich schien, ihn festzuhalten? Das stand ja doch bei Euch?« »Keineswegs«, erwiderte *Schnock*; »man ist selten oder nie Herr seines Willens. Ich war den übrigen voraufgelaufen, nicht etwa, um mir ein Ansehen zu geben, sondern um ihnen möglichst bald aus den Augen zu kommen und bei der Hetze gegen brutale Aufforderungen zum Hilfeleisten gesichert zu sein. Plötzlich, da ich eben den Sprung um ein Gebüsch mache, fährt mir das Teufelswildbret, ich meine meinen Arrestanten, entgegen. Ich schaudere zusammen; denn das laute Hurra, das aus hundert Kehlen hinter mir erschallt, sagt mir's gleich, daß mein niederträchtiges Jagdglück nicht unbemerkt geblieben ist. Dennoch hätte ich ohne Rücksicht auf spätere Foppereien und Anzüglichkeiten dem Kerl gern den Vorsprung gelassen und zu hinken angefangen; aber der war wie unsinnig, statt zu entspringen, blieb er stehen, rollte die Augen, ballte die Faust gegen mich und fuhr endlich damit, als wollte er ein Messer oder gar eine Pistole hervorziehen, in die Tasche. Da ergriff mich Angst und Grausen; nicht aus *Tollkühnheit,* wie die herbeieilenden Esel, die mir schon aus der Ferne ein Bravo über das andere zuschrien, glauben möchten, sondern aus *Furcht* machte ich mich über ihn her, rang mit ihm und warf ihn zu Boden. Daß seine Taschen leer waren, wie sich's bei der Visitation fand, konnte ich nicht wissen, und gegen Schuß und Stich mußte ich mich sichern.«

Ein Bursche kam in diesem Augenblick eilig auf uns zu. »Ich komme schon!« rief *Schnock* ihm entgegen und machte mir zugleich eine Abschiedsverbeugung. »Ihr irrt Euch, Meister«, sagte der Bursche mit unterdrücktem Lachen, »ich suche diesmal nicht Euch, ich geh auf die Apotheke, um Hoffmanns-Tropfen zu holen, Eure Frau hat Kopfweh und liegt zu Bett.« »So sagst du nicht«, versetzte *Schnock,* »daß du mich gesehen hat. – Wenn die Kopfweh hat«, fuhr er, sich wieder zu mir wendend, fort, »ist's goldene Zeit für mich; dann fühle auch ich einmal, daß ich noch auf der Welt bin. Ihr muß wirklich zuvor das Schlimmste begegnet sein, ehe mir was Gutes begegnen kann; als sie jüngst wegen Zahnschmerz und Backengeschwulst vierzehn Tage lang das Maul nicht öffnen konnte, hatte ich den Himmel auf Erden.« Ich lud *Schnock* ein, mich ins Posthaus zu begleiten und dort eine Flasche Wein mit mir auszustechen. »Ich weiß mich«, sagte ich, als er bedenklich zu zögern schien, »vor Langeweile nicht zu lassen, und wo finde ich Gesellschaft?« Er willigte ein, und nicht lange dauerte es, so saßen wir uns auf meinem Zimmer bei gefüllten Gläsern gegenüber. Es gibt untrügliche Kennzeichen, wodurch sich der geübte Trinker von dem angehenden unterscheidet; wenn dieser, während er das süße, flüssige Feuer hinuntergießt, die Augen wollüstig zukneift und in innigem Behagen noch mit dem letzten Tropfen die Zunge erquickt, so spitzt jener bloß ein wenig den Mund, trinkt mit offenen Augen und ignoriert den Tropfen, da er die Erfahrung gemacht hat, daß dieser Nachzügler den Durst, statt ihn zu löschen, nur aufs neue weckt. *Schnock,* das sah ich gleich, war kein angehender Trinker; er trank das erste Glas nur, um recht bald zum zweiten zu kommen, und an eine Entsiegelung seines inneren Menschen, auf die ich mich freute und deretwegen ich ihn eingeladen hatte, war vor Entsiegelung der dritten Flasche nicht zu denken. Ich gab mich gegen ihn für einen geschiedenen Ehemann aus und sagte, ich hätte bloß darum mein Vaterland verlassen, weil mein rachsüchtiges Weib mir ihre sämtlichen Liebhaber einen nach dem andern mit Herausforderungen auf den Hals schicke, was mir über kurz oder lang das Leben kosten könne. Diese Eröffnung machte ihn treuherzig, aber eine Unvorsichtigkeit, die ich gleich hernach beging, hätte das günstige Vorurteil, das er für mich zu fassen begann, fast im Keim wieder zerstört. Ich zog nämlich, weil sie mir unbequem waren, meine Taschenpistolen hervor und legte sie neben mich auf den Tisch. Plötzlich, er war schon in recht lebhaften Mitteilungen über sein Märtyrertum begriffen gewesen, stockte der Fluß seiner Rede, er entfärbte sich und sah mich an. Ich bemerkte die Veränderung, die mit ihm vorgegangen war, früher, als ich sie begriff, und bemühte mich, ihrer Ursache auf die Spur zu kommen, aber schneller als all mein Nachsinnen, verhalf mir eine zufällige Bewegung meiner Hand zur Aufklärung über den zweifelhaften Punkt. In der Zerstreuung ergriff ich eine der Pistolen, die ungeladen waren, und spannte spielend den Hahn; da sprang *Schnock* von seinem Stuhl auf und versicherte mir mit einem Gesicht, welches gegen den Mund die bündigste Protestation einlegte, er halte sich in meiner Gesellschaft für sicher. »Ihr seid's vollkommen, lieber Meister«, versetzte ich; »die Dinger da drückten mich, ich führe sie zu meiner Verteidigung auf Reisen bei mir, aber um mich nicht selbst zu beschädigen, lade ich sie nicht, außer, wenn ich bei Nebel und Nacht durch dicke Waldungen komme.« Zum Zeugnis der Wahrhaftigkeit meiner Relation drückte ich die Pistole, welche ich eben in der Hand hielt, ab. »Ich«, entgegnete *Schnock,* indem er sich wieder mit alter Behaglichkeit niederließ, »würde doch Pistolen und dergleichen niemals mit mir führen; denn, davon bin ich überzeugt, wenn die Gefahr wirklich an den Mann herantritt, so vergißt man's entweder, daß man sie hat, oder man schießt beim Abfeuern fehl und reizt so den Menschen, der es vielleicht nur auf einfache Räuberei abgesehen hatte, zu Mord und Blutvergießen«. »Ihr habt nicht Unrecht«, erwiderte ich, mein Lachen verbeißend, was mir, wenn's mir nur einmal gelingt, immer gelingt, »und da wär's gar möglich, daß man, nachdem man durch die erste Pistole den Mordgedanken erweckte, durch die zweite niedergestreckt würde; ich setze den Fall, daß der Räuber keine Waffe bei sich führt und sich ihrer bemächtigt.« »Freilich, freilich!« versetzte *Schnock* und trank, sichtlich erfreut, in mir einen Gemütsverwandten gefunden zu haben, zwei Gläser hintereinander. Die dritte Flasche war halb geleert, da stand er rasch auf, trat mit pfiffig-wichtiger Miene vor mich hin und fragte mich: »Sagt mir doch, bin ich eigentlich feig?« »Es scheint wohl nur so!« antwortete ich, einigermaßen verdutzt. »Gewiß!« versetzte er und nahm wieder Platz, »daß ich's nicht bin, davon, glaub ich, habe ich Euch heute den Beweis gegeben. Ich traue Euch nichts Böses zu, bei Gott nicht! Sonst wäre ich keine fünf Minuten geblieben; aber, dies könnt Ihr nicht leugnen, Ihr seid mir wildfremd. Ihr ladet mich ein, Euch auf Euer Zimmer zu begleiten und Wein mit Euch zu trinken, jeder andere hätte, und mit Recht, aus Eurer Splendidität Argwohn geschöpft und die sonderbare Einladung mit Abscheu abgelehnt; ich unterdrücke meinen Verdacht und gehe mit Euch. Ich denke, ich bin nicht feige!« »Ei, Meister *Schnock*«, erwiderte ich, »wie kommt Euch denn der Einfall, daß Ihr feig wäret?« »Weil«, versetzte er hastig und schenkte sich ein, »weil sie mich alle für feige halten, ja, weil ich, Stunden wie diese ausgenommen, selbst das ganze Jahr hindurch, Gott weiß, woran es liegt! glaube, daß ich's bin.« Jetzt verschwand bei ihm die letzte Spur von Zurückhaltung, um so mehr, als er erfuhr, daß ich nicht im Orte bleibe, sondern gleich den nächsten Tag wieder abreise, er machte mich zum vollständigsten Vertrauten seiner Lebens-, d. h. Märtyrergeschichte, und ich erhielt Gelegenheit, in die Mikrologien eines Daseins hineinzuschauen, das mir so putzig vorkam, als ob es gar nicht seiner selbst wegen, sondern zur Belustigung eines größeren geführt würde. Ich darf nun freilich nicht vergessen, daß meine Leser nicht, wie ich, gezwungen sind, in dem Marktflecken Y einen ganzen Tag auf die Post zu warten, und muß darum den größten Teil von *Schnocks* Mitteilungen für mich behalten; denn bei mir hatten sie nur mit einem alten Kalender, den ich durchblättern, mit den Fensterscheiben, die ich hätte zählen können, zu rivalisieren, was hoffentlich bei keinem meiner Leser der Fall ist. Ich glaube jedoch, daß einiges daraus sie auch in einer weniger verzweifelten Situation ergötzen kann, und bitte sie, wenn ich mich hierin täusche, den Grund nicht in dem Mann und seinen Erlebnissen zu suchen, sondern in meiner Unfähigkeit, ihn treu bis in das Haargewebe seiner Bestimmungsgründe hinein zu zeichnen. Um dieser Unfähigkeit möglichst zu Hilfe zu kommen, lasse ich ihn selbst reden.

ZWEITES KAPITEL

Schnock erzählt

»Fragt man mich, warum ich ein Weib genommen habe, was ich jetzt selbst fürchten muß, so kann ich auf diese Frage vernünftiger antworten als Tausende von Ehemännern, die mein Schicksal teilen. Sie pflegen schmachvollerweise für sich anzuführen, daß ihre Drachen ihnen in Engelsgestalt entgegengetreten seien, als ob dies nicht eben die Natur des Weibes wäre, und als ob es, Adam ausgenommen, der das freilich nicht wissen konnte, da kein anderer ihm seine Erfahrungen vermacht hatte, irgend jemandem zur Entschuldigung gereichen könnte! Solche Toren darf ich verachten; denn ich habe mich niemals über meinen Hausteufel und das Geschlecht, dem er angehört, getäuscht, und wenn ich dennoch sein Gespons geworden bin, so ist das wenigstens nicht meiner Verblendung beizumessen. Nie wär's mir eingefallen, mich aus eigener Bewegung nach einem Weibe umzusehen, und wer das ruhmredig findet, der lasse sich sagen, was ich schon in meinem zehnten Jahre erlebte, dann wird er's begreifen. Ich stand dabei, als meine Mutter meinem Vater die Ohrlippe abbiß, weil er nach einem heftigen Zank zu früh auf den Versöhnungskuß drang, ich sah sein Blut stromweise in den Bart rinnen und den Hemdkragen färben. Wer an meiner Stelle hätte nicht schaudernd, wie ich, das Gelübde getan, niemals wieder einen Menschen an dem Ort, wo er Zähne hat, zu küssen, und wer könnte dies Gelübde halten und sich doch zugleich beweiben wollen? Aber meine jähzornige Mutter bestand, als ich in die Jahre kam, mit Ungestüm darauf, daß ich mich verheiraten solle, sie fragte mich, ob ich ein sonstiges Mittel wüßte, ihr Enkel zu verschaffen, oder ob sie anderen alten Frauen in ihren Ansprüchen auf die großmütterlichen Würden und Freuden nachstünde, und darauf ließ sich nicht viel erwidern. Ich mußte mich also in den Gedanken ergeben, daß ich ihretwegen mit irgendeiner Person weiblichen Geschlechts früher oder später eine eheliche Verbindung würde eingehen müssen, wenn sie nicht wider Erwarten und Verhoffen früh wegstürbe, und da das letztere nicht geschah, so irrte ich mich hierin auch keineswegs. Zwar zog ich die Entscheidung noch lange hinaus und feierte noch manchen Geburtstag als Junggeselle, worin für mich zu der Zeit, von der ich spreche, der Hauptreiz dieses Festes lag. Aber als unsere alte Familienkatze verreckte und bald darauf unser Mops an einem Kloß, den er zu heiß hineinfraß, erstickte, da wurde meiner Mutter die Stille, die nun in unserem Haus eintrat, so unerträglich, daß mir alle meine Ausflüchte nichts mehr halfen, und daß sie die entstandene Lücke um jeden Preis mit einer Schwiegertochter angefüllt sehen wollte. Auch begünstigte der Zufall sie, denn Jungfer *Magdalena Kotzschneuzel,* die Stickerin, mietete sich eben damals in unserer Nachbarschaft ein und wußte sie durch einige wohl angebrachte Aufmerksamkeiten, die sie ihr erwies, namentlich dadurch, daß sie bei einer gewissen Gelegenheit ihren Rat einzog und ihn auch treu befolgte, so sehr für sich einzunehmen, daß ich bald beim Frühstück, beim Mittag- und Abendessen nur noch von ihren Vorzügen reden hörte. ›Weißt du, daß *Lene* keinen Faden am Leibe trägt, den sie nicht selbst gesponnen hat?‹ wurde ich des Morgens regelmäßig befragt, und die dritte Tasse Kaffee wurde mir gewiß nicht eingeschenkt, wenn ich diesen schlagenden Beweis der Altmütterlichkeit nicht mit vollen Backen pries. Des Mittags ward mir gewöhnlich mitgeteilt, daß sie einmal einige hundert Gulden aus der Lotterie gewonnen habe, und als ich darauf das erste Mal spitzig bemerkte: ›Sie spielt also!‹ ward ich mit einem hastigen: ›Nein! Sie hat das Los auf der Straße gefunden!‹ zurechtgewiesen. Des Abends mußte ich mir die Auseinandersetzung gefallen lassen, daß sie sich im Gegensatz zu anderen älter mache, als sie sei, weil sie's für eine größere Ehre halte, mit zu den ehrbaren Matronen gerechnet zu werden, als zu den leichtsinnigen jungen Mädchen, deren Klasse sie bei ihren fünfundzwanzig Jahren doch noch angehöre, und daß ein Mann, der das wisse und nicht um sie würbe, ein Narr sein müsse. Da dies alles bei mir nicht anschlug, nahm sie sie plötzlich, ohne mir vorher auch nur ein Wort zu sagen, auf einige Tage zu sich ins Haus, eines Kleides wegen, das geändert werden mußte, wie sie vorgab, das sie aber niemals wieder trug. Ich wußte recht gut, was dahintersteckte, und suchte mich dem Frauenzimmer von meiner unangenehmsten Seite darzustellen, rasierte mich nicht, trug immer meinen schlechtesten Rock, legte mein Schurzfell niemals ab, war stets mürrisch, als ob ich mit gerunzelter Stirn auf die Welt gekommen wäre, und erwies ihr nicht die kleinste Gefälligkeit, nicht einmal die, ihr den Nähring wieder aufzuheben, wenn sie ihn fallen ließ. Dabei ließ ich es nicht bewenden, ich machte meinen Gesellen, der von Person nicht unansehnlich und im Handwerk geschickt war, auf das Mädchen aufmerksam, ich strich sie gegen ihn heraus, wie sie gegen mich herausgestrichen wurde, ich redete ihm sogar ein, daß sie jedesmal erröte, wenn sie ihn erblicke. Aber beides schlug mir zum Unheil aus; denn *Lene* stieß sich nicht im geringsten an meinem Benehmen, sie entschuldigte mich gegen meine Mutter, wenn diese mir meine Nachlässigkeit verwies, aufs eifrigste und meinte, wer mit ganzer Seele beim Gewerbe sei, wer darüber nachsänne, wie er hier einen neuen Kunden gewinnen, dort einen abtrünnig gewordenen wieder heranbringen wolle, der könne freilich nicht nebenbei geschniegelt und gestriegelt gehen wie ein Ladendiener und sich auf Höflichkeit verlegen wie ein Barbiergehilfe; mein Geselle dagegen fing Feuer und rächte sich natürlich später, als ich ihm notgedrungen in die Quere kam, auf empfindliche Weise für meine anscheinende Falschheit. Als *Lene* unser Haus wieder verließ, war meine Mutter womöglich noch mehr für sie eingenommen als früher; sie besuchte sie täglich, und auch zwischen ihr und mir entspann sich, sosehr ich auf meiner Hut war, bald eine Art von Verhältnis. Ich konnte nicht aus der Tür treten, ohne sie an ihrem Fenster hinter den Blumen bei der Arbeit sitzen zu sehen, da wurden denn gegenseitige Grüße ausgetauscht, und was läßt sich nicht an Grüße anknüpfen; haben sich doch gewiß noch niemals Leute gestritten und totgeschlagen, die nicht im Anfang: guten Tag! zueinander gesagt hätten! Eines Abends ging ich aus; es war schon gegen zehn Uhr, ich hatte einen Sarg gemacht, was für einen Tischler eine so dringende Arbeit ist wie ein Bräutigamsrock für einen Schneider, und wollte vorm Niederlegen noch ein wenig im Freien verschnaufen. Ich schlenderte, die Pfeife im Mund, an *Lenes* Fenster vorüber und glaubte mich unbemerkt, da öffnete sie und fragte mich, warum ich denn so eile? Ich blieb stehen und erwiderte, daß ich das selbst nicht wisse. Dann, versetzte sie, möge ich auf einen Augenblick zu ihr hineinkommen, ich habe sie noch nicht ein einziges Mal besucht, und sie könne doch am Ende verlangen, daß das geschehe. Ich konnte hiergegen nichts einwenden und ging auf die Tür zu, fand sie aber verschlossen. ›Ei‹, rief sie aus, als sie das bemerkte, ›ist meine alte Hausfrau schon zu Bette? Nun, steigt ins Fenster, was macht's unter uns?‹ Der Antrag machte mich stutzig, aber nicht lange, ich dachte: Deine Muter sitzt drüben im Zimmer und sieht's, sie hält dich, kurzsichtig, wie sie ist, für irgendeinen Hans Liederlich und die da für – schnell, wie der hitzigste Liebhaber, stieg oder sprang ich vielmehr hinein. Wie hatte ich mich verrechnet! *Lene* suchte noch den Schwefelfaden, womit sie ihr Licht anzünden wollte, als mir schon wütend nachgeschimpft wurde. Ich erkannte die Stimme meines Gesellen, der hinter mir hergeschlichen sein mochte. Gewiß war in den letzten hundert Jahren kein Schimpfwort erfunden worden, das mir nicht an den Kopf flog, und diejenigen, die des Geschlechts wegen nicht auf mich paßten, sprudelte er gegen *Lene* aus. Ich schwieg still, *Lene* dagegen zündete ihr Licht an und fragte ihn darauf ruhig, ob er ihr Vater oder ihr Bruder sei. Als er dies verneinte, erwiderte sie, dann hätte er auch nichts dreinzureden, wenn er ihren Bräutigam bei ihr fände; denn das sei ich. Dabei umarmte sie mich und sagte: ›Nicht wahr, *Christoph*? Es wäre dir ja nie eingefallen, zu einem unbescholtenen Mädchen bei Nacht ins Fenster zu steigen, wenn du nicht die ernsthaftesten Absichten hegtest; mir wäre es wenigstens nie in den Sinn gekommen, dich dazu einzuladen, wenn ich diese nach den Eröffnungen deiner Mutter nicht hätte voraussetzen dürfen!‹ Ich schwieg noch immer und schwieg so lange, bis ich fühlte, daß mein Schweigen schon alles entschieden hatte und daß es lächerlich sei, nicht darin zu verharren. Mein Geselle zog sich hohnlachend zurück, *Lene* entließ mich aus der Umarmung, die mir wie eine Falle vorkam, ich näherte mich wieder dem Fenster. Sie aber bemerkte das kaum, als sie mich bei den Rockschößen ergriff und mich fragte, wann wir Hochzeit machen wollten; ob es mir recht sei, wenn es zu Michaelis geschähe, wie die Mutter vorschlage, oder ob ich auf einem anderen Tag bestünde. ›Vor Allerheiligen laß ich mich auf nichts ein!‹ versetzte ich fest und bestimmt und sprang, ohne die Gegenrede abzuwarten, mit einem Satz hinaus. Draußen empfing mich mein Geselle mit geballten Fäusten und fiel über mich her. Ich hielt es für meine Schuldigkeit, mich von ihm durchprügeln zu lassen, und ließ ihn gewähren, versuchte jedoch zugleich, ihn über das Ereignis aufzuklären, was freilich nur dazu führte, daß er mich, wenn er seinen Armen ein wenig Ruhe gönnte, einen doppelten und dreifachen Windbeutel nannte, und dann wieder mit erneuter Wut auf mich losschlug. Endlich packte er mich gar bei der Kehle und gab sich alle Mühe, mich niederzuwerfen; es hatte den ganzen Tag geregnet, die Erde war kotig, und wer seinen besten Rock trug wie ich, mußte jede Berührung mit ihr, ausgenommen diejenige, der man nicht ausweichen kann, scheuen. Ich konnte daher nicht länger umhin, dem unsinnigen Menschen, dem ich an Leibesstärke überlegen war, einen Schlag zu versetzen, und gab ihm einen ins Gesicht, hatte es aber kaum getan, als ich's auch schon bereute; denn ich hatte ihn gerade auf die Nase getroffen, und er stürzte lautlos, wie ein Ochse vor der Axt des Metzgers, zu Boden. Ich glaubte ein unfreiwilliger Mörder geworden zu sein, und verfluchte mein Schicksal; denn ich erinnerte mich von meiner Wanderschaft her eines Falles, wo ein Schmied im Streite einen Schneider durch einen einzigen Schlag getötet hatte, und ich wußte, was meine Faust vermochte, wenn ich ordentlich damit ausholte. Ich schwor dem Himmel, noch denselben Abend, falls es verlangt würde, mit *Lene* Hochzeit zu machen, wenn er den Menschen wieder auferwecke; ich schwor dem Menschen, das Mädchen mit keinem Auge mehr anzusehen, wenn er selbst wieder aufstehe, und ich wurde mir des Widerspruchs zwischen beiden Schwüren gar nicht bewußt. Ich fing an, mich nach Dingen zu sehnen, wonach sich wohl noch nie jemand gesehnt hat: nach einem Lümmel aus dem Munde meines Feindes, nach einem Hungerleider, ja nach einer Ohrfeige und einem Fußtritt. Zuletzt trat ich, um zu erproben, ob noch Leben in ihm sei, ihm derb auf die ausgestreckt daliegende Hand. Da richtete er sich schnell etwas empor und biß mich, um mir den Beweis gründlich zu geben, ins Bein. Es tat sehr weh, und ich stieß einen lauten Schrei aus, doch innerlich freute ich mich über diesen Biß. Nun nieste er, sprang auf und drang wieder auf mich ein. Um ihn nicht doch noch totzuschlagen, machte ich mich auf die Füße und langte verstörter als jemals bei meiner Mutter an. Sie kam mir auf dem Flur mit brennender Lampe entgegen und empfing mich mit ärgerlich-freundlichem Gesicht. ›Wo bist du gewesen?‹ rief sie mir zu, konnte aber ein dumm-kluges Lächeln nicht unterdrücken, woraus ich sah, daß ich die Frage nicht zu beantworten brauchte. Ich zeigte auf mein blutendes Bein und sagte: ›Gott vergebe dir, was du an mir getan hast!‹ Dann ging ich, ohne ihr weiter Rede zu stehen, in meine Schlafkammer, riegelte mich ein und öffnete ihr nicht einmal die Tür, als sie mir altes Leinen zum Verband der Wunde machte, sondern zerriß zu diesem Zweck in meiner Erbitterung ein ganz neues Hemd. Übrigens schlief ich in der auf diesen Abend folgenden Nacht besser, als man vielleicht erwartet, was ich dem Umstand beimesse, daß es bis Allerheiligen noch ein volles Vierteljahr hin war. Wer es, wie ich, so lange Zeit vorher weiß, wann er in den Ehestand eintreten muß, der wird, wenn er nicht ganz und gar auf den Kopf gefallen ist, nicht blindlings hineinrennen wie der Fuchs in die Falle, er wird mit Vorsicht und Bedächtigkeit zu Werke gehen und jede Vorsichtsmaßregel ergreifen, die dem Menschen in solcher Lage zu Gebote steht. Mein erstes, gleich nach dem schauerlichen Verlobungsabend, war, meiner Braut die Überzeugung beizubringen, daß es mir an körperlichen Kräften nicht mangele. Ich trug, wenn ich sie bei meiner Mutter oder sonst in der Nähe wußte, dicke Balken, rammte ohne Beihilfe des Gesellen mit großer Mühe Pfähle ein, ja, eines Nachmittags schleppte ich die ganze, schwere Hobelbank von Eichenholz auf dem Rücken fort, was eine Pferdearbeit war. Ebenso stellte ich mich bei schicklichen Gelegenheiten, als ob ich sehr hitzigen und auffahrenden Temperamentes wäre; als mich einmal eine Mücke ins Gesicht stach, fluchte ich barbarisch und versetzte mir, anscheinend der Mücke wegen, einen so grimmigen Schlag auf die Nase, daß Blut floß; auf eine Maus, die eines Morgens in der Küche, wo *Lene* meiner Mutter beim Gänserupfen half, zum Vorschein kam, fuhr ich mit einem Lärm los, daß beide Frauenzimmer laut aufschrien, und gleich darauf drehte ich einem schreienden jungen Kätzchen, das ich getreten hatte, den Hals um, wobei es mich stark kratzte. Mehrere Male stieß ich einen alten Bettler, nachdem ich ihm zuvor heimlich einen Schilling zugesteckt, damit er es sich gefallen lasse, zur Tür hinaus; meinen Lehrjungen schalt ich einst, noch vor dem Frühstück, einen Ochsenkopf und drohte ihm, ich wolle ihn hinterm Schornstein aufhängen, worüber der kleine Knirps so erschrak, daß er mir selbst leid tat. ›Bist du so voll Galle?‹ fragte mich *Lene,* mir die Hand drückend, als ob's ihr sehr gefiele. ›Wie man's nehmen will!‹ versetzte ich kurz und ließ ihre Hand los. ›Du bist ja ein ganz anderer auf der Wanderschaft geworden‹, sagte meine Mutter, ›früher warst du fromm und sinnig wie ein Lamm!‹ – ›Jedem Menschen wachsen die Zähne!‹ erwiderte ich und pfiff einen Galoppwalzer. Ich kam zuletzt ordentlich in die Gewohnheit hinein, der Ton meiner Stimme nahm etwas Rauhes an, und meine Gebärden wurden verwegen. Ich glaube auch noch immer steif und fest, daß ein Mensch an Herzhaftigkeit und Geistesgegenwart *gewöhnt* werden kann, wie z. B. an Reiten, Springen und Schwimmen, nur muß man ihn von früh auf dazu anhalten; angeboren ist's keinem, jeder hat sein Leben lieb. In *meiner* Jugend geschah das nicht; ich durfte nicht an den Bach gehen, denn meine Mutter fürchtete, ich möchte ertrinken, wenn ich mit andern Knaben spielte und etwas schnell lief, so rief sie mir zu: *›Stoffelchen‹* – sie nannte mich bis in mein sechzehntes Jahr, wo ich's mir ernstlich verbat, immer *Stoffelchen* – ›nimm dich in acht, daß du nicht fällst und dir den Kopf zerschlägst‹; als ich einmal auf unseren kleinen Kirschbaum zu klettern versuchte, riß sie mich bei den Haaren wieder herunter. Ja, hätte ich nur noch in meinem zweiundzwanzigsten Jahre, wie so viele meiner Kameraden, Soldat werden müssen! Dieser beständige Umgang mit geladenen Gewehren, dies Handhaben scharfer Bajonette, diese Furcht vor dem Unteroffizier, diese Angst vor Foppereien, die nicht ausbleiben, wenn man nichts Männliches an sich hat: Dies alles hätte aus mir einen Kerl gemacht, der so gut wie jeder andere sich in Wirtshäusern den Knebelbart gestrichen, grimmige Blicke wie Kugeln verschossen und ohne Anlaß mit geballten Fäusten auf den Tisch geschlagen hätte. Nun, es hat nicht so sein sollen, und hat Gott mir bis hierher geholfen, so wird er mir auch bis an mein seliges Ende helfen. Auf *Lene* machte dies freilich Eindruck, aber er war anderer Art, als ich beabsichtigt hatte. Statt vor mir wie vor einer gefüllten Pulvertonne zurückzuschaudern, schien sie immer mehr Geschmack an mir zu finden; ich glaube, ich hätte der Teufel selbst sein können, und ihr wär's recht gewesen, sie mochte sich's zutrauen, selbst den Teufel zu bändigen. So war mir's denn ziemlich gleichgültig, als der Plan, den ich eines Sonntagsnachmittags – sonntags mußte ich sie spazierenführen – auf einen großen, uns begegnenden Pudel baute, zu Wasser ging. Sie hatte mir nach ihrer Unart eben ins Ohr gesagt: ›Ich hab' dich doch recht lieb, *Christoph!*‹ – ›Der Pudel da‹, dachte ich, ›soll dich von der verdammten Liebe etwas kurieren und dir einigen Respekt vor deinem künftigen Mann einflößen; ich will dir's zeigen, daß ich's nicht bloß mit Mäusen und Kätzchen aufnehme, sondern, seines giftigen Gebisses ungeachtet, auch mit einem Hund.‹ Also schritt ich, ohne ihm, wie sonst, auszuweichen, frisch auf den Pudel zu. Es war eine drückende Hitze; der Pudel, halsstarrig aus Faulheit, verfolgte, zwar noch nicht knurrend, aber doch schon frech und unverschämt zu mir aufblickend, in gerader Linie seinen Weg. *Lene* wollte ausbiegen. ›Ei was!‹ rief ich, sie festhaltend, ›du wirst doch den niederträchtigen Köter nicht fürchten?‹ Ich holte, wie vom Teufel besessen, mit dem Spazierstöckchen aus zum Schlag. Der Pudel zieht sich nicht zurück, herausfordernd die Zähne fletschend, sieht er mich an. Gereizt schlage ich wirklich zu. Sollte man's glauben? Die aufsässige Bestie schnappt mir nach den Waden, statt sich auf die Flucht zu begeben. Da überwältigt mich meine Natur, ich reiße mich von meiner Braut los und springe über den Graben. Scham ergreift mich, als ich mir des unwillkürlichen Ausreißens bewußt werde, ich wage kaum, mich umzusehen. ›Die Gefahr ist vorbei!‹ ruft laut lachend *Lene* mir zu; zu meinem großen Ärger bemerke ich, daß sie den Hund richtig mit Steinwürfen vertrieben hat und ihm, mir zum offenbaren Hohn, noch einige nachsenden will. ›Liebes Kind‹, sage ich, ›nimm dich in acht, bedenkst du denn nicht, daß wir in den Hundstagen sind? Er ist ja toll!‹ – ›Was?‹ ruft sie, plötzlich erschreckend, aus und läßt ihre Steine zu Boden fallen. ›Allerdings‹, versetze ich und kehre an ihre Seite zurück; ›bemerktest du nicht, wie ihm der Schaum vorm Maul stand, wie er den Schwanz zwischen die Beine klemmte, wie häßlich rot seine Augen waren, welch unnatürliches Gelüst er zum Menschenfleisch trug?‹

In diesem Augenblick ging der abscheuliche Pudel, heiß, wie er vom Rennen sein mochte, zu Wasser, mich in seiner tierischen Dummheit Lügen strafend. Doch *Lene* ward es nicht gewahr; sie schoß einen wütenden Blick auf mich, den ersten, wenn mir recht ist, und rief mit vor Zorn und Schreck fast erstickter Stimme: ›Und das sagtest du mir nicht gleich?‹ Wunderbar ist meine Gabe, die Lüge spitzzukriegen, wenn's darauf ankommt, mich herauszulügen. ›Kind‹, antworte ich und pflücke für sie, um mich ihren gleich zwei geladenen Pistolen auf mich gerichteten Augen zu entziehen, am Rand des Grabens ein Vergißmeinnicht, ›konnt ich's denn wissen, daß du's nicht gelesen hast, was im Kalender über tolle Hunde steht?‹ – ›Nun‹, erwidert sie mit der ihr eigenen, unweiblichen Gefaßtheit und steckt die Blume, die ich ihr galant überreiche, an die Brust, ›den Hals hat's ja nicht gekostet. Hoffentlich hast du bei dem kühnen Sprung die Knochen nicht verrenkt?‹ Dies war Spott, ich merkte es gleich und antwortete nichts.

›Im Wein ist Wahrheit!‹ sagt das Sprichwort. Es gilt aber nur von der einen Hälfte des menschlichen Geschlechts, von der männlichen; die Weiber beichten niemals, auch nicht dem Wein. Das hab' ich noch an demselben Sonntag erfahren. Mit List brachte ich *Lene* in den *Hinckeldeyschen Garten.* ›Wir können dort Kaffee oder Tee trinken‹, sagte ich, ich wußte aber wohl, daß außer Wein, Rum und ähnlichen Mauerbrechern nichts zu haben war. Als der herbeigerufene Kellner dies erklärte, stellte ich mich verwundert und sah *Lene* mit einem verdrießlichen Gesicht an. ›Nun‹, sagte sie, ›so laß Wein bringen, aber für mich Wasser dabei.‹ – ›Herrlich geht's‹, dachte ich und rieb mir vergnügt die Hände; dann bestellte ich Vierundachtziger, der, wie ich wußte, stark und schnell zu Kopfe stieg, auch eine reichliche Portion Zucker; denn durch den verführt man die Weiber am leichtesten zum Trinken. ›Deine Gesundheit!‹ rief ich, ihr das volle Glas, in das ich viel Wein und wenig Wasser gegossen hatte, hinreichend. Sie wollte es nur halb austrinken, ich ließ das aber nicht gelten, und weil die letzte Hälfte wegen des Bodensatzes von Zucker süßer war als die erste, so ließ sie nicht gar zu lange in sich dringen. Höflich, ich hatte es erwartet, sagte sie dann: ›Jetzt aber auch deine!‹ Rasch schenkte ich die Gläser wieder voll. ›Unmöglich‹, rief sie, ›kann ich's ganz leeren, mir wird schon so wunderlich!‹ – ›Dann‹, versetzte ich, ›hast du mich auch nicht lieb.‹ Einen Augenblick sah sie vor sich nieder in den Schoß; dann trank sie langsam, mir die Hand über den Tisch gebend – ich saß nicht an ihrer Seite, sondern ihr gegenüber –, und mich fest ansehend, das Glas aus. Es ward ihr schwer, das sah ich. ›Nun wird sie bald übersprudeln‹, dachte ich, ›saubere Dinge werde ich erfahren, aber gut ist's, wenn man's weiß, woher der Wind weht, man kann sich danach richten.‹ Ich trat ihr, wie aus Versehen, auf den Fuß und hoffte, sie sollt's übelnehmen; sie hielt's, angetrunken, wie sie war, für ein Liebeszeichen. ›'s tut nichts‹, dachte ich, ›die Bosheit wird wohl zum Vorschein kommen, wenn die Besinnung noch mehr schwindet; schon tritt ihr ein verdächtiges Rot auf die Wangen, ihre Augen schwimmen.‹ – ›Aber meine Mutter!‹ sagte ich und schenkte noch einmal die Gläser voll. ›Ja, deine Mutter‹, erwiderte sie lebhaft, ›aber ich nippe nur ein wenig!‹ – ›Besser etwas als gar nichts!‹ dachte ich und ließ es dabei bewenden. Jetzt sah sie fast gar nicht mehr auf, sondern lächelte in einem fort still vor sich hin. Aufmerksam paßte ich auf jede ihrer Bewegungen. Recht zur glücklichsten Stunde stellte sich, schnüffelnd im Garten herumkreuzend, ein Pudel ein. ›Der wird die Mühle in den Gang bringen‹, dachte ich und pfiff dem Hund. Nicht ganz hatte ich mich verrechnet. ›Nimm dich doch in acht, mein Schatz‹, rief sie, sowie sie bemerkte, daß ich den Hund lockte, ›er kann toll sein oder es werden.‹ Dabei lachte sie, daß ihr Tränen in die Augen traten. Aber es erfolgte weiter nichts. Aus Unvorsichtigkeit stieß ich die Wasserflasche um, das Wasser, an allen Seiten vom Tisch herabströmend, näßte, bevor sie ausweichen konnte, ihr Kleid ein. ›Ach, Herr Jesus!‹ rief sie und flog von ihrem Sitz auf. ›Nun kommt's!‹ dachte ich und spitzte die Ohren; doch der Herr Jesus war der bloße Vorläufer eines gutmütigen: ›Es tut nichts, es ist ja kein Wein!‹ Ärgerlich mich in die Lippen beißend, begann ich, auf mich selbst zu schimpfen und mich herabzusetzen. ›Ungeschickt‹, fing ich an, ›bin ich wie ein Schulkind. Als ich‹ – dies war nicht erlogen – ›das letzte Mal zum Abendmahl ging, plumpste ich, solltest du's glauben, vor dem Altar, da ich eben aus dem Kelch nippen sollte, nieder wie ein zu schwer beladener Mülleresel.‹ ›Pfui!‹ unterbrach sie mich und rümpfte die Nase. ›Ja‹, fuhr ich mit Lebhaftigkeit fort, ›als ich das Kind meines Vetters zur Taufe hielt, ließ ich das arme Wurm aus den Kissen gleiten und auf den Taufstein fallen, wo es sich an einer Ecke jämmerlich den Kopf zerstieß.‹ – ›Wie? Was sagst du?‹ fragte sie, als ich ihr, verächtliche Blicke, Kopfschütten und dergleichen mehr erwartend, keck und mit Lüsternheit in die Augen sah. Mit Übertreibungen wiederholte ich die ohnehin nur halb wahre Taufgeschichte. ›Ach‹, seufzte sie, sich wieder auf nichts einlassend, ›ich hab so viel Kopfweh, hätte ich doch den Wein nicht getrunken!‹ Ich ward immer hitziger wie ein Jäger, wenn er oft abdrückt und niemals trifft, und warf mich nun ganz in die Lüge. ›In Bremen‹, erzählte ich, ›stieß ich einem Bäckergesellen, mit dem ich zusammen schlief, nachts beim Umwenden im Schlaf mit dem Ellbogen das Auge aus.‹ – ›Das ist ja fürchterlich!‹ fuhr sie auf. ›Du könnt'st ja wohl, wenn du schläfst und träumst, das Haus in Brand stgecken!‹ – ›Gewiß!‹ fuhr ich, heuchlerisch-ruhig, fort, ›nachtwandelnd hab ich mich in Frankfurt am Main ohne irgendeinen vernünftigen Grund einmal erhängt. Der Strick war mürbe und zerriß; sonst säße ich hier wohl nicht und tränke auf deine Gesundheit.‹ – ›Du treibst Possen!‹ sagte sie, laut auflachend, und hielt mir die Hand vor den Mund. ›Es ist die reine Wahrheit‹, versetzte ich mit einem Ernst, dem sie Glauben schenken mußte, ›ich bin nun einmal solch ein Unglücksmensch; was *mir* passiert, passiert so leicht keinem zweiten.‹ Ich seufzte kläglich, dann fragte ich schlau: ›Nicht wahr, Lene, wenn du gewußt hättest, wie's eigentlich um mich stünde, du würdest dich für einen solchen Mann bedankt haben?‹ – ›So etwas ist freilich schlimm‹, gab sie zur Antwort, ›doch das wollen wir schon kriegen!‹ – ›Wieso? Wie meinst du?‹ fragte ich schnell und lauernd. ›Ach was!‹ sagte sie, stand auf und gab mir, worum es mir am wenigsten zu tun war, einen Kuß. Und zu Loch war die Schlange und ließ sich nicht wieder heraustreiben. Nichts erfuhr ich von ihren Tücken und Ränken, nichts von den Plagen und Quälereien, die sie mir in so reichlichem Maße zugedacht; ja, gefallen mußte ich mir's lassen, daß sie mir, als ob sie so nüchtern gewesen wäre wie sonst, gleich nach dem Kuß ins Ohr flüsterte: ›Ich hab' dich dessenungeachtet doch lieb!‹ Ich hatte ihr Herz wie einen Wetterkalender aufzuschlagen gehofft und wurde abgespeist mit dem schönen Einband.

An dem Abend jenes nämlichen Tages hab' ich zum ersten und letzten Mal in meinem Leben einen Geist gesehen. Ich sage das nicht, weil ich mir was darauf einbilde, sondern nur, weil es doch immer eine Merkwürdigkeit ist. Es war gegen elf Uhr, da ging ich über den Magdalenen-Kirchhof, um für meine Mutter, die von einem leichten Fieber befallen war, Kamillen zu holen. Man muß nämlich über den Kirchhof gehen, wenn man zur Apotheke will. Ich dachte – ich kann's beschwören – nicht an Geister und Gespenster, sondern nur daran, wie angenehm es sein würde, wenn ich erst wieder zu Hause wäre; ich lief, als ob meine Mutter auf den Tod darniederläge, und sah nicht links noch rechts. Dennoch erblickte ich plötzlich etwas Weißes, was lang und sonderbar in die Höhe ragte; ich wurde zu Eis, und doch – so ist der Mensch – blieb ich stehen; hätte der Geist mir gewinkt, ich wäre – das glaube ich – gehorsam wie ein Hund zu ihm herangekommen. Aber er bekümmerte sich nicht um mich, sondern schwebte, ohne nach Art der Geister ein Zeichen oder einen gräßlichen Ton von sich zu geben, langsam, langsam über die Gräber fort. Wird man's begreifen? Erst wie er verschwunden war, kam mir die eigentliche Angst, da erst fiel mir's ein, wieviel Unheil er mir bei bösartiger Gemütsbeschaffenheit hätte zufügen können. Kalter Schweiß brach mir aus, nun ich ihn nirgends mehr sah, glaubte ich ihn allenthalben zu sehen, wenn der Westwind mir in den Nacken blies, hielt ich's für einen Hauch von ihm und erwartete ärgere Mißhandlungen. Als ich das greuliche Ereignis am andern Morgen erzählte, fand sich gleich, wie das denn nie ausbleibt, ein Mann, der den Schlüssel dazu hatte. Der Prahlhans, der versoffene Barbier, der zuletzt im Hospital verreckt ist, wollte nämlich auf dem Magdalenen-Kirchhof – er nannte ihn seinen Garten, weil er daran wohnte – der Abendkühle wegen im Schlafrock und in der Nachtmütze spazierengegangen sein. Es war dem Kerl bloß um die Ehre, er wollte sich rühmen können, für meinen Geist angesehen worden zu sein; man wird's mir aber wohl glauben, daß ich auch im Dämmerlicht einen Barbier von einem Geist zu unterscheiden weiß; denn das ist keine Kunst! Übrigens war selbst diese Geistererscheinung noch nicht das letzte Abenteuer jenes merkwürdigen Tages. Wie ich nun von der Apotheke zurückkehrte, vermied ich natürlich den mir doppelt unheimlich gewordenen Kirchhof und machte einen Umweg, der mich an einem tiefen Teich vorbeiführte. Wie ich mich dem Teich näherte, kam auf einmal ein Mensch dahergerannt, der, soweit ich beim schwachen Mondlicht darüber klarwerden konnte, mit nichts als seinem Hemd bekleidet war und sich höchst sonderbar gebärdete. Bald starrte er ins Wasser hinein, dann sah er zum Himmel empor, endlich brach er in ein wildes Gelächter aus und sprang wie unsinnig in den Teich. ›Was soll das!‹ rief ich ihm in einer wahren Todesangst zu oder vielmehr nach, ›nehmt Euch in acht, niemand ist in der Nähe, der Euch wieder herauszieht!‹ Keine Anwort. Ich schritt bis an den Rand des Teichs vor, das Wasser bewegte sich in großen Kreisen, der Wind flüsterte im Schilf, von dem Menschen war nichts mehr zu sehen. ›Ist das Spaß oder Ernst?‹ rief ich, die Zähne klapperten mir, ich vermochte kaum noch zu stehen. ›Heda! Ihr dort unten, steigt herauf!‹ Stille wie vorher! ›Gott im Himmel! Es ist richtig ein Selbstmörder!‹ brach ich jetzt aus, als ob ich den Menschen bisher für einen Taucher gehalten hätte, ›wer ein Christ ist, springt ihm nach und holt ihn mit Gewalt wieder herauf!‹ Wenig fehlte, und ich hätte es getan; man hat in solchen Augenblicken ein Gefühl, als ob man's nicht lassen dürfte. Ich nahm auch wirklich einen Anlauf, da aber fiel mir ein, daß er ja jedenfalls schon tot sei und daß nur ein Narr sein Leben eines Kadavers wegen aussetze. Gedanken anderer Art drängten sich mir auf. ›Wer ist's?‹ fragte ich mich. Antwort: ›Vielleicht dein Gesell!‹ Das kam mir bald äußerst wahrscheinlich vor, und was knüpfte sich nicht alles daran! ›Wird man nicht glauben‹, dachte ich, ›du hast ihn hineingestürzt? Wird man nicht wenigstens behaupten, daß du, der du ihm fast zur Seite standest, aus absichtlicher Bosheit nichts für seine Rettung getan hast? Und hat das eine nicht Grund wie das andere?‹ Ich sah mich nach allen Seiten um, ob noch außer mir jemand Zeuge dieses Selbstmords gewesen sei, und beschloß, als ich mich des Gegenteils versichert hatte, den Vorfall zu verschweigen, um allen Verfänglichkeiten zu entgehen. Nun entfernte ich mich rasch, ward aber gleich, sowie ich am ersten Wirtshaus vorbeikam, von der schwersten meiner Befürchtungen befreit; denn mein Geselle saß drinnen bei einer Kanne Bier und schwor eben mit lauter Stimme, daß er sich an meinem Hochzeitstag schon vor Sonnenaufgang betrinken und mir jeden Schabernack spielen wolle, der ihm während des Rausches in den Sinn käme. Den nächsten Morgen klärte sich das Ereignis auf. Der kranke Müller war seinem Wärter, dem man Schuld gab, daß er fahrlässig gewesen und eingeschlafen sei, entkommen und hatte seinem Leben in einem Anfall von Verzweiflung ein Ende gemacht. Man sagte, er habe vom Krankenbett aus Dinge von seiner Frau gesehen, die er nicht wieder hätte vergessen können. Ich zweifle nicht daran.

Am auffallendsten war mir es, daß *Lene* jene Heuchelei und Verstellung noch monatelang im Ehestand fortsetzte; geradeso, als hätte sie sich einen Reiter zum Vorbild genommen, der sein Roß, das er hinterher durch Sporn und Peitsche genugsam plagt, beim Besteigen klatscht und streichelt. Nichts konnte im Haushalt geschehen, *Schnock* mußte erst befragt werden. ›Meinst du nicht, *Christopher*‹, hieß es, ›daß der Spiegel an jener Wand besser hinge? Ist's dir recht, wenn der rote Koffer seinen Platz verändert? Kann der Lehrbursche wohl einmal flink zum Krämer springen und mir etwas Seide holen, oder siehst du's nicht gern? Liebst du die Pfannkuchen braun gebraten oder nicht?‹ Anfangs lachte ich, wenn sie mit dem spitzbübisch-unschuldigsten Gesicht von der Welt Fragen der Art an mich richtete und sagte: ›Geh mir!‹ Zuletzt aber ging ich auf den Spaß ein, erklärte gravitätisch, wie Könige im Puppenspiel, meinen Willen, und ergötzte mich nicht wenig, wenn die Suppe mittags wirklich so auf den Tisch kam, wie ich sie morgens beim Frühstück, wo ich, würdevoll den Großvaterstuhl ausfüllend, meine lächerlichen Instruktionen erteilte, bestellt hatte. Genau weiß ich mich noch des Tages zu erinnern, an dem die Herrlichkeit ein Ende nahm und mein Drache seine eigentliche Natur zum ersten Mal hervorkehrte. Es war Mittwoch und Markttag, und ich hatte einem Gesellen die Arbeit aufgekündigt, also Streit mit ihm bekommen, d. h. gelinden, wo man sich bloß gegenseitig die Versicherung gibt, daß man, einer ohne den anderen, leben könne. Ich glaube, alles ist in Ordnung, und freue mich, als mit einem Male der Geselle, da ich eben mein Lieblingsstück: ›Wer nur den lieben Gott läßt walten etc.‹ zu pfeifen anfange, vor mich hinspringt, mit geballter Faust auf die Hobelbank schlägt, daß etliches Gerät herunterfliegt, und mit Ungestüm verlangt, ich solle sagen, was ich an ihm auszusetzen habe, er sei nicht von gestern und kenne die Welt. ›Der glaubt am Ende‹, besorg ich, ›du hast ihn im Verdacht der Dieberei‹; um ihn zu begütigen, sage ich: ›Die Fensterrahmen dort, die Ihr gemacht habt, können mir unmöglich gefallen, sie sind krumm und schief.‹ – ›Ich habe in Hamburg in einer der ersten Werkstätten gearbeitet!‹ fällt er mir trotzig ins Wort. ›Drei Tage!‹ versetze ich gedankenlos, aber dem Inhalt seines Wanderbuchs gemäß. ›Was? Foppen wollt Ihr mich?‹ fährt er auf, ›da soll Euch denn doch – –‹ Er unterbricht sich selbst, doch nur, um den Rock abzuwerfen, dann dringt er auf mich ein. Ich kenne das Ende einer Prügelei zu gut, um den Anfang abzuwarten, und ziehe mich zurück, erst bis auf den Flur, dann, da er mich fluchend und schimpfend verfolgt, bis in die Küche, wo meine Frau gerade Rüben schabt. Die wirft auf mich einen Blick, daß ich denke, sie wird sich mit dem unsinnigen Menschen vereinigen, um meine Niederlage vollständig zu machen; aber, weit gefehlt, sie ergreift die Feuerzange und wirft sie dem Gesellen, der sich dessen wohl so wenig versah wie ich, an den Kopf; er will nicht weichen, da fliegt ihm die Fleischgabel ans Schienbein, daß er laut aufschreit: ›Ein Weib wie der Teufel!‹ und sich wendet, so daß er der Aschenschaufel, die gleich hinterdrein fährt, glücklich entgeht. Jetzt kehrt sich *Lene,* zufällig war ich hinter ihr zu stehen gekommen, zu mir um und sieht mich an. ›Das war recht‹, stottere ich, ›der Lump, der Hundsfott‹ – ›Oh‹, unterbricht sie mich, ›bist du auch ein Mann!‹ Und rot wie ein gesottener Krebs setzt sie sich wieder zu den Rüben nieder, ich schleiche mich fort. Wenige Minuten darauf ruft sie: ›Hans!‹ So hieß mein Lehrjunge. ›Er ist draußen im Garten‹, antworte ich ihr. ›So ruf ihn‹, herrscht sie mir zu, ›aber schnell, er soll für mich aus!‹ – ›Jetzt fängt's an‹, sagte ich, als ich ging, ihren Befehl auszurichten. Ich irrte mich keineswegs; seit jenem Tage hab' ich aus ihrem Mund selten ein freundliches Wort gehört, dafür traktiert sie mich fast stündlich mit Bonbons, wie diese sind: ›Ich will's so!‹ oder ›Du sollst nicht!‹ oder ›Untersteh dich's noch einmal!‹ und dergleichen mehr. Nun, das ist nicht so unbequem wie es scheint; was ich seitdem tue, ist, als ob sie's getan hat, sie hat von meinem Tun und Lassen mehr Plage als ich selbst, ich bin fett geworden, sie ist mager und dürr geblieben. Ein Spaßvogel sagte, sie könne für mich zur Beichte gehen; gewissermaßen hat er recht.

Einmal – ich hüpfe in der Dornenhecke meines Lebens von Busch zu Busch – hatte ich, wie man denn im Trunk so leicht Narrheiten begeht, versprochen, ich wolle meine Frau an einem ausdrücklich dazu festgesetzten Abend tüchtig ausschmälen, so, daß man's draußen unter den Fenstern hören solle. ›Wirst du's dir gefallen lassen?‹ fragte ich sie beim Nachhausekommen, im Vertrauen auf die gute Wirkung eines offenen Geständnisses und auf ihren Geiz, ›sonst kostet's mich drei Flaschen Wein; denn ich habe gewettet.‹ – ›O gerne, gerne!‹ erwiderte sie; sie war nämlich – ich wußte es – weichmütig, weil ihr nachmittags ein Brief die Nachricht gebracht hatte, daß ihr Bruder gestorben sei. Der Abend kam heran, mich befiel ein Zittern, ich verfluchte mich selbst und mein Saufen. Den ganzen Tag hatte in ihrem Gesicht etwas Versteckt-Heimtückisches gelegen; jetzt – sie saß hinter dem Ofen im Großvaterstuhl, aus dem ich natürlich längst vertrieben war – entlud sich's in einem spöttischen Gelächter und in der höhnischen Frage: ›Wird's bald?‹ Deutliches Husten und Flüstern verkündete mir, daß man draußen schon mit Ungeduld harre; dennoch sagte ich: ›Kind, es hat ja keine Eile!‹ – ›Wie lange soll ich denn warten?‹ fuhr sie auf. ›Pst, pst, Engel!‹ wisperte ich, ›man muß sich ja doch erst besinnen.‹ – ›Hätte ich nur 'nen Hund‹, dachte ich, ›oder 'ne Katze zur Hand, auf die würde ich losfahren, und die da unter der Wand glaubten, es gelte ihr.‹ Lautes Räuspern und in die Hände klatschen der Saufbrüder bringt mich zur Verzweiflung. Nichts fällt mir bei, über mein Zögern erbost, sieht *Lene* mich giftig an. ›Schlag der Teufel drein!‹ fluch ich und hoffe, dabei in den Gang zu kommen. ›Was fehlt dir, lieber Mann?‹ fragt sie spottend. ›Kind‹, versetze ich drängend, ›schmälen und schimpfieren soll ich und weiß nicht, worüber.‹ Ich wußte es wohl, aber wer bürgte mir für ihre Gelassenheit, darum suchte ich alles in einen Scherz zu verwandeln; denn gegen Scherz war sie nicht völlig abgehärtet. ›Gib mir einige Gründe an die Hand, und dann schlag die Augen nieder, sonst gelingt's mir nimmer.‹ – ›Gut‹, erwiderte sie, ›so sprich mir nach, was ich dir vorsage, aber grimmig, im Ton eines Bären: Ungetreue – –‹ – ›Der Teufel sprech's dir nach‹, unterbreche ich sie, ›schändlich würde ich ja wohl lügen!‹ – ›Oder‹, fährt sie fort, ›zänkische, boshafte – –‹ – ›Mäßige dich, Kind!‹ falle ich ihr ins Wort. ›Willst du bald?‹ fährt sie auf und wiederholt: ›Zänkische, boshafte Wetterhexe, alter, vermaledeiter Brummkater!‹ Angst ergreift mich; denn das sind Redensarten, deren ich mich zuweilen im Traum gegen sie bediene. In diesem Augenblick klopfen die da draußen ans Fenster. In der Verwirrung reiße ich, mich stellend, als ob ich meine besten Freunde für Straßenbuben halte, das Fenster auf und schimpfe wütend heraus: ›Hundezeug! Verfluchtes Gesindel! Was gibt's hier zu horchen?‹ – ›Bravo, bravo, *Schnock!*‹ geben sie zur Antwort, *Lene* schlägt ein Gelächter auf, ich bin wie tot.

Ärger noch – das nicht – aber ebenso arg ging's mir, als ich – unter dreien hatte gerade mich das Los getroffen – den Pfarrer wegen einer anzüglichen Predigt, die so sichtlich auf uns gemünzt war, daß man in der Kirche mit Fingern auf uns zeigte, zur Rede stellen mußte. Gleich nach der Frühstückszeit – frühstücken konnte ich nicht – machte ich mich auf den Weg, die Konsorten, die mir in solchen Dingen wenig trauten, lauerten mir nach. ›Hinein mußt du‹, sagte ich, mir gewissermaßen selbst den Weg vertretend, ich empfand nämlich ein Gelüst, an der Pfarre vorbeizuschleichen, ›sonst kommen die hinteren dir auf den Hals.‹ ›Er ist wohl zu irgendeinem Kranken geholt oder zu einer Taufe!‹ denke ich und öffne die Tür. Statt der Magd – während des Anmeldens verstreicht doch immer, wenn man zu solchen Herren geht, einige Zeit, die man zur Vorbereitung verwenden kann – tritt mir der Pfarrer selbst, eben mit brennender Pfeife aus der Küche kommend, auf dem Flur entgegen. Er sieht mich an, ich ihn. ›Schönes Hündlein‹, sage ich endlich, mich zu dem Schoßhund seiner Frau, der munter dahergesprungen kam, niederbeugend und ihn streichelnd. ›Wollt Ihr nicht eintreten, Meister *Schnock?*‹ sagt der Pfarrer und öffnet die Tür seines Studierzimmers. Ich trete ein. ›Wollt Ihr Euch nicht niedersetzen?‹ Ich setze mich. ›Und Euer Begehren ist?‹ fragt er endlich, verwundert und ungeduldig. ›Ich – ich komme!‹ versetze ich noch ziemlich deutlich und hörbar, aber da befällt mich plötzlich das niederträchtigste Stammeln und Stottern, und ich mag mich abarbeiten, wie ich will, ich bringe es nicht weiter als bis zum: ›Ich komme – ich wollte – ich sollte –‹ – ›Lieber Mann‹, fährt der Pfarrer zuletzt, meinen Zustand mißdeutend, auf, ›Ihr habt wohl schon getrunken, kommt wieder, wenn Ihr nüchtern seid.‹ Erwünschteres hätte mir in meiner Lage nicht kommen können als diese Grobheit des Pfarrers, ich nehme schnell meinen Hut und eile fort, froh, daß die Höllenvisite abgetan ist, und mich über ihren Ausfall gegen die anderen nur dunkel, und so, daß sie mich mißverstehen müssen, auslassend.

Dennoch hab' ich trotz der Friedfertigkeit meiner Natur zweimal in meinem Leben Ohrfeigen ausgeteilt, die eine im Finstern, die zweite bei Licht, und beide an meinen leiblichen Vetter, den Stellmacher Vinckel. Auf Vinckel war ich nämlich im höchsten Grad erbost, und dazu hatte ich guten Grund. Wer einmal eine lächerliche Geschichte von mir erzählt, dem reiche ich vielleicht noch, sowie er mir wieder begegnet, die Hand zum Gruß, wenn ich sie ihm auch nicht mehr drücke. Niernhäutl, der Wesselburner Pächter, wird mir's bezeugen. War er's nicht, der's ausschwatzte, daß ich einst vor seinem kalekutschen Hahn ausgerissen bin, der es aber verschwieg, daß ich's nur der roten Weste wegen tat, die ich gerade anhatte? Doch es geschah beim Bier, es geschah eine halbe Stunde nach Mitternacht, und er kam nie wieder auf die Dummheit zurück. Wer es zweimal tut, dem nick ich zwar noch zu, wenn er mir in den Weg kommt, aber ich huste dabei, um ihm nicht in klaren, deutlichen Worten einen guten Tag wünschen zu müssen; wer sagt denn auch zur Brennessel: Wachse und gedeihe! Wer aber gar nicht aufhört, wer, sowie er zu einer Kindtaufe oder einer Hochzeit geladen ist, entweder stumm und dumm dasitzt wie die Wand, an die er sich mit seinem Rücken lehnt, oder seinen albernen Witz auf meine Kosten Bocksprünge machen läßt, der wird mir am Ende so verhaßt, daß sich in mir das Oberste zuunterst kehrt und ich mir Luft machen muß, zumal, da es in der Natur des Menschen liegt, sich so lange zuzurufen: Du traust dir nicht genug, bis er übermütig wird und sich zu viel zuzutrauen anfängt. Das war aber mit Vinckel der Fall, und es kam noch hinzu, daß wir als Verwandte uns überall trafen, daß wir uns gar nicht vermeiden konnten. Er wurde nicht müde, auf den Besuch zu sticheln, den wir beide auf der Wanderschaft in der Tierbude zu Bremen abgelegt und bei dem wir uns allerdings sehr verschieden benommen hatten; er, wie ein unwissender Flegel, der zwischen den lebendigen Ungeheuern drinnen und den gemalten auf der Wachsleinwand am Eingang nicht zu unterscheiden wußte, ich wie ein vernünftiger Mensch, der sich auf diesen Unterschied verstand. Ich muß den Besuch erzählen, damit man sieht, daß ich bei Gelegenheit desselben nichts tat, als was jeder andere, der nicht eben ein Vinckel war, auch getan hätte, und daß ich höchstens wegen meines Fürwitzes, denn ich hätte ja auch fortbleiben können, einen Vorwurf verdiene.

Es war ein heiterer Sonntagnachmittag, und ich ging mit Vinckel über den Marktplatz, wo die Bude stand. Der niederträchtige Tierführer trat eben heraus und verkündigte mit lauter Stimme, die Bestien sollten gefüttert werden, wer es sehen wolle, möge eintreten. Nun hatte ich unglücklicherweise am Tage zuvor mit meinem Begleiter über jene Tiere gesprochen und ihm, um ihm von meiner Herzhaftigkeit eine gute Meinung beizubringen, gesagt, ich gedächte sie nächstens in Augenschein zu nehmen. ›Hörst du‹ – rief er mir zu – ›die Tiere werden gefüttert, laß uns hineingehen, es kostet ja nur einen Groschen.‹ ›Ei, was‹ – versetzte ich – ›morgen ist auch ein Tag, und ob ich sie fressen sehe oder nicht, das ist mir ganz einerlei. Ohnehin hat man sie hier alle ausgestopft auf dem Museum!‹ Leider hatte der Tierführer, wie denn solches Gesindel immer mäuschenscharf hört, unser Gespräch belauscht; er trat auf uns zu und sagte: ›Meine Herren, morgen mit dem frühesten reise ich ab, wollen Sie also dies wirklich sehenswürdige Kabinett mit Ihrer Gegenwart beehren, so schieben Sie es nicht auf.‹ ›Komm, komm‹ – drängte mein Begleiter und zeigte auf das Aushängeschild – ›es sind, wie du siehst, zwei Tiger darin, ein Löwe – – –‹ ›Die Riesenschlange, das seltene Exemplar eines weißen Bären, die Hyäne und die köstlichen Affenarten nicht zu vergessen!‹ unterbrach ihn der Tierführer. Der dumme Schlingel glaubte, mich durch Aufzählung all der Scheusale, die in der Höllenbude ihr Unwesen trieben, zum Eintritt reizen zu können, während ich an beiden Tigern und dem Löwen, deren mein Gefährte erwähnte, schon mehr als genug hatte. ›Die Tiger sind wohl noch jung?‹ fragte ich. ›Den Teufel auch‹ – antwortete der Esel – ›völlig ausgewachsen und feurig wie in Afrika.‹ Mich schauderte. ›Jedenfalls ist diese Boaschlange klein wie ein Regenwurm und wird hinter dreifachem Eisengitter verwahrt?‹ ›Umgekehrt, lang wie ein Schiffsanker-Tau‹ – versetzte jener – ›sie ist in Europa noch niemals größer gesehen worden, und die Kunst besteht gerade darin, daß ich sie mit den Händen aus ihrem Kasten herausnehme und frei hinlege. Treten Sie nur ein, es wird Sie nicht gereuen.‹ Mir war, als stände ich vor meinem Grab. Ganz kleinlaut fragte ich: ›Wie steht's denn mit der Hyäne? Auch so groß wie ein Pferd?‹ Dummstolz lächelnd erwiderte der Kerl: ›Sehen Sie jenen alten, grauen, lahmen Hund, der die Straße heraufwatschelt? Größer ist die Hyäne nie und sieht so unbeholfen aus wie der.‹ ›Was fragst du lange‹ – sagte mein Begleiter – ›wir können das alles ja sehen.‹ Ich ließ mich nicht stören. ›Es sind doch wohl oft schon Unglücksfälle in Ihrer Bude passiert?‹ – fuhr ich fort – ›Der Löwe hat sich losgerissen, die Schlange hat Menschen erdrückt? Es kann nicht anders sein. Ich habe im Wochenblatt davon gelesen!‹ ›Sie sind sehr furchtsam!‹ versetzte der Tierführer frech. ›Gar nicht furchtsam, durchaus nicht furchtsam‹ – fuhr ich hitzig auf – ›aber bekannt genug ist's, daß – –‹ ›Löwen und Schlangen nach Menschenfleisch lüstern sind‹, hatte ich sagen wollen, doch der Tierführer unterbrach mich. ›Kommen Sie herein, meine Herren‹ – sagte er – ›ich darf mit der Fütterung nicht länger zögern, die Tiere sind hungrig.‹ ›Hungrig!‹ rief ich entsetzt; dann flüsterte ich meinem Begleiter ins Ohr: ›Hörtest du das? Die Biester sind hungrig!‹ ›Um so interessanter wird's sein‹ – gab der unverständige Mensch zur Antwort – ›komm nur!‹ Er zog mich mit sich fort, und wenn ich keinen Skandal machen wollte, mußte ich folgen. Ein widriges Geräusch der unangenehmsten Stimmen drang uns entgegen, ein Gebrüll, Gequäke, Geschnatter, Gepiepse zum Umfallen. Anfänglich machte ich die Augen zu, bloß, um mich an die Ungeheuer zu gewöhnen. Doch bald bedachte ich, daß ich mich gerade dadurch den größten Gefahren aussetzen und in die Nähe der schauderhaften Schlange, die ich am meisten fürchtete, geraten könne, und öffnete sie wieder. Mein erster Blick fiel auf die greuliche Kropfgans, die in wenigen Sekunden einen halben Kessel voll Fische verschluckte und dann in ihren Käfig zurückkehrte. Hu! Solche Tiere sollten billig erst vierundzwanzig Stunden vor dem Jüngsten Tag geschaffen worden sein! Wer würde sich dann aus dem Untergang der Welt noch was gemacht haben! Jetzt wurde ich den Löwen gewahr, der entsetzlich brüllte; schnell wandte ich den Blick, allein nun sah ich die beiden blutdürstigen Tiger, die in ewiger Unruhe in ihren Käfigen auf und nieder rannten und mit den Schweifen an die Stäbe schlugen, daß sie erbebten. Die bunten Farbenringe, die diesen Scheusalen um den Leib laufen, kamen mir, besonders, wenn ich blinzelte, wie aufgerollte Schlangen vor, die auch wohl herunterspringen könnten; dabei machte ich die wenig beruhigende Entdeckung, daß sämtliche Käfige aus Holz gezimmert waren. Auf einmal entstand hinter mir ein grausiger Spektakel; als ich mich umsah, erblickte ich die hohläugige, grinsende Hyäne, die sich vergebens anstrengte, ein Stück Fleisch, welches der Wärter ihr vorhielt, zu erhaschen. Ich beschwor den Menschen, das Tier um Gottes willen nicht zu necken; in frevelhaftem Mutwillen versetzte er aber: ›Nur unbesorgt, ich und Bunku verstehen uns!‹ Zugleich hielt er seinen Mund an das Gitter und rief: ›Bunku, einen Kuß!‹ Schnell wandte ich das Gesicht ab und erwartete, im Augenblick Jammertöne und Geschrei, des zerfleischten Menschen nämlich, zu vernehmen. Ich vernahm nichts; statt dessen hörte ich ein sonderbares Geplapper und Geplärr gerade über meinem Kopf, und als ich emporschaute, sah ich eine Menge häßlicher Affen mit ungestalten Gliedmaßen und weiten Mäulern, die die Zähne fletschten und mich mit Unrat bewarfen. Diese vergnügten mich einigermaßen, weil sie klein waren und possierliche Grimassen schnitten; sie wurden mit Äpfeln gefüttert, und ich mußte lachen, sowenig ich sonst auch zum Lachen aufgelegt war, als ich bemerkte, daß einige sich in ihrer Gefräßigkeit das Maul so vollstopften, als ob es eine Vorratskammer wäre. Wie ward mir aber zumute, als ich mich zufällig umkehrte und auf einer Kiste, an die ich mich mit dem Rücken gelehnt hatte, die entsetzliche Boaschlange, keine zehn Zoll von mir entfernt, erblickte. Da lag sie, lang hingestreckt, die greuliche, Blut saugende Bewohnerin der Waldungen eines fremden Weltteils – – ein Sprung, und sie umwand mich, sie zermalmte meine Knochen, sie mästete sich von meinem Mark. Sie zog sich zusammen, ich tat einen lauten Schrei und sprang zur Tür. Langhalsige Vögel, Strauße nannte sie der Tierführer, reckten mir hier, als hätten sie's auf meine Augen abgesehen, aus einem Käfig, über den ihre Köpfe hoch hinausragten, die spitzigen Schnäbel entgegen. Ich gab nicht viel um die Nachbarschaft dieser Riesenvögel und näherte mich der Schlange wieder um einen Schritt; kaum aber stand ich still, als mich ein Geklapper ängstigte, welches sich über mir vernehmen ließ. Himmel, gerade über meinem Haupt hing ein Käfig mit einer Klapperschlange. Ich kann es gar nicht beschreiben, wie furchtbar mir dies zwei Fuß lange Tier in seiner ekelhaftbunten Haut und mit den abscheulichen Tönen, die es von sich gab, vorkam. Starr blickte ich zu ihr hinauf; plötzlich klopfte mein Begleiter mir auf die Schulter und sagte: ›Was ist denn an dem kleinen bunten Ding zu sehen? Gib nun acht, die große Schlange wird sogleich ein Kaninchen verzehren, der Wärter bringt es schon.‹ Obwohl mich ohne Unterlaß kalte Schauder überliefen, konnte ich mich doch bei diesen Worten eines leichten Lächelns nicht erwehren; der Mensch glaubte, ich betrachtete die Klapperschlange, während ich doch bloß ihren Käfig untersuchte, um mich zu vergewissern, daß sie nirgends durchschlüpfen könne. Als ich mich hiermit noch beschäftigte, gab die Klapperschlange, wie es mir – ich kann mich irren – wenigstens vorkam, ein feines Gezisch von sich; eine weiße Masse fiel mir auf den Rock und, da ich glauben mußte, diese weiße Masse rühre von ihr her, schrie ich laut auf: ›Hilfe! Gift! Gift!‹ Erschreckt sprangen mehrere der Anwesenden auf mich zu; ich, keines Wortes mächtig, zeigte auf den weißen Fleck auf meinem Rock, alle standen mit offenem Mund. Der Tierführer kam gleichfalls herbei; kaum aber hatte dieser meinen Rock angesehen, als er laut auflachte und sagte: ›Das Gift kommt von dem unartigen Papagei, der dort oben hängt!‹ Jetzt wurde das Gelächter allgemein; ich besichtigte die weiße Masse näher und lachte dann selbst von ganzem Herzen mit. ›Du bist ja ein wahres Kind‹ – rief mein Begleiter mir zu – ›da will ich dir was anderes zeigen.‹ Der Waghals trat zur Boaschlange heran, die eben mit entsetzlicher Wollust, welche ihr sichtlich durch den langen häßlichen Körper zuckte, dem armen Kaninchen das Blut aussog, und berührte sie mit der Hand. Doch sie fuhr zusammen, als würde sie mit Nadeln gestochen, und Vinckel, der Held, flog so schnell zur Tür wie ich; ich nahm übrigens diese Gelegenheit wahr, ihn, bevor er wieder zur Besinnung kommen konnte, mit herauszuziehen. Als ich mich wieder in freier Luft sah, verdroß mich's doch, daß ich den Bären gar nicht gesehen hatte; ich hätt's um denselben Preis gehabt.

Das war der Besuch. Es war keine Kunst, ihn im Zimmer hinter dem Ofen, wenn man von brüllenden Löwen und zähnefletschenden Tigern so weit wie von Afrika und Amerika entfernt war, zu verdrehen und dabei zum Beweis der eigenen Herzhaftigkeit dem unter dem Tisch auf den Knochenabfall harrenden armen Haushund einen Tritt zu versetzen. Es war noch weniger ein Wunder, daß mich das verdroß. Als Vinckel es eines Abends wieder getan hatte und ich im Finstern mit ihm und einigen anderen zu Hause ging, gab ich ihm endlich einmal, wie ein gärender Bierkrug, den Pfropf abstoßend, einen Derben hinter die Ohren. So wenig hielt er mich trotz der mir zugefügten Beleidigung der Rache fähig, daß er ausrief: ›*Schnock,* man schlug mich, wer war's?‹ Als ich kurz antwortete: ›Kann ich's wissen, wenn du's selbst nicht weißt!‹ versetzte er: ›Nun gut, so tritt du nur beiseite, denn du hast's gewiß nicht getan!‹ Ich folgte, heimlich lachend, seiner Weisung, dann rief er: ›Wenn einer was erhält, der's nicht verdient hat, so bitte ich im voraus um Verzeihung!‹ Nun drosch er auf die übrigen, die verdutzt stehengeblieben waren, wie ein Unsinniger los und bekam natürlich, was er austeilte, mit Zinsen zurück, so daß ich, der ich gelassen, wie die Unschuld selbst, dabeistand, die vollkommenste Satisfaktion erhielt. Aber die Sache blieb bei alledem, wie sie war; denn wenn ihm den nächsten Tag auch ein Zahn fehlte: Er ahnte nicht, daß er ihn noch haben würde, wenn er seine Zunge im Zaum gehalten hätte, und ich mußte mich entschließen, das im Dunkeln begonnene Werk bei Licht zu Ende zu bringen, da seine Späße, was ich freilich voraus hätte wissen sollen, auch jetzt noch nicht aufhörten. Ich schleppte ihn daher eines Sonntagabends ins Wirtshaus, machte ihn betrunken – ich selbst war's schon vorher –, stellte eine Menge Gläser vor ihn hin, von denen ich glaubte, daß sie ihn am schnellen Hervorkommen hinter dem Tisch hindern würden, schloß ihn zum Überfluß auch noch mit Stühlen ein und sagte dann zum Pächter Niernhäutl: ›Es wird hier noch etwas geben!‹ Er sah mich an und antwortete: ›Mit wem denn?‹ ›Mit dem da!‹ sagte ich und warf einen vernichtenden Blick auf Vinckel. ›Wer hat denn was mit dem Knirps?‹ fragte der Pächter, der die Menschen wie ein Werbeoffizier nach ihrer Leibeslänge abzuschätzen pflegt, und lachte. ›Ratet einmal!‹ versetzte ich. Er riet hin und her, es verdroß mich, daß er immer so greulich vorbeischoß, und ich kehrte ihm unwillig den Rücken zu. Er gab mir einen Klaps an einer unanständigen Stelle; ich zeigte ihm meine geballte Faust und rief: ›Meint Ihr, daß in der allein keine Kopfnüsse wachsen? Wieviel verwettet Ihr auf eine, die in einer Viertelstunde reif sein muß?‹ Durch Wetten hab ich mich nämlich oft in die Courage hineingehetzt, aber der Niernhäutl ließ sich auf nichts ein, sondern sagte bloß: ›Wir werden sehen!‹ ›Gewiß!‹ versetzte ich und trat an den Schenktisch. Ich forderte mir ein Glas Punsch, ich ließ noch ein zweites einschenken und trat damit zu meinem Widersacher, der den Kopf ermüdet auf den Tisch lehnte, heran. Er lag völlig schlaggerecht, und ich ging mit mir zu Rate, was ich tun, ob ich die Gelegenheit benutzen oder noch einige Minuten verstreichen lassen solle. ›Des Grimms‹ – dachte ich – ›kannst du heute abend nicht genug entwickeln, laß dir Zeit und denke an alles, was er dir getan hat!‹ Da sah ich, daß Niernhäutl verächtlich die Achseln zuckte und seinen Hut suchte. Der mußte Zeuge sein, ich stürzte das zweite Glas Punsch herunter, die Knie schlotterten mir, aber mit lauter, donnerähnlicher Stimme rief ich, während ich zugleich mit geballter Faust auf den Tisch schlug: ›Heda!‹ Vinckel hatte einen Totenschlaf, er merkte nichts von Ruf und Schlag, und zu meinem Verdruß kam ein einfältiger Aufwärter herbei und fragte, was ich befehle. Der Flegel hatte meine Herausforderung zum Kampf für ein Zeichen, was ihm gelte, angesehen. Dies alles brachte meine Wut aufs höchste; ich nahm all meine Kraft zusammen, schlug noch einmal, indem ich zugleich die beiden leeren Punschgläser beiseite schob, auf den Tisch und rief: ›Heda!‹ Jetzt erwachte Vinckel, gähnte unanständig und fragte mich: ›Ist's Zeit zu Hause?‹ Ich suchte ihm durch Blicke verständlich zu machen, wie er mit mir dran sei, als dies aber nichts half und er Miene machte, wieder einzunicken, schrie ich ihm laut entgegen: ›Wie steht's mit der Klapperschlange?‹ Ich meinte jene in der Tierbude. Niernhäutl versicherte mir hinterher, ich sei hierbei zur Leiche erblaßt, ich glaub's herzlich gern, mir war, als läge ich im Fieber! Vinckel glotzte mich merkwürdig verdutzt an; ich aber, noch kühner werdend, wiederholte meine Frage: ›Wie steht's mit der Klapperschlange?‹ ›Sie ist längst verreckt und ausgestopft, sei ohne Sorgen!‹ war die Antwort, die mich, da ich nun eimal so weit gegangen war, nicht begütigen konnte. Sowie nun Vinckel die auf mich gerichteten Augen nur wieder abgewandt hatte, versetzte ich ihm, mich über den Tisch lehnend, die ihm zugedachte Ohrfeige; dann zog ich mich eilends zurück, griff nach meinem vor dem Fenster stehenden Hut und lief, so schnell es ging – daß ich angetrunken war, sagte ich schon –, der Tür zu. Er aber schrie überlaut: ›Was? Was ist das?‹ Und ohne sich an das Zerbrechen der Gläser im geringsten zu kehren, warf er den Tisch um und stürzte mir nach. Ich gestehe, das lag außer meiner Erwartung und Berechnung, ich stand starr und machte keine Anstalten, dem Verfolger zu entfliehen. Er faßte mich bei den Haaren und warf mich zu Boden; einige Fußtritte, die ich erhielt, schienen mir ein bloßes Vorspiel des Hauptangriffs. Ich blieb ruhig liegen, und wenn ich an etwas dachte, so war's an meine Frau, der das Unglück ja nicht verborgen bleiben konnte. Endlich wollten der Wirt und der Pächter Niernhäutl mich aufrichten, ich sträubte mich aber aus Leibeskräften dagegen, und gar nicht, wie sie glauben mochten, aus Eigensinn, sondern nur, um Vinckel, dessen Toben und Fluchen nachzulassen schien, vielleicht, weil er mich für tot hielt, nicht durch Aufstehen zu reizen. Doch ihre vereinten Kräfte überstiegen die meinigen, und ich befand mich früher wieder auf den Beinen, als ich befürchtet hatte. Mein erster Blick fiel in einen mir gerade gegenüber hängenden Spiegel. Ich sah, daß ich stark blutete, ich war nämlich beim Niederschlagen auf eine scharfe Kante des Tischfußes gefallen und hatte mich verletzt; schnell wischte ich mir das Blut übers ganze Gesicht und erhielt dadurch ein herzbrechendes Ansehen. In diesem Augenblick wurde Vinckel mich gewahr und ich ihn; er kam auf mich zu, mich übermannte die Furcht, und ich eilte in schnellen Sprüngen aus der Tür. Hier aber glitschte ich aus und fiel abermals zu Boden; das Weinen war mir nahe, doch Vinckel rief mir zu: ›Ei, warum läufst du so vor mir, ich komme ja bloß, um mich wieder mit dir zu vertragen; denn wenn ich's näher bedenke, so hast du so großes Unrecht nicht gehabt, und mich freut's, daß du's endlich fühlst!‹ Dabei gab er mir die Hand und richtete mich auf, ich konnte kein Wort hervorbringen, er aber zog mich an den Schenktisch, und wir tranken Vertrag miteinander, was ich gerne tat, ob ich gleich dem Frieden wenig traute. ›Es tut mir leid‹ – sagte er – ›daß du dir das schändliche Loch in den Kopf gefallen hast!‹ ›Das heilt schon wieder!‹ versetzte ich höflich und nahm meinen Hut, um mich in der Stille davonzuschleichen. Schon war ich glücklich bis an die Haustür gekommen, als er mir nachrief:

›Willst du nach Hause? Warte, ich begleite dich!‹ Die Begleitung eines wilden Tieres, eines Freundes aus der Bremer Bude, wäre mir ebenso lieb gewesen; aber was war da zu machen? In wenigen Sekunden stand er bei mir und nahm meinen Arm. Ich konnte mir nicht viel Gutes versprechen, zu meinem Glück schien der Mond recht hell, auch blies der Nachtwächter schon in den Straßen. Ich faßte Mut, besonders, als es mir gelang, Vinckeln meinen Arm wieder auf sanfte Weise zu entwinden. Ich war meinem Haus bereits nah, da fragte er mich: ›Wie kam dir die Rachsucht aber so plötzlich?‹ Konnte ich was darauf antworten? Ich schwieg still und erwartete das Weitere. Er aber – so unausstehlich der Mensch ist, so liegt doch mehr Gutmütigkeit, als man denken sollte, in seiner Natur –, er sagte: ›Nu, nu, wir wollen nicht weiter davon sprechen‹, gab mir die Hand und schied von mir vor meiner Haustür. Nun galt's. Ich zögerte, die Tür aufzumachen, und ließ langsam mein Wasser. Der Stellmacher kam die Straße wieder herunter; er hatte vielleicht im Wirtshaus etwas vergessen, mir konnte es aber nicht wünschenswert erscheinen, nochmals mit ihm zusammenzutreffen, und ich trat schnell in mein Haus. ›Ist's geraten‹ – dachte ich – ›sogleich auszuglitschen, etwa über die Kartoffel, die dort liegt, und dich zu stellen, als ob du in deinem eigenen Haus den Kopf zerschlagen hast, oder –‹ Doch meine Frau, die das Klingeln der Haustür nie überhört, trat schon aus der Stube, und ich mußte auf etwas Haltbareres sinnen. ›Mein Gott, wie siehst du aus?‹ rief sie mir überlaut entgegen und fügte noch manches hinzu, was ich vergessen haben will. ›Wer *dich* beschimpft, der hat's mit mir zu tun‹ – versetzte ich trotzig, – ›hast du eine Tasse Tee für mich? Ich bin stark angegriffen!‹ Damit wollte ich in die Stube treten, meine Frau gab's aber nicht zu. ›Es ist jemand darin‹ – erwiderte sie – ›und du – –.‹ Sie trieb mich in die Küche, wo ich mich waschen und abtrocknen und ihr erzählen mußte, was sich zugetragen habe. Ich log entsetzlich; denn es galt eine ruhige Nacht. ›Eine Sau‹ – sagte ich – ›hat er dich genannt!‹ ›Wer? Wer denn?‹ unterbrach sie mich heftig. ›Hast du's nicht gehört?‹ – versetzte ich – ›wer anders, als der da am Markt, der Stellmacher.‹ ›Der Schelm, der schieläugige Hund, der Nichtsnutz!‹ schrie sie so laut, daß es mich erschreckte; konnte ich doch gewiß sein, daß die Nachbarn das alles auf *mich* beziehen würden, obgleich ich keineswegs schiele. Dann ballte sie die Hand und rief: ›Warte! Sein Weib ist drinnen, und er wird sie abholen; kommt er, so soll ihn –‹ In diesem Augenblick ging die Haustür, und an den raschen Tritten erkannte ich *Vinckel* auf der Stelle. ›Da ist er schon!‹ kreischte sie und wollte ihm entgegenstürzen. Ich vertrat ihr den Weg und sagte: ›*Lene,* soll's Straßenlärm geben? Bedenke, daß es spät ist, und daß sich morgen auch etwas abmachen läßt!‹ ›Laß mich los, laß mich los, oder –‹ Sie ergänzte ihre Rede durch einen Stoß auf die Brust, den sie mir beibrachte. Ich aber – ich hatte ihre Hand gefaßt – hielt sie, kaum wissend, was ich tat, fest. ›Ich hab' dich ja schon gerächt‹ – stotterte ich – ›er hat Abbitte getan, und ich hab' ihm vergeben.‹ ›Was? Was hast du getan? Ihm vergeben?‹ Sie vergaß sich so weit, mir einen Schlag ins Gesicht zu versetzen; ich verfluchte meine Lüge, und doch konnte ich mich nicht überwinden, sie zu widerrufen. ›Ich bitte dich, Weib, tu mir zum ersten Mal einen Gefallen – –‹ Meine Bitten halfen nichts, sie riß sich los und stürzte in die Stube hinein. Ich stieg zu Boden und stellte mich hinter den Schornstein. Droben konnte ich denn alles deutlich hören. Erst ein mörderisches Schimpfen; dann kam's zur Balgerei, und *Vinckel* – wer an meiner Stelle hätte einige Schadenfreude unterdrückt? – schrie mehr als einmal: ›Kratzt mir nur kein Auge aus, ich hab' nur zwei!‹ Endlich flogen fast zugleich Stuben- und Haustür auf und *Vinckel* samt seiner Frau, die sich unkluger-, obgleich natürlicherweise mit in den Handel gemischt hatte, hinaus. Ich hatte alle Ursache, mit meiner *Lene* zufrieden zu sein; denn in der Wut hatte sie *Vinckels* Frage, was er ihr getan, zu meiner unsäglichsten Freude mit einem spöttischen: Er wiss' es wohl selbst beantwortet. ›Der glaubt sicher‹ – dachte ich, als ich wieder vom Boden herunterstieg – ›es ist aus purer ehelicher Liebe, wegen deiner Kopfwunde, geschehen; das schadet nicht!‹ Übrigens hat *Vinckel* die Tierbuden-Geschichte seit jenem Abend wirklich niemals wieder aufgerührt, und es ist schwer zu sagen, ob er das aus Respekt vor meiner *Lene* oder vor mir selbst unterläßt. Freilich kam dabei für mich nicht viel heraus; denn die Schulkinder wußten sie schon auswendig, aber, das muß ich doch zu seiner Ehre anführen, wenn man ihn jetzt zum Zeugen aufruft, so antwortete er mit einem Schlag!

Sollte sich's ein Christenmensch vorstellen, daß ich einmal nahe dran war, aus Zaghaftigkeit, die mich abhielt, zur rechten Zeit mit einer ablehnenden Erklärung einzuspringen, ein Mörder und schnöder Giftmischer zu werden? Ich sitze eines Abends im ›Goldenen Schaf‹ hinter dem Tisch und denk an nichts Arges, an gar nichts nämlich; da tritt ein Fremder, wunderlich, sonst gut gekleidet, herein, fordert sich Wein und setzt sich zu mir. Er begrüßt mich und sieht mich mit einem Blick an, als ob er mich gut kenne. ›Das ist‹, denke ich, ›wieder ein Bekannter und Herzensfreund, dessen Gesichtszüge und Namen nichtswürdigerweise deinem

Gedächtnis entfallen sind; lächele wenigstens und stelle dich erfreut übers glückliche Zusammentreffen.‹ Ich tu's, und wirklich ist bald zwischen uns ein Gespräch im Gange, wie zwischen alten Bekannten, obwohl wir's, wie ich denn doch merke, nicht sind. Wir sprechen über allerlei Unglücksfälle, wie sie sich zutragen; ich erzähl' ihm von einigen, die sich im letzten Jahr erhängten und sonst entleibten; dann kommen wir aufs Einschlagen des Blitzes bei Gewittern und darauf, daß solch ein Feuer gar nicht zu löschen ist. ›Ja‹, seufze ich, ›die Welt ist ein Jammertal, man muß sich wundern, daß man bei all dem Elend doch über die Vierzig hinauskommt.‹ – ›Leute wie Ihr‹, entgegnet er, ›können's wohl aushalten; denn wie das Schäfchen auch sei, ist's nur ins Trockene gebracht, so gibt's Milch und Wolle, aber unsereiner – –‹ – Nichts ist mir verdrießlicher, als wenn man mich für einen Glückspilz hält, für ein Sonntagskind, dem jeder Wind in die Segel weht; unmutig unterbreche ich den Fremden durch die Frage, wer und was er denn sei. ›Ich bin ein Kammerjäger‹, versetzt er mit unbeschreiblicher Aufrichtigkeit, ›und also in jetzigen Zeiten, wo das Ungeziefer so schläfrig und langsam heckt, als ob sich's erst trauen lassen müßte, wie verliebte Menschen, von Haus aus ein geschlagener Mann.‹ Auf Kammerjäger hab' ich von jeher wenig gehalten, zumal auf solche, die, wenn sie einem anständigen Bürger begegnen, statt die Augen demütig niederzuschlagen, ihn frech anstieren und wohl gar grüßen, ja, einen Diskurs anknüpfen, ich hab' sie eigentlich mehr verachtet als Bettelvögte; solch eine Antwort, die ein Prinz, der sich zu erkennen gibt, nicht zuversichtlicher hätte vorbringen können, mußte mich also billig befremden. ›Wagen sich Leute der Art ins Goldene Schaf?‹ denke ich und werfe auf den Fremden, der ruhig, als ob noch alles zwischen uns beim alten wäre, seine Pfeife ausklopft, einen Blick, wie etwa unser Amtmann auf mich, wenn er an mir vorbeireitet. Doch sag ich zugleich zu mir selbst: ›Laß den Menschen heute abend den Standesunterschied nicht empfinden; morgen, wenn er die Rattenjagd anstellt, weiß er sich ohnehin zu bescheiden.‹ – ›Nun, was sagt Ihr zu meinem Metier?‹ fragt er dann. ›Beneidenswert ist's wohl nicht‹, erwidere ich, ›aber vermutlich hat's Euch am Heiraten verhindert, und das ist doch auch für etwas anzuschlagen.‹ – ›Drückt Euch der Schuh da‹, versetzt er höhnisch, ›nun, das ist das Schicksal in Mausgestalt.‹ – ›Narr!‹ hätte ich ihm gerne grob geantwortet, ›versuch's erst einmal, wie ich, dreiundzwanzig Jahre, dann reiße elende Witze.‹ Doch unterlasse ich's; denn man muß sich gegen Fremde nie zu weit herauswagen. ›Wenigstens denke ich‹, fährt er fort, ›ein Unglück, was den Menschen zum Kapaun herausfüttert, kann so groß nicht sein.‹ Dabei streicht er mir mit unangenehmer Zudringlichkeit über den Bauch. Gereizt versetze ich: ›Eben darin kann das Unglück liegen; meint Ihr, daß ein Mann, der durch Schläge *fett* wird, sich über seine niederträchtige Natur freut? Zum Teufel! Ist's denn unverschämt, wenn man für ewiges Plagen, für Ärger und Verdruß ohne Ende, ein sieches, Mitleid erregendes Gesicht und einen baufälligen Körper verlangt, der einen nicht durch hämische Dicke Lügen straft, sobald man einmal das Herz ausschütten will? Ich frage noch einmal, ist's unverschämt?‹ – ›Ist Euch das Weib zuwider‹, gibt er zur Antwort, ›so schafft's ab. Pah!‹ Dabei jagt er den Dampf durch die Pfeife, daß er bald mit seinen gelben Katzenaugen dasitzt wie ein Hexenmeister, wenn er den Bösen beschwört. Ich entgegne: ›Wenn Euer Hund da‹ – ich zeigte auf seinen großen, schwarzen mit langen Zottelhaaren, der sich mir mit einer Frechheit, als ob er auch Kammerjäger wäre, gerade vor die Füße gelegt hatte, ›bissig ist, so könnt Ihr ihn fortjagen, aufhängen, ersäufen; so ist's aber in Christenlanden nicht mit Ehefrauen.‹ – ›Hört, lieber Mann‹, sagt er mit geheimnisvollem Gesicht und greift nach meiner Hand, die ich unglücklicherweise aus der Tasche gezogen, ›Euch ist zu helfen, nämlich, wenn Ihr Mut habt.‹ Der Teufel hat Mut genug einzugestehen, daß er keinen hat. Ich bejahe es nicht direkt, aber ich werfe mich in die Brust, trommele auf den Tisch und zwinge mir einige verwegene Blicke ab. ›An gewissen grauen Pulvern, die ich bei mir führe‹, flüstert er mir nun mit schrecklicher Stimme ins Ohr, ›verrecken nicht bloß Ratten.‹ Er nickt mir zu und drückt mir, als ob sich jetzt alles andere von selbst verstände, die Hand; weniger aus Verwirrung, als aus Angst vor dem furchtbaren Menschen, nicke ich auch und erwidere den Druck. ›Wir sind also einig‹, sagt er dann, ›nun aber auch keine Silbe mehr, Meister *Schnock*!‹ Leider hatte ich ihm meinen Namen vorher schon verraten; ›solche Geschäfte‹, entsetzlich klang mir das Wort, und der greuliche Mensch lachte dabei, als hätte er nicht einen Vergiftungsplan, sondern einen Spaß gemacht, ›lassen sich nicht in Wirtshäusern weitläufig besprechen, morgen in der Frühe komme ich zu Euch. Gute Nacht!‹ Er steht auf und taumelt. ›Gott im Himmel!‹ denke ich, ›besoffen ist der Kerl auch –‹ allerdings war's kein Wunder; denn solange er neben mir saß, hatte er ununterbrochen getrunken – ›noch ein Glas –‹ eben bemerke ich, daß er sich's einschenken läßt – ›so läuft's über, dann hat er, im Rausch geht's nicht anders, gerade so viele Freunde um sich als Menschen, und das erste, was er ausschwatzt, ist der Vergiftungsplan.‹ Richtig gerät er gleich mit dem

Wirt in ein Gespräch; mich schaudert. Er läßt was fallen von krepieren; eiskalt überläuft's mich. Der Wirt schiebt sich die Nachtmütze weiter ins Gesicht und spricht von Gefahr. ›Nun ist's heraus!‹ denke ich und spüre schon was vom Kopfabschlagen im Nacken. Plötzlich klingen Himmelstöne durch von Ratten und von Speisekammer; da wird's mir klar, daß bis jetzt nicht von meiner *Lene,* sondern vom Ungeziefer des ›Goldenen Schafs‹ die Rede gewesen ist; unwillkürlich falte ich die Hände, aber gleich darauf fordere ich gebieterisch ein Glas Wein, um die verfänglichen Konferenzen zwischen dem Wirt und dem Fremden durch einen Gewaltstreich abzubrechen. Der Wirt bringt mir hurtig den Wein; tierisch voll taumelt der Fremde, ungeschickt mit dem Arm gegen den Türpfosten rennend, fort, ohne sich, als ob er mich schon völlig vergessen hätte, nach mir umzusehen.

Er *hatte* mich vergessen; denn am anderen Morgen kam er nicht, und schon am Mittag ward er zu meiner Satisfaktion wegen seiner miserablen Hantierung und wegen Mangels an Paß und aller sonstigen Legitimation, die unsere Polizei mit Recht von Kammerjägern fordert, aus dem Ort gebracht. Übrigens hätte ich, wenn er auch nicht ausgeblieben wäre, meiner stillschweigenden Zusage ungeachtet, nimmermehr zur Mordtat die Hand geboten und ihm das zu verstehen gegeben; wer wird denn auch seine Frau umbringen, bloß weil er es einem Rattenfänger versprochen hat!

Ich habe es nicht gesagt, weil es sich von selbst versteht, daß die Sparsamkeit meines Weibes mit den Jahren zunahm, so daß sie zuletzt in jenen Geiz, der sich sein eigenes Fett nicht gönnt, ausartete. Der Wendepunkt trat ein, als sie, die immer gern geputzt ging, mir zum ersten Mal das Anschaffen eines neuen Oberrocks, den ich ihr sonst regelmäßig zu Weihnachten verehren mußte, verbot. ›Du kannst mir eine andere Weihnachtsfreude machen‹, sagte sie heimtückisch, ›dadurch nämlich, daß du mir die kleine Pfeife schenkst, deren du dich in der Werkstatt bedienst.‹ Will sie zu rauchen anfangen? dachte ich zuerst und freute mich schon, in ihr einen Konsorten zu gewinnen; konnte sie doch mein Rauchvergnügen nicht mehr unnütze Verschwendung schelten, wenn sie selbst es täte. Doch kam mir dies bald unwahrscheinlich vor, da mir ihre durch Keifen und Schmälen ruinierten Lungen einfielen, sie auch niemals, ausgenommen bei Zahnweh, mit Pfeife und Tabak in Verbindung getreten war. ›Was kann sie denn mit der alten, halb zerbrochenen Pfeife wollen?‹ fragte ich mich. ›Wär's noch die mit dem Meerschaumkopf und dem Silberbeschlag, die du sonntags trägst, aber dies elende Ding – –‹ Ich schämte mich zu gestehen, welch törichter Einfall jetzt plötzlich meine Gedanken unterbrach. ›Ei, ei‹, dachte ich, ›sie ist doch wahrhaftig nicht so ganz übel, deine Frau; wer hätte ihr solche Aufmerksamkeit zugetraut!‹ Ich glaubte allen Ernstes – wie war's möglich? frag ich mich selbst, indem ich's erzähle, und schabe mir Rübchen –, daß sie mir auch einmal eine Freude machen und mich am Weihnachtsabend mit einer neuen Pfeife anbinden wolle. Der Heilige Abend kam heran, die beiden feierlichen Wachskerzen, die wir dem Erlöser zu Ehren zu verbrennen pflegten, wurden angesteckt, der Rosinenpudding, nebst dem mit Lorbeerblättern aufgeputzten Schweinekopf, ward auf den Tisch gestellt; im Hintergrund drohte schon die große, unhöfliche, dick mit Eisen und Messing beschlagene Postille, die mir einmal, als ich noch ein Kind war, fast den Kopf zerschmettert hätte, indem das Ungetüm ungeschlacht vom Schrank herunterplumpste, und aus der *Lene* mir jetzt an hohen Festtagen vorlas, teils, um mich am Ausgehen zu hindern, mehr aber noch, um Gelegenheit zu haben, mir unter dem Deckmantel eines längst vermoderten geistlichen Herrn allerlei Beleidigungen und Gehässigkeiten, die keineswegs im Buch standen, zu sagen. Bevor wir uns zum Essen niedersetzten, nahm ich meine alte Pfeife, legte sie, einen Bogen weißes Papier unterbreitend, auf einen Teller und überreichte sie mit einigen scherzhaften Redensarten meiner Frau. ›Gut!‹ sagte sie, zerbrach die Pfeife und warf die Stücke gelassen aus dem Fenster. Statt aber mit dem erwarteten Gegengeschenk herauszurücken, machte sie mich darauf aufmerksam, daß ich von jetzt an wöchentlich zwanzig Kreuzer am Tabak einsparen werde. ›Und was sollen denn die zwanzig Kreuzer?‹ fragte ich giftig. ›Was sie sollen?‹ versetzte sie, ›dadurch, daß sie da sind, erfüllen sie ihren Zweck, und um so besser tun sie das, je länger sie bleiben!‹ – ›Ich sollte also nicht mehr rauchen?‹ fuhr ich auf. ›Nein‹, erwiderte sie, ›das heißt, du sollst dir nicht mutwillig die Schwindsucht zuziehen, und für den Fall, daß du sie schon hättest, wird uns über kurz oder lang deine Ersparnis trefflich zustatten kommen, dich davon heilen zu lassen. Glaubst du etwa, daß der Doktor dir die mit Dampf zerblasenen Lungen umsonst flickt?‹ Ich sagte nichts weiter, aber mein Entschluß war gefaßt; ich hätte ebenso leicht aufs Atemholen als aufs Rauchen Verzicht leisten können; denn für den Raucher ist die leidige frische Luft ungenießbar, er muß sich das flaue, nüchterne Element erst mit Dampf würzen, wenn es ihn nicht anekeln soll. Ich trug daher am Morgen stillschweigend meine Sonntagspfeife, die prunkend unter dem Spiegel hing, in die Werkstatt hinunter und erklärte meinem erstaunten Weib, daß ich diese so lange mit der höchsten Unbarmherzigkeit strapazieren werde, bis sie mir eine weniger kostbare Stellvertreterin anschaffe. Mitleid mit dem Silberbeschlag und den Bernsteintroddeln des Prachtstücks bewogen sie zur Nachgiebigkeit, doch gewann sie durch ihre List so viel, daß ich versprach, mich an den Wochentagen mit einer billigeren Sorte Tabak begnügen zu wollen. So war sie denn in allen Dingen. Wollte ich z. B. einen Lehrjungen einstellen lassen, so ward er vorher bei uns zu Tisch gebeten, nicht, wie es schien, aus Generosität, sondern nur, um seinen Appetit auf die Probe zu stellen. Fand der junge Mensch unglücklicherweise sein Leibgericht vor, oder hatte er etwa einen weiten Marsch gemacht und konnte für zwei Personen essen, so durfte ich ihn gewiß nicht annehmen; »Wer setzt sich denn‹, sagte *Lene,* ›selbst den Krebs in sein Fleisch?‹ Bei solchen Gelegenheiten trug sie ihr Bestes auf und legte eifrig vor; ich dagegen, der das schlaue Manöver kannte, spielte das Mitglied eines Mäßigkeitsvereins, machte auf das Schädliche dieser oder jener Speise aufmerksam und warnte vor Überladung, so daß die Uneingeweihten sie für die Gastfreiheit selbst, mich für den Neidhart halten mußten. Das Lächerlichste aber war wohl, daß sie sogar ihre Freundschaft und Liebe streng nach dem Grad der Eßlust und des Verdauungsvermögens ihrer Freunde und Angehörigen abmaß. Klagte jemand über seinen schwachen Magen, wies er alles zurück, ausgenommen ein Glas Wasser und den Fidibus, so wußte sie nicht zutulich genug zu tun; ›Ach‹, hieß es dann, ›welch ein honoriger Mensch, wie wird er doch liebenswürdiger mit jedem Tag!‹ War das Gegenteil der Fall, glaubte einer, ein Gericht nicht besser loben zu können, als indem er zweimal davon nahm, so war er ein Subjekt ohne Lebensart, ein Kerl, der aus Schlund und Magen zusammengesetzt sei, wie andere aus Leib und Seele. Mit ihrer einzigen Jugendfreundin, einer Gärtnersfrau, die uns alle Sonntage besuchte, stand sie im Begriff, auf immer zu brechen, bloß weil diese an der Auszehrung litt, und schüchtern, sowie ihre Krankheit zunahm, von drei Tassen Kaffee und einem Zwieback, womit sie sich anfangs begnügte, bis zu sechs Tassen und drei Zwiebäcke aufstieg; um einen Grund zu bekomen, stellte sie sich eifersüchtig auf die ledern-dürre Todesbraut – eifersüchtig nämlich – ich muß dies wohl hinzufügen – wegen meiner. Die Person starb noch zur rechten Zeit, kurz vor Ausbruch des Ungewitters, das sie bedrohte, sonst würde sie's erlebt haben, daß man ihre Todesseufzer für verliebte, und ihre Schwindsucht für ein Sehnsuchtfieber ausgegeben hätte. Natürlich hatte von diesem Geiz niemand mehr zu leiden als ich, und was mich am meisten verdroß, war, daß er mit unserer

Wohlhabenheit zunahm, daß das Essen, je mehr ich verdiente, um so schlechter wurde. ›Wir haben nicht Kind noch Rind‹, sagte ich einst, durch eine Wassersuppe aufgebracht, zu ihr, ›was wir hinterlassen, kommt an wildfremde Menschen, ich begreife dein Knikkern, dein Schinden und Schaben nicht.‹ – ›Was?‹ versetzte sie lebhaft, ›ist's denn keine Ehre für uns, wenn die Herren vom Gericht nach unserem Tod mit Verwunderung und Respekt in ihr Inventarienbuch schreiben: Der Silberschrank war so wohl versehen, daß auch kein Löffelstiel mehr hineinging, an Leinenzeug fand sich mehr vor, als die seligen Eheleute *Christopher* und *Magdalena Schnock* in dreißig Jahren hätten auftragen können, der Schornstein wollte bersten, so voll hing er von Würsten und Schinken? Ist das nicht eine Nachrede, die uns noch im Himmel freuen, ja, in der Hölle trösten muß? Oder möchtest du, daß es von dir hieße: Man kann den Hungerleider noch im Grab pfänden, wenn man will; denn der Sarg ist nicht bezahlt, er hat sich aus der Welt gestohlen, wie ein Dieb aus dem Gefängnis, niemand kommt zu dem Seinigen, als etwa der Kirchhofwurm, wenn er sein Bankrottier-Fleisch nicht verschmäht!‹ Sie beklagte es, daß wir nicht katholisch waren, bloß der vielen Fasttage wegen. ›In dem Glauben‹ – sagte sie – ›können Leute doch was vor sich bringen, die Religion selbst bringt das Sparen mit sich, und naseweise Gesellen dürfen sich nicht mokieren, wenn der Tisch nicht immer unter Fleisch brechen will.‹ Ja, sie ging zuletzt so weit, daß sie ihre ökonomischen Rücksichten auf meinen eigenen Körper ausdehnte und mir die unnütze Anstrengung desselben, wie sie sich ausdrückte, verbot, mir z. B. die Erfüllung der ehelichen Pflichten nur selten gestattete; vermutlich, weil sie die Kosten einer Umarmung nach Heller und Pfennig abzuschätzen verstand, und weil sie nun kalkulierte, daß ich meine Kräfte nützlicher und fruchtbringender im Handwerk anlegen könne als in der Liebe. Es war daher gewiß kein Wunder, wenn ich sie auf alle Art zu betrügen und zu hintergehen suchte, doch glückte mir dies meistens nur bis zu dem Punkt, wo ich die Absicht nicht mehr leugnen konnte, wo mir die Frucht meiner List aber dennoch schmählich entging. Ich betrachte jedes Unglück, wovon ich höre, als einen näheren oder entfernteren Verwandten, als einen Vetter von mir, der über kurz oder lang bei mir einsprechen wird; ich habe Stunden, wo ich ordentlich darüber erstaune, daß ich noch keine greuliche Missetat begangen habe, die mich dem Halsgericht überantwortet; hat man doch Beispiele, daß einer morgens unschuldig wie ein Kind aufsteht und abends blutbespritzt wie ein bayerischer Hiesel zu Bett geht. Was hilft alle Vorsicht! Vorsicht ist der Ball, womit das Schicksal spielt. Der Teufel ist allenthalben, nur da nicht, wo man ihn sucht. Wer sollte glauben, daß ich das Ärgste, was mir bis jetzt begegnet ist, in meiner eigenen Speisekammer erleben mußte? Doch war es der Fall!

Aus Leckerei entschloß ich mich eines Abends, mich selbst, meinen eigenen Haushalt, zu bestehlen. Wir hatten nämlich unser Schwein geschlachtet, und es waren treffliche Würste gemacht worden. Von diesen Würsten erhielt ich so viel wie nötig war, um in mir den unbändigsten Wunsch nach mehr zu erregen; dann mußte ich selbst sie in die Speisekammer tragen und sie dort so hoch aufhängen, als ob sie niemals wieder heruntergenommen werden sollten. Das Fenster der Speisekammer ging auf die Straße hinaus, unbemerkt klinkte ich es auf, ohne noch selbst zu wissen, weshalb. Die Nacht brach herein, und eine Pfanne voll magerer Kartoffeln, die mir vorgesetzt wurde, als ich zum Essen in die Stube kam, machte mich vollends desperat. ›Der Teufel soll sie holen!« brauste ich auf, ich meinte die Kartoffeln. ›Wen denn?‹ fragte *Lene,* ihren langen Gänsehals hinter dem Ofen hervorstreckend. ›Die Zahnschmerzen!‹ versetzte ich, legte meine Gabel nieder und drückte ein Tuch an die Backen. Bald darauf stahl ich mich aus der Tür und umschlich leise und behutsam mein Haus. Es war finster genug, dicke Regenwolken verschluckten das sparsame Licht des Mondes, der verdrießlich hin und wieder aufdämmerte. Kaum hörte ich das Spinnrad meines Weibes schwirren, da stieß ich das Fenster der Speisekammer von außen auf und schwang mich mit einer Geschicklichkeit, als ob ich seit dreißig Jahren praktizierender Dieb gewesen wäre – Angst vor Ertappung gab sie mir –, hinein. ›Guten Abend!‹ ruft mir auf einmal mit hohler Stimme einer nach. ›Still, still, um Himmels willen, still!‹ wispere ich. ›Sei unbesorgt, Kamerad‹, wird mir geantwortet, ›aber hilf mir, daß ich auch hineingelange, das Fenster ist verdammt hoch.‹ Was sollte ich tun? Sollte ich Lärm machen und mich von den Kindern und Erwachsenen als einen Menschen, der bei sich selbst auf Diebereien ausgeht, verspotten lassen? Oder sollte ich den Unbekannten, wie er's verlangte, zu mir hereinziehen, um ihn dann im Finstern durch gütliche Vorstellungen zu bewegen, wieder hinauszusteigen? Ich weiß noch nicht, was ich hätte tun sollen; meine Hand war eilfertiger als mein Kopf, sie ergriff, ohne auf höhere Ordre zu warten, instinktmäßig die Faust, die sich ihr entgegenstreckte, und zog den Kerl, dem dieselbe gehörte, herein. ›Merkwürdiges Zusammentreffen!‹ sagt dieser und tappt herum. ›Allerdings!‹ erwidere ich mit einem Seufzer. ›Ich hatte dem dicken *Schnock* auch einen Besuch zugedacht‹, fährt er fort, ›und wollte nur erst das Auslöschen des Lichts abwarten, da sah ich dich das Fenster öffnen. Wie konntest du dies nur bewerkstelligen, ohne vorher eine Scheibe zu knicken?‹ – ›Das ist ein Geheimnis‹, versetzte ich zähneklappernd. ›Was du mir mitteilen mußt‹, fällt er rasch ein, ›ich will dir dafür eine neue Art, Handschellen zu zerbrechen, lehren. Wo hast du studiert?‹ – ›Studiert?‹ frage ich. ›Ja, auf welcher Universität, in welchem Zuchthaus, meine ich?‹ – ›Ich saß noch nicht im Zuchthaus!‹ antwortete ich. ›Unglückseliger!‹ versetzt er, ›so bist du noch nicht ein einziges Mal absolviert, schleppst dich noch mit all deinen Sünden herum? Mich hat die Justiz schon dreimal reingewaschen und neu frisiert. Was hast du denn alles auf'm Herzen? Ist etwas von Erheblichkeit, ein Mord, oder so was, darunter? Oder hast du deine Tugend für nichts und wieder nichts hingegeben?‹ – ›Mensch, du sprichst, als ob du der Teufel selbst wärst?‹ stoße ich vor Entsetzen hervor. ›Wer sagt dir, daß ich's nicht bin?‹ sagt er mit einem Ernst, der mich im ersten Augenblick schaudern macht, ›wahrlich, ich sage dir, ich bin der Teufel, und ich will dir etwas vertrauen. Vor drei Monaten –‹ Mir wird bei diesen lästerlichen Redensarten gräßlich zumute, in der Ferne höre ich den Nachtwächter, auch klärt der Himmel sich auf, so daß der erste Vorübergehende das Offenstehen des Fensters bemerken muß; rasch, ehe der unheimliche Mensch sich dessen versieht, springe ich hinaus, beim Sprung kommt mir aber die Zunge zwischen die Zähne, und ich zerbeiße sie dermaßen, daß Blut läuft und ich mich vor Schmerz nicht zu lassen weiß. Ich reiße die Tür auf und stürze mit dem lauten Geschrei: ›Diebe, Diebe in der Speisekammer!‹ in mein Haus. Meine Frau nebst meinem Gesellen – es war der größte, den ich jemals hatte, ein Mensch, der sich, wie er sagte, vor niemand fürchtete, als vor sich selbst, vor seiner eigenen Wut nämlich – eilen schlaftrunken mit einem Licht auf die Speisekammer zu, ich – der Spitzbube, der sich für den Teufel ausgab, konnte in mir unmöglich den Konsorten erkennen, weil wir ja nur in der dicksten Finsternis Vertraute geworden waren – folgte ihnen mit einem Besenstiel. Wir finden nichts drinnen, keinen Dieb, aber auch keine Würste; *Lene* taumelt mir ohnmächtig in die Arme – nur Ohnmachten trieben sie noch zuweilen hinein –, mein Geselle nimmt, die fürchterlichsten Flüche ausstoßend, die allgemeine Verwirrung wahr und bringt ein Stück Speck auf die Seite, was mir freilich nicht entging, was ich dem Riesen jedoch hingehen ließ. Was geschieht am anderen Morgen? Ein Knurren, Bellen und Beißen wie von zwanzig Hunden treibt mich vor der Zeit aus dem Bett; ich öffne das Fenster und sehe, daß sämtliche Würste, zu einer Art von Kranz ineinander verschränkt, vor unserer Tür aufgehängt sind, und daß die durch den leckeren Geruch herbeigelockten Köter, springend und einer den anderen giftig beim Schwanz zurückzerrend, sich umsonst bemühen, eine oder einige davon zu erlangen. Ein solcher Ausgang war nun zwar erfreulich, aber noch mehr unbegreiflich. Ein paar Tage später erfuhr ich indes, daß ein Übeltäter aus unserem Ort, wegen Wahnsinns aus dem Zuchthaus in die Irrenanstalt abgeführt, seinen Wächtern unterwegs entsprungen und erst nach längerer Zeit wieder eingefangen worden sei. Ohne Zweifel hatte ich die Bekanntschaft dieses Verrückten in meiner Speisekammer gemacht.«

DRITTES KAPITEL

Zum Schluß

Der Morgen war angebrochen, der Wagen stand vor der Tür, reisefertig trat ich in das Gastzimmer, um von *Schnock,* der schon des Frühtrunks wegen gekommen war, Abschied zu nehmen. *Schnock* saß am Tisch und hatte mehrere leere und noch mehr volle Flaschen sowie ein derbes Gabelfrühstück vor sich stehen; ihm gegenüber saß mein Wirt, der lange, dürre Postmeister, sich auffallend beeifernd, seinen Gast durch Anekdoten und muntere Geschichten zu ergötzen. Da war kein Jägerstückchen, kein Witzwort vom kleinen Korporal oder vom Alten Fritz, das nicht vorgebracht wurde, ja, der Postmeister begnügte sich nicht, bloß sein Gedächtnis zu martern, er war unbarmherzig genug gegen sich selbst, seine eigene Phantasie Peitsche und Sporen kosten zu lassen, um ihr dies oder jenes Geistreiche abzujagen. Aber *Schnock,* der sonst so leicht und gern lachte, verzog diesmal keine Miene und gab keinen Laut von sich; er schüttelte nur zuweilen, wenn der Postmeister recht ansetzte, verächtlich den Kopf oder stieß einen Seufzer aus, und wenn er den Mund auftat, so geschah es einzig und allein, um ein Stück Fleisch oder etwas Ähnliches hineinzustecken. »Trinkt doch, trinkt!« sagte der Postmeister hitzig, »und dann knöpft die Ohren auf, jetzt will ich Euch eine Schnurre erzählen, die noch von meinem Großvater herrührt. Nicht darüber lachen, heißt den seligen Mann noch im Grabe beleidigen; ich möchte der Schlingel nicht sein, der das täte; denn mein Großvater verdient Achtung, er war Schulmeister, und wenn einer von uns rechnen und schreiben kann, so hat er's von ihm gelernt.« Die Schnurre war wirklich lustig, dennoch hielt *Schnock* an sich, obgleich sein Gesicht bersten wollte. »Schämt Ihr Euch nicht?« sagte der Postmeister; »für den Herrn Dr.«, er deutete auf mich, »war das Ding gut genug, um darüber zu lachen, und Ihr sitzt wie ein Klotz? Der Teufel soll mich holen, wo ich mit Euch wieder eine Wette eingehe!« – »Worin besteht denn die Wette?« fragte ich neugierig. »Werdet Ihr so unhöflich sein, die Frage des Herrn Dr. unbeantwortet zu lassen?« sagte der Postmeister lebhaft zu *Schnock;* dieser aber sah mich an, legte den Finger auf den Mund und verharrte im Stillschweigen. »Nun«, versetzte ich gleichgültig, »in Geheimnisse will ich nicht eindringen, lebt wohl, Meister *Schnock!*« *Schnock* stand auf und ergriff meine ihm dargebotene Hand, sie herzhaft drückend; dann nahm er das Stück Kreide, dessen sich die Billardspieler zu bedienen pflegten, und schrieb damit auf den Tisch, daß er mir eine glückliche Reise wünsche. »Ist der Mann stumm geworden?« fragte ich, aus der Tür tretend, den mich begleitenden Postmeister. »Nichts weniger als das, purer Egoismus!« erwiderte der Postmeister. »Wieso?« fragte ich stutzend. »Er will umsonst bei mir essen und trinken«, gab der Postmeister zur Antwort, »darum spielt er den Stummen. Ich muß ihm heute nämlich, so haben wir gestern zur Nacht im Rausch gewettet, das Beste aus Küche und Keller so lange unentgeltlich aufsetzen, bis er sich zum Lachen oder Sprechen hinreißen läßt. Lacht er oder spricht er ein Wort, so muß er – hierin liegt mein Vorteil – alles doppelt bezahlen; hält er an sich, nun, freilich, dann weiß ich, wer sich noch heute abend Haare aus dem Kopf reißt und mit dem Schädel gegen die Wand rennt. Aber er mag sich hüten! Ich erlaube mir gegen ihn, was mir einfällt, und an Kniffen und Ränken fehlt's keinem aus meiner Familie. Ich will ihn schimpfen, bis er vor Ärger braun und blau wird wie ein Kapaun; ich will dritte Personen herbeirufen und Schandgeschichten von ihm erzählen, denen er Widerspruch entgegensetzen muß, wenn er nicht will, daß alle Welt sie glauben soll; ich will Pistolen hinter seinem Rücken abfeuern; ich will seiner Frau, die wohl von der Wette nichts weiß, anzeigen, daß er bei mir schlemmt, damit diese ihm über den Hals komme; ich will mich stellen, als ob ich mich umbringen wollte; ich will – –«

Mein Wagen fuhr ab.

DIE BEIDEN VAGABUNDEN
Ein Fragment

Es war in der alten guten Zeit. Noch saß der Teufel so ruhig und unangefochten auf seinem Thron wie der liebe Gott; wenn es zu dunkler Nachtzeit in den Lüften rumorte, schrieb man es nicht den wilden Gänsen zu, sondern dem wilden Jäger, und griff nicht zur Kugelbüchse, sondern zum Rosenkranz; so armselig war keine Hütte, daß nicht zuweilen ein Gespenst, ein Toter, der nach Erlösung seufzte, in ihr einsprach, so winzig kein Berg, in dessen Klüften nicht irgendein Geist sein Wesen trieb.

Ziemlich spät an einem rauhen Herbstabend trafen zwei junge Leute in einem Dorf ein. Der eine war lang von Person, hatte ein schmales, ausgedörrtes Gesicht und häßliche lange Arme, die ungeschickt an seinem wie auf der Folter ausgestreckten Körper herunterhingen; der andere war klein und in seinem jetzigen Aufzug auch mehr abstoßend als anziehend, aber ein neuer Rock und ein Paar gute Beinkleider hätten vielleicht etwas für ihn tun können. Beide gehörten einem Stand an, für den die Sprache bis jetzt keinen anständigen Namen aufzufinden gewußt hat; wollen wir unsere Freunde nicht Lumpen, Vagabunden und Landstreicher nennen, so müssen wir sie einstweilen ungenannt lassen. »Hör einmal, Hanns« – sagte der Kleine zum Langen – »weißt du auch, was das ewige Hungern für Folgen hat?« »Ich habe Erfahrung genug, Jürgen, um das zu wissen« – versetzte der Lange mit einer Art von Lachen – »bei Tage Mattigkeit in allen Gliedern, so daß man die schönste Dirne erblicken kann, ohne Wohlgefallen an ihr zu finden; bei Nacht Schlaflosigkeit und am Ende den Tod!« »Brav geantwortet, Junge«, sagte der Kleine, »aber hörst du nicht Gänse schreien? Ich denke, das siebente Gebot ist nicht gemacht, daß es Menschen töten soll. Wie wär's, wenn wir irgendeinen Hühnerstall mit unserem Besuch beehrten?« »Ich trau unserem Glücksstern nicht«, erwiderte der Lange ernsthaft und verdrießlich, »haben deine falschen Würfel uns etwas anderes als Ohrfeigen und Rippenstöße, die ich noch fühle, eingebracht? Wollte ein Mensch den Kater mit dem großen Bart, den du für ein Wunder in seiner Art auszugeben dachtest, sehen? Brachte es dir eine Krume Brot ein, daß du jenem alten griesgrämlichen Hökerweib von geträumten Nummern erzähltest?« »Die Talente unserer Finger haben wir noch nicht ausgeübt«, versetzte der Kleine, »man muß nicht alles so schwarz ansehen, vielleicht sind sie einträglicher als mein Witz.« »Verlaß dich darauf«, entgegnete der Lange, »uns gelingt nichts.« »Pfui, Heide«, fuhr der Kleine lustig auf, »du bist ein Christ und kannst so kleinmütig sein? Bei meinem Gewissen, nie werde ich schlechter von meinem himmlischen Vater denken als von meinem irdischen, der, obgleich er nur ein armer Schuster war, sich doch Tag und Nacht plackte und plagte, um seinem Jungen täglich den Bauch zu füllen. Die Gänse sind ordentlich ungeduldig, daß wir nicht kommen; folge mir, Kamerad, aus Religion folge mir!« Sie gingen weiter, der Kleine pfeifend und singend, der Lange einige Mal hustend und dazu fluchend, und kamen vor die Schenke des Dorfs, wo die Bauern sich regelmäßig alle Abende einfanden, um sich zu prügeln oder zu langweilen. In der räucherigen Stube verbreitete ein flakkernder Kienspan, der in einen Soden Torf gesteckt und auf den Ofen gestellt war, ein unbeständiges Licht; der vierschrötige Wirt stand mit auf den Rücken gelegten Händen vor dem großen Kachelofen; die Gäste saßen auf hölzernen Bänken umher mit Pfeifen im Mund, die bei einigen noch dampften, bei andern schon ausgegangen waren. Der Kleine hielt an und lauschte. »Hanns«, rief er dann aus und tat einen Sprung, »mir kommt ein besserer Einfall; wir gehen in die Schenke.« »Und lassen uns wieder hinauswerfen, wie damals«, sagte der Lange. »Ist heute der Todestag deiner Mutter, daß du so melancholisch bist, wie einer, der gehängt werden soll? Sieh doch nur einmal ins Fenster und betrachte dir diese Gesichter. Sehen sie nicht alle aus, als sollten sie vor Langeweile zerspringen?« »Und was folgt daraus?« »Wir wollen ihnen die Langeweile vertreiben und Geschichten erzählen, und nenne mich deinen Bruder, wenn das uns nicht was zu essen einbringt.« »Ich weiß nichts zu erzählen!« brummte der Lange. »Das ist schlimm«, versetzte der Kleine, »du siehst so interessant aus, als müßten dir die Geheimnisse aller Gefängnisse in einem Umkreis von hundert Meilen bekannt sein. Nun, laß mich nur machen; du kannst den Versteckten spielen, den Mann, der hinter dem Berg hält. Hier ist die Tür, Gott gebe nur, daß sie nicht verschlossen sei, wenn sie uns erst lange beleuchten, so lassen sie uns nicht ein, denn ein Wirt ist nicht wie der liebe Gott, vor dem kein Ansehen der Person gilt.« Der Kleine öffnete die Tür mit möglichst wenig Geräusch. »Hör du«, flüsterte ihm der Lange grimmig ins Ohr, »die Tracht Prügel, der ich vermutlich entgegengehe, gebe ich dir doppelt zurück, sobald wir wieder allein sind. Wärst du nicht gewesen, so wäre ich bei meinem Meister geblieben und nun bald Geselle!« »Auf die möglichen Grobheiten und Handgreiflichkeiten des rothaarigen Schurken drinnen«, versetzte der Kleine, »baue ich eben meine letzte Hoffnung. Vergreift er sich an mir, so falle ich sogleich wie tot nieder und werde es schon einrichten, daß irgendwo Blut läuft. Dann steht es bei dir, wie bejammernswürdig du den Zustand deines armen, mißhandelten Freundes finden willst; ich will dem Kerl Schreck genug in die Glieder jagen, und bevor er sich zu einem Nachtessen und allem übrigen bequemt hat, erwecken mich drei Eimer Wasser nicht aus meiner Ohnmacht.« Sie traten in die Gaststube und wurden von den Bauern neugierig, von dem Wirt finster betrachtet. Jürgens erste Frage war, ob nicht der berühmte Doktor Paracelsus im Dorf wohne. Die Frage wurde verneint. Ob sie denn nicht im Dorf Theofrastica wären? Das Dorf führte einen ganz anderen Namen. »O mein Freund«, rief Jürgen nun aus und fiel Hanns mit Leidenschaft um den Hals, »wie recht hast du, wenn du sagst, das Unglück verfolge uns. Alle bösen Geister durchkreuzen unseren Weg, und warum? Weil wir einem Geheimnis auf der Spur sind, dessen Besitz sie doch dem König Salomon willig gönnten. Gewiß ist der Ziegenbock, der sich nachher in einen großen schwarzen Hund mit glühenden Augen und dann in einen langen finsteren Schatten verwandelte, niemand als der Teufel selbst gewesen, und nur unserem eifrigen Gebet haben wir es zu danken, daß er uns kein Leid zufügen konnte.« »Ein Ziegenbock? Was ist euch mit diesem Ziegenbock passiert, mein Freund?« fragte mit heiserer und vor Alter zitternder Stimme des Wirtes achtzigjährige Schwiegermutter, die, das weiße Haupt in die Hände gelegt und die welken Arme auf die Knie gestützt, in einem Winkel kauerte. »Das Abenteuer ist wunderbar oder vielmehr grauenhaft genug«, entgegnete Jürgen und ließ sich hinter einem Tisch nieder, »aber gegen unsere übrigen Abenteuer lohnt es sich kaum der Mühe, es zu erzählen. Besonders das Leben meines Freundes besteht aus einem Gewebe von fast lauter Unbegreiflichkeiten; aber freilich, wer wie er bei seiner Seele Seligkeit den Schwur unverbrüchlichen Stillschweigens hat ablegen müssen, der wird nichts verraten.« Aller Blicke richteten sich bei diesen Worten auf Hanns; er seufzte und legte sein Gesicht auf den Tisch, was große Wirkung tat. »Übrigens«, fuhr Jürgen fort, »hört man Begebenheiten, wie sie mir zugestoßen sind, auch nicht jeden Tag, und wenigstens bis heute habe ich mir das Recht zu bewahren gewußt, sie dem Bösen zum Trotz unter Freunden mitzuteilen. Aber, Gott sei bei uns, da ist er, da ist er wieder!« Er deutete mit der Hand aufs Fenster; ein Ziegenbock schaute gravitätisch durch die dunklen Scheiben hinein. Der Bock gehörte dem Wirt; er hatte die Tür seines Stalls offen gefunden und war hinausspaziert. Daran dachte aber kein Mensch, und selbst am folgenden Morgen, als das Rätsel sich aufklärte, bestand die Alte darauf, der Bock müsse geschlachtet werden, denn der Teufel habe ihn mißbraucht; sie ruhte auch nicht, bevor es geschah. Alle, Jürgen nicht ausgenommen, dessen Lügen das Tier so unerwarteterweise unterstützte, schraken zusammen, als sie den Bock erblickten. Wenigen entging es, daß seine Augen glühten wie Feuerräder, einer hatte, wie sich später ergab, sogar bemerkt, daß er sich hinten in einen Hund verlor. Jürgen sah Hanns, der ganz blaß geworden war, triumphierend an, sobald der Bock sich wieder vom Fenster zurückgezogen hatte. Die Bauern dachten nicht daran, zu ihren Weibern zurückzukehren, obwohl die gewöhnliche Aufbruchsstunde schon gekommen war; sie mußten zuvor die Geschichte des Fremden hören, auch zitterten sie, draußen einen zu treffen, dem sie nicht gern begegneten, und der vielleicht wegen Grenzpfahlverrückungen und anderer Kleinigkeiten ein Sträußchen mit ihnen zu pflücken haben möchte. Sie ließen sich frisches Getränk bringen; dies nahm dem Wirt die letzte Wolke des Unwillens gegen unsere Freunde von der Stirn, zuvorkommend setzte er ihnen Bier, Brot und kaltes Fleisch vor und versprach ihnen ein Nachtlager obendrein, verlangte dafür aber von Jürgen, seinen merkwürdigen Lebenslauf zum besten zu geben. – Jürgen begann ohne weitere Vorrede: »Ich bin das uneheliche Kind eines armen, aber schönen Mädchens und kann in Wahrheit nicht angeben, wer mein Vater ist, sonst würde ich ihn aufsuchen und ihn unterstützen oder nach Befinden der Umstände mich von ihm unterstützen lassen. Daß der reiche, vornehme Kaufmann, auf den meine Mutter aussagte, mein Vater sei, kann ich nicht glauben; denn das eine Mal, daß ich ihn mit dem teuren Namen begrüßte, traktierte er mich mit Ohrfeigen, und so spricht kein Vaterherz! Meine Mutter glaubte, als sie mich geboren hatte, nichts Besseres tun zu können, als mit mir in einen Bach zu springen; an der Ausführung dieses schnöden Vorhabens hinderte sie ein alter Doktor, der im Ruf eines Schwarzkünstlers stand und für sie und ihr Kind zu sorgen versprach, falls sie ihm den Knaben in seinem siebenten Jahr übergeben wolle. Der Doktor hielt sein Versprechen, meine Mutter das ihrige auch, und so kam ich, als ich mein siebentes Jahr erreicht hatte, in des Doktors Hände. Anfangs fürchtete ich mich entsetzlich vor dem Doktor und wollte durchaus nicht bei ihm bleiben; er war ein kleiner, unheimlich dünner Mann und trug beständig einen schwarzen bauschigen Rock von wunderlichem Zuschnitt, in welchem er sich mit seinem unveränderlichen leichenblassen Gesicht ausnahm wie ein vor der Zeit aus dem Grab zurückgekehrter Toter. Der Doktor wußte aber mit Kindern umzugehen; er gab mir Mandeln und Rosinen, machte mir allerlei Spielwerk, schenkte mir bunte Bilderbücher und spielte sogar Verstecken und Huckebock mit mir, so daß ich ihn bald von Herzen lieb gewann. Wie ich älter wurde, lehrte er mich vielerlei, gab mir auch große Bücher zum Studieren, woraus ich vornehmlich die Pflanzen und ihre verborgenen Eigenschaften und Kräfte kennenlernte; nachdem ich diese Wissenschaft erlangt hatte, schickte er mich auf die Berge, um in gewissen Stunden, die er mir genau bezeichnete, gewisse Kräuter und Moose zu pflücken, dabei schärfte er mir aufs dringendste ein, mich aller Gedanken ans zweite Geschlecht zu entschlagen, sonst würden die Geister, die jene Kräuter bewachten, Macht über mich bekommen, mich überwältigen und töten. Die Wahrheit ist, daß die Kräuter ihre wunderbaren Kräfte verlieren, wenn eine unreine Hand sie pflückt, ich glaubte meinem Herrn aber alles und hielt mich vollkommen überzeugt, daß an einen Kuß, ja an etwas noch Geringeres, unmittelbar mein Tod geknüpft sei; daß ich mich bei dieser Überzeugung wenig zum Küssen aufgelegt fühlte, kann man sich denken. Dies Leben führte ich lange fort, ohne mich nur darum zu kümmern, wozu denn mein Herr die Kräuter, die ich oft mit so viel Beschwerde und Mühseligkeit einsammeln mußte, gebrauchte; ich dankte dem Himmel, wenn er sich in sein Laboratorium einschloß, weil ich wußte, daß er mir dann in einigen Tagen nichts befehlen würde; ich aß und trank und war vergnügt. Eines Tages, als mein Herr sich wieder zurückgezogen hatte, ging ich zufällig in sein Studierzimmer und bemerkte dort ein kleines schwarzes Kästchen, das ich noch nie bemerkt hatte; ein Schlüssel steckte darin, ich konnte meiner Neugierde nicht widerstehen, ich mußte es aufschließen. Ich fand nichts darin als ein altes Buch; wie erstaunte ich aber, als ich, wie ich das Buch aufschlug, sah, daß es die Anleitung enthielt, auf nächstem Weg den Stein der Weisen zu gewinnen. Ich fing an, in dem Buch zu lesen, es ward mir aber dabei ganz peinlich zumute, mir war, als ob ich unsichtbar von einer fürchterlichen Gesellschaft umgeben sei, ich hätte das Buch gern wieder weggelegt, doch ich vermochte es nicht. Nach wenigen Minuten trat mein Herr herein, er warf einen fürchterlichen Blick auf mich und riß mir das Buch aus der Hand, er wurde aber gleich wieder freundlich, sagte: ›Wir sprechen uns nachher‹, schloß das Buch ein und entfernte sich. Mein Herr beobachtete jedoch seinem Versprechen zuwider zu meinem größten Verdruß über das Vorgefallene das tiefste Stillschweigen; er setzte nicht einmal mehr den Unterricht über die natürlichen Dinge mit mir fort, und ich sah wohl, daß er nicht geneigt war, mir etwas von dem anzuvertrauen, was ich zu erfahren brannte. Er hätte mich gewiß von Herzen gern fortgejagt, wenn er meiner nicht zur Erlangung der von ihm unentbehrlichen Kräuter bedurft hätte; da er aber alt und gichtbrüchig war, so konnte er nicht selbst die Berge besteigen und mußte sich, so schwer es ihn ankommen mochte, freundlich gegen mich bezeigen. Ich nahm jetzt aber Zeit und Gelegenheit besser wahr als vorher; ich sah meine Bücher mit ganz anderen Augen an und studierte nicht wie sonst, bloß deswegen darin, um den Vorwürfen und Ohrfeigen des Doktors zu entgehen. Ich machte mich über seine Papiere her, sooft ich nur konnte, und schrieb mir die wunderbaren Rezepte ab; es gelang mir sogar, mittels eines falschen Schlüssels, mich tagelang in den Besitz jenes alten Buchs zu setzen und« (hierbei sah Jürgen mit stolzen Blicken im Kreis seiner Zuhörer, die aufmerksam und ehrfurchtsvoll an seinen Lippen hingen, herum) »ich las es nicht ohne Frucht. Gar bald drang ich vor zur Kenntnis der vier Erden, die sich in der Heiligen Nacht bei einer durch die Knochen eines unschuldigen Lammes genährten Flamme begatten müssen, der güldene Löwe konnte sich meinen spähenden Blicken nicht länger verbergen, und wie nah ich dem letzten Geheimnis war, das zeigten mir die tückischen Streiche der immer wachsamen Geister, die mich irrezumachen suchten, weil sie mich fürchteten. Da hatte ich das Unglück, mich zu verlieben. Ich nenne es ein Unglück, denn dieser verwünschte Umstand ist schuld daran, daß ich mich jetzt in einer Lage befinde, wo ich für die Erreichung meines hohen Zwecks wenig tun kann. Ich möchte rasend werden, wenn ich, der ich vielleicht nach Jahren imstande sein werde, ganze Misthaufen, ja den Erdkörper, sofern ich dumm genug dazu wäre, in Gold zu verwandeln, des Morgens Hosen anziehen muß, deren mancher Bettler, ich übertreibe nicht, sich schämen würde; doch ich weiß, wer ich bin, und ertrage mein Schicksal mit Geduld, wie sich's gebührt. Die Schönheit eines Mädchens riß mich hin; daß sie lebhaften Anteil an mir zu nehmen, daß sie nicht ohne mich leben zu können schien, behagte meiner Eitelkeit und brachte meine Sinne gänzlich in Verwirrung. Statt auf die Berge zu klettern, schlich ich mich eines Morgens, wo sie in ihrer Hütte allein war, zu ihr. Leider hatte der Doktor, der mir, was diesen Punkt anbelangt, nicht mehr trauen mochte, mir nachgelauert, er machte sich sogleich trotz seiner Krücken auf den Weg, um seinen Kräuterlieferanten in der Versuchung beizustehen, aber was half's dem armen, gichtbrüchigen Mann? Er kam eben früh genug, um sich mit seinen eigenen Augen zu überzeugen, daß er – zu spät kam! ›Verfluchter‹, rief er aus und schäumte vor Wut, ›nun komm mir nicht wieder über die Schwelle.‹ Im ersten Ärger versetzte er mir mit seiner Krücke einen derben Schlag über den Arm; diese Beschimpfung unter den Augen meiner Geliebten war zu groß, das Blut empörte sich in meinen Adern, ich ergriff ihn bei seinem langen Bart und hätte ihn gewiß zu Boden geworfen und mit Füßen getreten, wenn mir nicht plötzlich eine wirksamere Art, Rache zu üben, in den Sinn gekommen wäre. ›Ich gehe zum Doktor Paracelsus‹, flüsterte ich ihm zu, ›und bringe dem das Rezept der grünen Erde.‹ Der Doktor wurde noch bleicher, als er immer war, und starrte mich an; dann aber schlug er eine gellende Lache auf und rief: ›Ei, junger Tor, ich weiß wohl und hab's dir selbst gesagt, daß dem alten Paracelsus nur noch die grüne Erde fehlt, um in die Tiefen und Abgründe der Natur zu dringen, wohin es ihm beliebt; aber eben die grüne Erde – ha! ha! ha!‹ Jetzt raunte ich dem Doktor drei chaldäische Worte ins Ohr, die keine sterbliche Zunge nach Sonnenuntergang aussprechen darf; da mochte ihm eine Ahnung aufgehen, wie weit der faule Mensch, dem er jahrelang kaum durch den Ochsenziemer einige Neigung für die Wissenschaften hatte beibringen können und den er zu sehr verachtet hatte, um es nötig zu finden, vor ihm etwas zu verbergen, während der letzten Zeit in sein Tun und Treiben eingedrungen sei. Er warf sich vor mir auf die Knie und beschwor mich, ihm nicht durch unzeitige Entdeckung den Preis eines langen, mühevollen Lebens zu entreißen; er bat mich, mit ihm zurückzukehren, und versprach mir, mich in alle seine Geheimnisse einzuführen. War es Trotz, der sich nicht bezwingen lassen wollte, oder war es Furcht, die mich von der Rachsucht und dem Neid des unheimlichen Alten das Äußerste befürchten ließ, ich weiß es nicht, genug, ich verweigerte fest und bestimmt jede Aussöhnung. Da sprang er rasch vom Boden auf, als ob er wieder Jüngling geworden wäre; über sein Gesicht flammte eine wunderliche Röte, und seine Augen schossen Blitze, es war, als wollte der böse Feind selbst mit all seinen Schrecken hervortreten aus des alten Mannes schwacher und gebrechlicher Gestalt. ›O du verruchter Satan‹, rief er mir mit einer Donnerstimme zu, ›ich hab's wohl gedacht; hätte ich dir doch gestern den Trank gegeben, den du heute abend zum Dank für deine Hinterlist in deinen Wein empfangen solltest, dann könntest du im Bauch des

Kirchhofs gegen deine Sargnachbarn ausplaudern, was du zu wissen meinst! Ach, daß gerade heute das wunderbarste aller Moose in die Blüte treten mußte, und daß ich außer dir niemand hatte, der es pflücken konnte!‹ Nun war es ordentlich, als ob er wieder zusammenknickte, er stieß einen tiefen Seufzer aus, griff nach der Krücke und schlich sich keuchend fort.« Jürgen machte eine Pause und trank, wie zur Erholung auf den in der Erinnerung noch einmal überstandenen Schreck, ein Glas Bier. Der Wirt, der während des Fortgangs der Erzählung im Zweifel, wie die übrigen Anwesenden im Glauben erstarkt war, ergriff diese Gelegenheit, einen garstigen Einwurf vorzubringen. »Ihr nanntet«, hob er an, »vorhin Eure Liebschaft ein Ungück; mir scheint, ein Unglück, das dem Menschen das Leben rettet, kann er sich wohl gefallen lassen.« Hanns hustete und strich sich mit der Hand über die Stirn; Jürgen aber, statt in Verwirrung zu geraten, versetzte mit unvergleichlicher Unverschämtheit: »Ihr habt recht« und fuhr ruhig fort. »Man kann es sich leicht denken, daß ich, eben im Begriff, Berg- und Felsspitzen zu erklimmen, nicht sonderlich gekleidet war; dennoch fühlte ich mich nicht im geringsten versucht, das Haus des Doktors mit meinem Fuß wieder zu betreten. Ich gab meinem Mädchen einen letzten Kuß, das arme Kind mochte fühlen, daß es ewigen Abschied gelte, und hielt mich fest; ach, ihrer Leidenschaftlichkeit habe ich diesen abscheulichen Riß in meinem Wams zu danken! Ich eilte zu meinem Freund; er lebte damals – jetzt sieht man's ihm nicht recht mehr an – in wahrhaft glänzenden Verhältnissen! Doch er liebte mich; ›Bruder‹, rief er aus, ›ich begleite dich bis ans Ende der Welt‹, und umarmte mich mit einem Ungestüm, daß ich, ich hab nicht die Brust eines Riesen, nicht zum zweitenmal so umarmt zu werden wünsche. Nun begaben wir uns sogleich auf den Weg, um den Doktor Paracelsus so schnell wie möglich zum glücklichsten der Sterblichen zu machen. Wie weit haben wir noch bis Theofrastica?« Die Bauern schüttelten den Kopf; keiner hatte den Namen eines solchen Ortes jemals nennen gehört. »Gott stehe uns bei«, wehklagte Jürgen, »so hat der Feind uns die ganze lange Zeit hindurch, daß wir auf der Wanderung sind, getäuscht; noch am Eingang dieses Dorfes begegnete uns ein einäugiger Mann mit gestreiften Beinkleidern und versicherte uns, wir wären am Ziel.« »Himmlische Gerechtigkeit!« rief einer der Bauern aus, »ich wollte schwören, das wäre mein alter Großvater gewesen, aber der kommt schon seit einem halben Jahr nicht mehr aus der Stube.« »Der Böse nimmt eine Gestalt an, wie er will«, versetzte Jürgen; »mein Freund hat's erlebt, daß er ihm als sein leibhaftiges Konterfei entgegengetreten ist und ihm erst verliebte Küsse, dann den Kopf zugeworfen hat.« Es war spät geworden, recht schadenfroh heulte der Wind ums Haus und warf die Regentropfen an die Fenster, nicht ohne Herzklopfen dachten die Bauern an ihren Heimweg in der finsteren Nacht, aber sie mußten sich doch zuletzt entschließen und brachen nicht, wie sonst, einer nach dem anderen, sondern friedlich und freundschaftlich alle auf einmal auf. Nur ein einziger Mann blieb zurück; dieser hatte sich den ganzen Abend von den übrigen dadurch ausgezeichnet, daß er sein Bier aus dem größten Glas trank, daß er den meisten Qualm aus seiner Pfeife jagte und daß er seinen breitgekrempten Hut keinen Augenblick vom Kopf herunter tat. Er war starkknochig und vierschrötig; sein breites, volles Gesicht war ein vollkommen glaubwürdiges Attestat, das der dankbare Magen über die regelmäßig empfangenen Futterlieferungen ausgestellt hatte; ein gewisser alberner Stolz, der sich vergebens durch die dicken, aufgequollenen Züge Bahn zu brechen suchte, bezog sich wohl auf einige klingende Taler in der Tasche oder auf einen fetten Ochsen im Stall. Der Mann trat auf Jürgen zu, legte ihm plump die Hand auf die Schulter, sah ihn eine Zeitlang mit lächerlichem Ernst an und fragte ihn dann: »Junger Mensch, seid Ihr Eurer Sache gewiß, ich meine, daß Ihr Gold machen könnt?« »Wäre ein Kruzifix bei der Hand«, entgegnete Jürgen vornehm, »so könnte ich, sofern es mir beliebte, Euren Zweifel durch einen Schwur entkräften!« »Es ist kein leichtes Stück Arbeit«, bemerkte der andere. »Es geht«, erwiderte Jürgen, »auch keineswegs so schnell vonstatten, wie man etwa eine Bratwurst stopft oder Schinken in den Rauch hängt!« »Könnt Ihr Euch wohl einen Tag im Dorf aufhalten?« »Was meinst du, Freund?« sagte Jürgen, indem er sich zu Hanns wandte. »Unsere Zeit ist kostbar«, erwiderte Hanns langsam, »doch wenn's nicht länger ist –« »Gut«, versetzte der starkknochige Mann, »morgen in aller Frühe bin ich wieder hier, bis dahin laßt Euch im Wirtshaus nichts abgehen, ich bezahle alles.« Er rückte vor Jürgen ein klein wenig den Hut und ging, ohne von Hanns Notiz zu nehmen, hinaus, der Wirt folgte ihm mit dem Licht. »Wer war der Mann?« fragte Jürgen lauernd, sobald der Wirt zurückkam. »Es ist Meister Jacob«, versetzte der Wirt, »unser Hufschmied und der einzige Hufschmied in einer Runde von drei Meilen. Diesem Umstand allein hat er es beizumessen, daß sich, seiner Ungeschliffenheit und närrischen Hoffart ungeachtet, seine Kundschaft nicht vermindert. Man kann doch nicht immer eine Reise von einigen Stunden darum tun, wenn man ein Roß beschlagen will.« »Der Meister Jacob«, sondierte Jürgen weiter, »ist wahrscheinlich reich und macht sich deswegen nicht viel aus seiner Schmiede und seinen Kunden!« »An Vermögen fehlt es ihm freilich nicht«, entgegnete der Wirt und begann, für seine beiden Gäste hinter dem Ofen eine warme Streu einzurichten, »doch das ist der Grund nicht, weshalb er Hammer und Amboß über die Achsel ansieht.« »Ei, was denn?« fragte Jürgen mit einer Hast, die von dem gleichgültigen Ton, in dem er bisher das Gespräch geführt, gar sonderbar abstach. »Der Meister Jacob verzehrt viel Geld bei mir«, versetzte der Wirt, »doch das soll mich nicht abhalten, mit der Sprache gerade herauszugehen. Mit einem Wort, er ist der größte Narr unter der Sonne. Dieser Mensch, der so dumm ist, daß ihn ein Kind überlistet, bildet sich ein, er sei zu großen Dingen berufen, und die Welt werde noch einmal über ihn staunen. Ihr lacht, man sollte es nicht für möglich halten, und doch ist's wahr. Fragt man ihn, was er denn von sich und der Zukunft erwartet, so gesteht er ohne Umstände ein, er wisse es selbst nicht, aber das alles, setzt er dann mit listig zugekniffenen Augen hinzu, wird sich zu seiner Zeit schon finden.« »Welche Torheit für einen Mann, dessen Haare sich schon grau färben«, sagte Hanns. »Nicht zu vorschnell«, unterbrach ihn Jürgen mit Würde, »ich fühle mich zu diesem Mann wunderbar hingezogen. Vielleicht hat das, was die Welt Torheit und Wahnsinn schilt, einen tieferen Grund. Oft bleiben die Ohren der Weisen verschlossen, und den Einfältigen offenbart sich der Himmel!« »Dagegen läßt sich nichts einwenden«, sagte der Wirt mit einem schlauen Lächeln, »denn es steht in der Bibel.« Hierauf wünschte er Hanns und Jürgen eine gute Nacht und begab sich in ein anstoßendes Gemach zu seiner Frau, die, weil sie sich nun einmal bei Licht des Schlafes nicht erwehren konnte, regelmäßig einige Stunden vor ihrem Mann zu Bett ging. Kaum war er fort, als Jürgen jubelnd in der Stube herumzuspringen und alle Zeichen einer ausgelassenen Freude von sich zu geben begann. »Still doch, Mensch, still doch«, wispelte Hanns, »wenn du das Lärmen und Hantieren nicht einstellst, so wirft er uns noch um Mitternacht aus der Tür.« »Grützkopf«, versetzte Jürgen, »ich wette, du ahnst es gar nicht, daß wir heute abend den Stein der Weisen gefunden haben!« »Ich verstehe dich wohl«, erwiderte Hanns, »denn ich kenne deine Frechheit; aber ich übersehe ebensowenig, daß, wenn wir uns bei Meister Jacobs Torheit in die Kost legen, seine Weisheit plötzlich einmal erwachen und uns eine garstige Zeche abfordern wird, die er dann vermutlich mit einer Eisenstange eintreibt.« »Was täte das, Kerl!« unterbrach ihn Jürgen, »ich denke, dein Rücken ist lange genug dein Zahlmeister gewesen, um auf so etwas gefaßt zu sein.

Diesmal aber fürchtest du, wo nicht zu fürchten ist. Ich habe einen Plan, einen Plan – – Hanns, seit ich diesen Plan ausgeheckt, muß ich auf jeder billigen Waagschale um zehn Prozent im Wert gestiegen sein!« »Wie du nur solch eine Geschichte so in einem Atem zusammenlügen konntest«, sagte Hanns kopfschüttelnd, »ich muß bekennen, solange du erzähltest, lag ich in einer Art von Fieber, denn endlich, dachte ich, muß der Krug, der so unmenschlich keck zu Wasser geht, doch wohl brechen!« »Erzählen ist eine Kunst, die sich von meiner Großmutter her auf mich vererbt hat«, entgegnete Jürgen, »und Wunderdinge erzählen sich am leichtesten, da niemand verlangen kann, daß man sie ihm erkläre. Übrigens war's ja, Kleinigkeiten und die nötigen Vergoldungen abgerechnet, wirklich meine Lebensgeschichte. Setze an die Stelle des Doktors den geizigen Apotheker, zu dem mich mein Vater in die Lehre tat; nimm den Kräutern, die ich sammeln mußte, ihre edelsten Kräfte und lege ihnen die gemeinen schweißtreibenden und abführenden bei; entzieh meiner Liebschaft etwas von ihrem Glanz und mache sie zu einem vertraulichen Verhältnis zu der Magd im Haus, das der Apotheker am Lehrling nicht dulden wollte, weil er es sich selbst wünschte; besonders aber zieh über deine glänzenden Verhältnisse einen Strich und erinnere dich, daß du bei deinem Meister, dem tauben Grobschmied, bloß arbeiten, aber nicht essen solltest, bleibt dann noch etwas zu verändern übrig?« »Ich wollte doch«, entgegnete Hanns und kratzte sich hinter den Ohren, »ich wäre bei dem Meister geblieben, dann wäre ich nun bald Geselle! Du machtest mir, als dein Herr dich aus der Tür geworfen und dein Vater dir die seinige vor der Nase zugeschlagen hatte, eine so leckere Beschreibung von der Freiheit, daß mir das Maul danach wässerte wie nach einer Martinsgans. Hol der Teufel die Freiheit, die dem Menschen nichts bringt als Hunger und Durst und die Aussicht auf ein Gefängnis! Ich sehne mich ordentlich nach Arbeit, und während du dem Meister Jacob Gold machst, möchte ich ihm wohl Hufeisen, Nägel und Radfelgen verfertigen.« »Deine niederträchtigen Geschicklichkeiten werden uns am Ende noch verraten«, fuhr Jürgen auf, »nun komme her und strecke deine faulen Knochen aufs weiche Stroh; so gut haben wir's lange nicht gehabt. Der Ofen ist noch so warm, daß ich die Hand nicht daranhalten kann; wie das behagt!« Ermüdet, wie sie waren, schliefen sie bald ein; nach Verlauf von ungefähr einer Stunde wurde Jürgen durch ein ängstliches Ächzen und Stöhnen seines Gefährten geweckt. Verdrießlich über die Störung seiner nächtlichen Ruhe, stieß er Hanns derb mit dem Ellbogen in die Seite; wie ward ihm aber, als er diesen »Ach Gott, ach Gott«, rufen und alle Gebete, die er von Kindesbeinen an auswendig gelernt haben mochte, unter lautem Zähneklappern hersagen hörte. Jürgen konnte sich des Lachens nicht erwehren. »Dem träumt gewiß, er wird gehenkt«, dachte er, »weil ich gestern abend von den Gänsen sprach; einen betrübteren Kameraden hätte ich nicht finden können.« Dann ergriff er ihn beim Arm, schüttelte ihn und rief: »Kerl, ermuntere dich doch!« »Du bist's?« sagte Hanns und holte einen tiefen Seufzer. »Wer sollt's anders sein?« versetzte Jürgen. »Entsetzliche Dinge hab ich überstanden!« sagte Hanns. »Du hast davon geträumt!« verbesserte Jürgen. »Nein, nein!« fiel ihm Hanns mit Heftigkeit in die Rede. »Ich möchte sagen, ich wäre vor Angst gestorben, wenn ich nicht noch lebte. Nur kaum hatte ich die Augen geschlossen, da kam etwas zu mir heran und legte sich auf mich wie Blei, daß ich kein Glied zu rühren vermochte und zu ersticken meinte.« »Du lagst vermutlich auf'm Rücken«, sagte Jürgen spöttisch, »und da drückte dich dein eigen Blut, wie mein Herr, der Apotheker zu sagen pflegte.« »Deinem Herrn, dem Apotheker«, entgegnete Hanns gereizt, »schlüge ich drei Zähne aus, wenn er mir weismachen wollte, daß das Blut eines Menschen, das am Tage sowenig eine Last für ihn ist wie die Luft, bei Nacht ins Gewicht fällt wie ein Mühlstein! Die Nachtmähr war's, die mich ritt; ich hab das abscheuliche Ungeheuer ja selbst gesehen, sie hatte ganz kleine Zähne und eine hellrote Zunge, die ihr ellenlang aus dem Rachen hing und einen bläulichen Glanz ausströmte. Ich erkannte sie sogleich, denn meiner Mutter Bruder, der alte Christian mit dem lahmen Fuß, hat sie mir schon beschrieben, als ich noch auf den Armen getragen wurde. Das war aber noch nicht genug. Wie ich dies Ungeheuer anstiere und mich, in Erwartung eines unfehlbaren Todes, auf Stoßgebete besinne, fällt eine halbe Legion von häßlichen Teufeln über mich her und quält mich. Einer davon versetzte mir einen solchen Stoß in die Seite, daß mir alle Knochen krachten. Es schmerzt mich noch in den Kaldaunen!« »Nun, das nenne ich eine Narrheit!« rief Jürgen und hielt sich den Bauch, »die sich am Markt sehen lassen darf, denn schwerlich findet sie ihresgleichen.« »Du weißt«, versetzte Hanns zornig, »daß ich um Foppereien nicht viel gebe und am wenigsten zur Nachtzeit, wo ich entweder schlafe oder verdrießlich bin. Will mir einer abstreiten, was ich gesehen habe, so laß ich's gelten, denn das Auge kann sich täuschen, besonders im Finstern; wer mir aber meine Haut, mein Fleisch und Bein zu Lügnern machen will, dem tränke ich's ein. Die Prügel, die Striemen nachlassen, hab' ich wirklich bekommen, und du sollst mir an die Teufel glauben, weil ich den Stoß noch fühle!« »Blitz, alle Wetter!« fuhr Jürgen auf, »so nimm doch Vernunft an, den Stoß brachte dir ja niemand bei als ich. Dein vermaledeites Stöhnen hatte mich aus dem Schlaf geweckt, deshalb war ich erbost auf dich!« Hanns hatte keine Zeit, seine Verwunderung zu zeigen; ein sonderbares Geräusch, das sich draußen unter dem Fenster vernehmen ließ, bewog beide zum Schweigen und Aufhorchen. Es dauerte nicht lange, so wurde das Fenster geschickt aufgemacht, und eine Gestalt bemühte sich hineinzusteigen; sie hatte aber kaum ein Bein hereingebracht, als Jürgen, der hurtig aufgestanden und herangeschlichen war, dies umklammerte und dann aus Leibeskräften schrie: »Diebe! Diebe!« Auf diesen Ruf wurde der Wirt alsbald munter und stürzte in die Stube. »Steckt nur schnell einen Span an!« rief Jürgen ihm entgegen, »ich halte den Burschen schon, so unsanft er mich auch mit dem bestiefelten Fuß liebkost.« »Ich habe eben seine beiden Fäuste gepackt«, setzte Hanns hinzu, »er kann jetzt, wie Ihr hört, nur noch wimmern und fluchen.« Der Wirt kam mit einem brennenden Span zurück; der flackernde Schein desselben fiel auf ein spitziges, hageres, welkes Gesicht. »Ist es denn möglich!« rief der Wirt aus, sowie er den nächtlichen Gast ins Auge faßte, »Lise, Weib, das ist ja dein leiblicher Bruder!« »Leider, Schwager, bin ich's«, stöhnte der Gefangene, »tu mir die Liebe und mach nicht so viel Lärm.« »O der niederträchtige Filz«, knirschte die Frau, die mittlerweile ebenfalls herbeigeeilt war, »gewiß hat er die zwanzig Gulden, die er dir gestern endlich für den schon im Sommer gekauften und verzehrten Ochsen ausgezahlt hat, wiederholen wollen.« »Schwester, ich beschwöre dich, ruiniere mich nicht durch Schimpfen«, wimmerte der noch immer halb im Zimmer und halb draußen befindliche Dieb, »was ich gewollt habe, kann dir einerlei sein, du siehst, es ist mir mißglückt.« »Wär's nicht eine Schande für mich selbst«, sagte der Wirt, und kniff, vor Zorn über und über glühend, den Schwager in die Ohren, »so würde ich den Hund einstweilen in den Keller stecken und ihn morgen, am hellen, lichten Tag, gebunden an Händen und Füßen, zum Schulzen schleppen.« »Jetzt«, unterbrach ihn Jürgen, »spaziert er auf ein Viertelstündchen herein und wird gehörig abgegerbt, und sofern er sich den geringsten Schrei erlaubt –« »Schreien werde ich nicht«, versicherte der Hagere, ihm schnell ins Wort fallend, »die Nachbarn würden mich an der Stimme erkennen. Darf ich dich aber bitten, lieber Schwager«, setzte er mit weinerlicher Stimme hinzu, »so laß uns den Handel im Dunkeln abmachen, damit mich der Nachtwächter, wenn er vielleicht bei dir die Stunde abrufen sollte, nicht sieht, du weißt, in meiner Hantierung bedarf ich des guten Leumunds, und ich werde mich dir mit einem Scheffel Kartoffeln dankbar zeigen.« »Fort mit dir!« fluchte der Wirt und gab ihm einen Stoß vor die Brust, daß er aus dem Fenster flog wie eine hölzerne Puppe. Der Wirt begab sich nun wieder in sein eheliches Gemach, jedoch nicht, ohne den Freunden seinen lebhaftesten Dank zu bezeigen; sie hätten, meinte er, diesmal seinen wachsamen Hund, der leider vor einigen Wochen krepiert sei, aufs beste ersetzt. »Da hast du das Schicksal«, sagte Jürgen zu Hanns, als sie sich wieder auf der Streu dehnten, »vor drei Stunden fast selbst Diebe und nun nicht bloß ehrliche Leute, sondern noch etwas mehr als ehrliche Leute, den Gottlosen ein Greuel, den Sündern ein Stein des Anstoßes, über den sie Hals und Bein brechen.« Am anderen Morgen hatten sie nur kaum ihre Biersuppe und einen leckeren Eierkuchen, den die Wirtin aus Dankbarkeit dem Frühstück hinzufügte, verzehrt, als Meister Jacob hereintrat. Er hatte sich frisch rasiert und sich die Nägel beschnitten, ein Umstand, der Jürgen nicht entging, und auf den er das gehörige Gewicht legte. Beim Eintritt nahm er den Hut ab, setzte ihn indes wieder auf und steckte, bevor er ein Wort sagte, seine Pfeife an. »Wißt Ihr auch«, begann er nun, nach den ersten erquicklichen Zügen, mit einer wichtigen Miene zu Jürgen, »was mir geträumt hat? Ich sah Euch, so kam es mir vor, gewiß und wahrhaftig! Gold machen. Es waren lauter gehenkelte Dukaten, wie meine Tochter einen um den Hals trägt, und Ihr standet an einem großen Tisch mit Löwenfüßen und betriebt Euer Geschäft. Euer Kamerad stand neben Euch und schaute ebenso dumm drein wie ich selbst.« »Das ist ein einfältiger Traum«, versetzte Jürgen vornehm, »aus dem Schmelztiegel gehen wohl zuweilen Goldbarren hervor, doch niemals Dukaten. Und was meinen Kameraden anlangt, so möchte ich in der entscheidenden Stunde lieber dies oder jenes Kräutlein entbehren als die Kraft seines Gebets.« »Mit Gebet wird das Werk vollbracht?« fragte Meister Jacob voll Erstaunen. »Habt Ihr etwa erwartet, durch des Teufels List und Gewalt?« erwiderte Jürgen bitter. »Ihr nehmt mir dadurch eigentlich einen Stein vom Herzen«, sagte Meister Jacob, »man ist nun einmal gewohnt, dem Teufel das Goldmachen und dergleichen zuzuschreiben.« Es entstand eine Pause. »Meister«, hob Jürgen darauf an, »Ihr ersuchtet uns gestern abend, einen Tag im Dorf zu verweilen. Es liegt etwas in Eurem Gesicht, was mir sogleich gefiel, drum sagten wir Euch zu. Gleichwohl muß ich bekennen, daß mich diese Willfährigkeit jetzt gereut. Der Mensch muß sein Ziel verfolgen wie der Jäger das Wild, sonst entgeht es ihm gar zu leicht. Seid so gut und sagt uns ohne weiteren Aufenthalt, was Ihr von uns verlangt, damit wir fürbaß wandern können. Der Boden brennt mir unter den Füßen.« Meister Jacob hustete und sah den Wirt an; dieser verstand den Wink und ging hinaus. »Gold machen«, begann er nun verlegen, »ist eine schöne Kunst, und es ist einem Familienvater, einem Mann, der jahraus, jahrein den schweren Schmiedehammer schwingen muß, wohl nicht zu verargen, wenn er sie erlernen möchte.« »Das geht nur unter gewissen Umständen«, unterbrach ihn Jürgen achselzuckend, »in welchem Monat seid Ihr geboren?« »Im April.« »Dankt Eurer Mutter noch im Grab dafür«, fuhr Jürgen fort, »hätte sie Euch im März oder gar im Mai in die Welt gesetzt, so hätte der Mops, der unter dem Ofen liegt, gerade so viel Aussichten wie Ihr. Hoffentlich habt Ihr Eure Hände nie mit Menschenblut befleckt, d. h., Ihr seid kein Mörder und Totschläger?« »Bewahre Gott, nein!« »Und habt Ihr Mut? Wenn Euch plötzlich einmal ein Kopf mit einer Nase von zwei Ellen Länge über die Schulter guckte oder wenn zehn Finger vor Euch in der Luft herumkreuzten, ohne daß Ihr einen Arm, geschweige einen Körper, dem sie angehören möchten, erblicken könntet – würdet Ihr dem Schreck nicht erliegen?« »Geschieht das denn zuweilen?« fragte Meister Jacob. »Ich kann Euch wenigstens nicht versprechen, daß es *nicht* geschieht«, erwiderte Jürgen. »Ihr seht, ich bin aufrichtig gegen Euch.« »Ich glaube nicht«, versetzte Meister Jacob nach einer Pause der Überlegung, »daß mir solche Widerwärtigkeiten begegnen werden. Ihr denkt vielleicht, daß ich nur so in den Brei hineintappe, daß ich bloß, weil ich ihn fliegen sehe, den Vogel zu fangen meine. Dann wäre ich ein Narr. Nein, gottlob, die Sache ist anders. Von Kindesbeinen an weiß ich und bin aufs überzeugendste davon vergewissert, daß ich zu mehr als zum Brotessen bestimmt bin. Während meine Mutter mit mir schwanger ging, träumte ihr dreimal – merkt es wohl, dreimal hintereinander –, sie würde von einem Gerstenkorn entbunden, und dies verwandelte sich in eine Perle. Damals war hier im Dorf eine weise Frau, der erzählte meine Mutter ihren Traum, damit sie ihn auslege. Die sagte ihr, sie werde ein Kind mit sonderbaren Gaben gebären, ein Wunderkind. Diese nämliche Frau sagte ihren eigenen Tod voraus, und er traf richtig ein. Als ich nun zur Welt kam, da war ich gleich so dick und fett, daß meine Mutter die Prophezeiung der weisen Frau gar nicht mehr in Zweifel zog. Aber wie ich größer wurde, da wollte jedermann, und vornehmlich mein Vater, ein harter, unbilliger Mann, finden, ich sei eigentlich äußerst ungelehrig und ungeschickt, und ich hieß der dumme Jacob. Dies zog ich mir einmal an einem Abend zu Gemüte, wollte das Hühnel, das meine Mutter mir heimlich gebraten hatte, nicht essen, und begann bitterlich zu weinen. Meine Mutter trat zu mir und fragte: ›Jöbstchen, warum weinst du?‹ ›Ach‹, schluchzte ich, ›weil die Leute sagen, daß ich so dumm bin.‹ Damals hielt ich mich nämlich wirklich für dumm. ›Kind‹, versetzte meine Mutter und putzte mir mit ihrem Sacktuch die Nase, ›kehre dich nicht an die Leute. Ich weiß es wohl, daß dir die verwetterten krummen Dinger, die Buchstaben, nicht in den Kopf wollen. Was tut's? Als ich jung war, da überließ man das Buchstabieren den geistlichen Herren und denen, die es werden wollten, und die Welt ging nicht schlechter darum. Dein Vater rühmt sich, er habe in deinen Jahren schon gleich dem besten Gesellen ein Hufeisen aus dem Feuer schmieden können. Du kannst es freilich nicht, nun, daraus folgt, daß etwas anderes als ein gemeiner Grobschmied in dir steckt.‹ Hierauf erzählte sie mir haarklein alles, was sich zwischen ihr und der weisen Frau zugetragen hatte, und suchte mich von der Wichtigkeit meiner Person zu überzeugen. Trotzig und verstockt, wie ich vom Weinen und Heulen war, kostete es sie viel Mühe; endlich gelang es ihr, ich aß und trank und legte mich schlafen. Das Ding brannte mir wie glühendes Eisen im Kopf, ich hätte gar zu gern etwas davon begriffen. Da ich aber nie ein Freund vom Grübeln gewesen bin, ließ ich's bald ruhen und verließ mich, wie in hundert anderen Fällen, auf meine Mutter. Doch unterließ ich nicht, mich selbst an Leib und Seele zu untersuchen und meine Gaben für das Außerordentliche zu prüfen. Anfangs – noch jetzt muß ich über diese kindische Torheit lachen – glaubte ich steif und fest, das ganze Wunder läge in meiner besonderen Fertigkeit, Buben, die mich verhöhnten, die Ohren zu zwikken. Wie ich vernünftiger wurde und einen Bart bekam, hoffte ich auf Glück im Würfelspiel. Vielleicht, dachte ich später, kannst du Blinde sehend machen, aber sie blieben blind, wenn ich sie berührte. Mein Vater zwang mich, sein Handwerk zu erlernen, auch hab ich nach seinem Tod die Schmiede übernommen und ihr, wiewohl nicht ohne Widerwillen, seither vorgestanden. Ich muß bekennen, mein Glaube an die Weissagung ist in den letzten zehn Jahren etwas heruntergekommen; auch ist das wohl bei einem Mann, der die Fünfzig überschritten hat, ohne ein Titelchen von seiner geringsten Hoffnung erfüllt zu sehen, sehr natürlich. Aber als ich gestern abend vom Goldmachen sprechen hörte, da ging's mir plötzlich wie ein Licht auf, und« – Meister Jacob stockte und sah Jürgen an. Jürgen stellte sich mit kreuzweise über die Brust gelegten Armen vor seinen angehenden Discipulus hin, schaute ihm so lange keck und scharf in die Augen, bis er sie verwirrt niederschlug, und fragte ihn dann in so tiefem Baß, wie er seinem Organ abzwingen konnte: »Freund, Ihr habt Glauben, habt Ihr aber auch Geduld?« »Nicht viel!« versetzte Meister Jacob, rascher und bestimmter, als es Jürgen lieb war. »Und doch liegt zwischen Säen und Ernten lange Zeit!« bemerkte Jürgen. »Hier ist ja von Wundertun die Rede!« entgegnete Meister Jacob. »Nicht doch!« erwiderte Jürgen mit finsterem Gesicht, »es handelt sich hier bloß um einen Blick ins Kochbuch der Natur, der freilich nicht jedem Auge gestattet ist. Kennen wir aber einmal die Art und Weise, so gewinnen wir den Erden auf dem nämlichen Weg das goldene Blut ab, wie der Bauer seinem Acker den Roggen oder den Weizen. Wenn Zauberei dazu gehörte, meint Ihr, der gottesfürchtigste unter den Königen, der König Salomo, hätte sich damit befaßt, von dem doch weltbekannt ist, daß ihm die Elemente unterworfen waren?« »Nun, nun«, versetzte Meister Jacob, »hab ich für das bißchen Essen und Trinken dreißig Jahre hinterm Amboß ausgehalten, so – – hier meine Hand, schlagt ein und bleibt bei mir, statt den verfluchten Doktor, dessen Namen ich nicht behalten kann, aufzusuchen; ich verspreche Euch, die Zeit soll mir nicht zu lang werden!« »Noch eines!« sagte Jürgen und zog seine Hand zurück. »Ihr müßt Euch, mögt Ihr nun unmittelbar operieren wollen oder nicht, jedenfalls, wie ich selbst, drei schweren Bedingungen unterwerfen, denn sonst wären all unsere Bemühungen umsonst. Ihr habt ein Weib, nicht wahr?« »Ja.« »Ihr dürft Euch ihr um keinen Preis nähern!« »Das wird ihr nicht behagen.« »Irgendeine Speise ist Euer Leibgericht?« »Nichts geht mir über gekochten Schinken mit Sauerkraut!« »Das Gericht darf, ja, es muß auf Euren Tisch kommen, damit Ihr wirklich ein Opfer bringt!« Jürgen teilte nämlich, was Schinken und Sauerkraut betraf, Meister Jacobs soliden Geschmack und stellte seine Bedingung danach, »aber Ihr dürft es nicht anrühren!« »Teufel!« »Ihr habt hitziges Blut und haltet, man sieht's Euch an, gewiß mehr vom Dazwischenschlagen als von einem Prozeß. Aber Ihr dürft, sofern Ihr nicht bloß Gold suchen, sondern Gold finden wollt, nicht so viel Galle in Eurer Brust beherbergen wie eine Taube, nicht so viel wie eine Taube, ich wiederhole es!« »An diesem Punkt, fürchte ich«, gab Meister Jacob kleinlaut zur Antwort, »wird das ganze Vorhaben scheitern. Ich kenne mich, ich hab Stunden gehabt, wo ich meinen eigenen Vater hätte totschlagen können; aus einem Menschen, wie ich bin, wird nie eine Taube.« »Nun«, versetzte Jürgen, der sich, um nicht alles zu verlieren, hier nachgiebig zeigen zu müssen glaubte, »wenn Ihr den beiden anderen Bedingungen nur ganz getreu nachkommt, so läßt sich, falls Ihr das Unglück haben solltet, die dritte einmal zu brechen, immer wieder helfen. Doch soviel ist gewiß, jedes Aufbrausen, das Ihr Euch zuschulden kommen laßt, entfernt uns meilenweit wieder vom Ziel, dem wir uns ohnehin nur mit Hahnenschritten nähern können, und ließet Ihr Euch wider Verhoffen zum äußersten, ich meine zum Prügeln, von Eurem Ungestüm fortreißen, so – –« »Darf ich«, unterbrach Meister Jacob ihn, »die Wut an mir auslassen? Darf ich mir, wenn's in mir braust und überläuft, Haare ausraufen? Darf ich mit der Stirn gegen die Wand rennen und mir das Maul mit der Faust zerdreschen? Dies war von jeher mein Mittel, wenn ich meinem Widersacher nicht ans Kleid zu kommen wußte; da will ich von jetzt an denn immer denken, mein Feind sei auf den Mond geflüchtet!« »Ihr seid Herr über Euren Körper«, versetzte Jürgen nach kurzem Besinnen, »stellt mit ihm an, was Ihr wollt, niemand hat Euch dabei dreinzureden, wenn Ihr Euch nur nicht umbringt!« »Nun«, sagte Meister Jacob, hoch aufatmend, »so sind wir einig; begleitet mich denn, damit wir keine Zeit verlieren, unter mein Dach.« Meister Jacob zündete die Pfeife, die ihm längst ausgegangen war, wieder an und ging voraus. »Hatte ich gestern abend recht mit meinem Plan, hatte ich Ursache zu Freudensprüngen«, flüsterte Jürgen seinem Gefährten zu, der verdutzt über alles, was er gesehen und gehört hatte, wie im Traum neben ihm herging, »sind das Bedingungen, die ein Mensch halten kann, und ist der Gimpel sie desungeachtet nicht eingegangen? Ich werde kochen und destillieren und filtrieren, wie ich's noch vom Apotheker her verstehe, und wenn Kraut Kraut bleibt, so schreibt unser Mann es dem Umstand zu, daß er seinem Weib schöngetan oder hinter meinem Rücken Sauerkraut gegessen hat.« »Und was das Beste ist«, fiel Hanns ein, »gegen Prügel ist man gesichert; wenn er mit einem von uns unzufrieden wird, ohrfeigt er sich selbst!« Unter der Tür rief der Wirt, der den Horcher gemacht hatte, und den die unverschämte Prellerei, die er sich anspinnen sah, verdroß, den Meister Jacob an: »Ihr werdet doch kein Narr sein, Nachbar«, sagte er ziemlich barsch, »und Euch im Ernst mit den lügenhaften, zerlumpten Windbeuteln einlassen?« »Ich weiß es längst«, versetzte Meister Jacob zornig, »daß sich in diesem Nest jeder Esel für meinen Vormund hält, aber fegt getrost vor Eurer eigenen Tür, ich bedarf Eures Beistands nicht. Ich habe so gut meine Leuchte im Kopf wie andere und merke es wohl, wenn ich betrogen werde. Leute, denen ich vertraue, verdienen, daß man ihnen vertraut, und was ihre zerrissenen Wämser betrifft, so bin ich der Mann, der ihnen noch heute bessere auf den Leib schaffen kann!« Damit kehrte er dem wohlmeinenden Wirt unwillig den Rücken und faßte, um es ihm vollends deutlich zu machen, wie gut er seine Warnung zu würdigen wisse, Jürgen gleich seinem vertrautesten Freund unter den Arm. Meister Jacob gehörte zu denjenigen Leuten, die es nur dadurch, daß sie im eigentlichsten Verstand mit der Tür ins Haus fallen, zu zeigen verstehen, daß sie Herr im Haus sind. Er erhob daher gleich beim Eintritt in das seinige ein mörderisches Geschrei nach Bier, Brot und Wurst, fluchte entsetzlich und riß die Stubentür mit solchem Ungestüm auf, daß Babet, seine Tochter, ein junges, schönes Mädchen von siebzehn Jahren, die eben heraustreten wollte, erschreckt zurückfuhr. »Hier herein, meine Freunde!« rief er seinen Begleitern zu, »das Ding da wird für alles, was wir brauchen, Sorge tragen – ei was, der Edelmann wohnt hier nicht, daß Ihr erst lange die Schuhe reinigen müßtet – setzt Euch nieder, da, hinter den Ofen – was Teufel! Behaltet doch die Hüte auf dem Kopf, ich will den meinigen nur mit der Wollmütze vertauschen, die ist wärmer; Pfeifen! Alle Wetter, Pfeifen! Schlag der Donner drein, wenn er will, da kommt ein verfluchter Gaul, den ich beschlagen muß – – laßt Euch die Zeit nicht lang werden, in einer Viertelstunde bin ich wieder hier, ich sehe, es fehlen nur die Vordereisen!« Brummend ging Meister Jacob hinaus und zankte im Vorbeigehen mit Babet, die bald, nachdem er das Zimmer verlassen hatte, mit frischem Bier, dem Vorläufer des Frühstücks, das sie gleich hinterher auftrug, hereintrat. Sie war freundlich gegen die wunderlichen Gäste und ermunterte sie zum Essen und Trinken, doch geschah das in einem Ton, wie man Bettler zum Zulangen auffordert, und es half Jürgen wenig, daß er sein rechtes Bein über sein linkes schlug, Babet hatte das häßliche Loch im Beinkleid schon bemerkt. »Ein hübsches Dirndl, he?« sagte Hanns, sobald sie wieder in die Küche gegangen war. »Ich wollte, ich wäre kein so großer Lump«, erwiderte Jürgen, »und wenn ich mich morgen in Gold fassen ließe, es käme mir nicht aus dem Sinn, wie ich heute eingezogen bin. Es ist doch wahr«, setzte er wie in Gedanken hinzu, »ein ordentlicher Wandel ist was wert.« »Hier scheint alles vollauf zu sein«, fuhr Hanns fort, und seine großen, begehrlichen Augen streiften in der Stube wie Stoß- und Raubvögel, »der Meister Jacob muß sich schon aufs Goldmachen verstehen!« Babet kam wieder herein; sie gab sich den Anschein, als wollte sie nachsehen, ob es auch an etwas fehle, eigentlich aber kam sie, um die Schlüssel, die sie im Silberschrank hatte stecken lassen, abzuziehen und allerlei Kleinigkeiten auf die Seite zu schaffen. Jürgen, der jeglicher ihrer Bewegungen folgte, entging das nicht. »Warum issest und trinkst du nicht?« sagte

Hanns und kniff ihn in den Arm, auf den er, wohl unwillkürlich, den Kopf gestützt hatte. »Du hast recht«, versetzte er grimmig mit einem Blick auf Babet, die eben wieder hinausging, »Essen und Trinken ist die Hauptsache, alles andere ist Narreteiding!« Bald darauf trat ein ältliches, verwittertes Mütterchen, das aber trotz der Brille und den grauen Haaren noch voll Leben und Regsamkeit zu sein schien, in die Stube. Die Alte stieß nach dem ersten Blick auf unsere Freunde eine Art von unartikuliertem Laut aus, von dem sich schwer sagen läßt, ob er einem Gruß, einem Schrei oder einem Fluch am nächsten verwandt war; doch nahm Hanns ihn für einen Gruß und dankte höflich. Hundegeheul ließ sich vernehmen, Meister Jacob ließ den Hauspudel, der, sich dessen schon versehend, auf dem Flur listig an ihm vorüberschleichen wollte, durch einen Stoß, den er ihm in die Seite applizierte, seine Autorität fühlen; dann trat er mit Geräusch herein. »Hier, Frau, siehst du zwei Männer«, deklarierte er der Alten, »die von jetzt an deine täglichen Haus- und Tischgenossen sind und die du ehren sollst wie mich selbst. Richte ihnen eine Schlafkammer ein, und vor allen Dingen laß Babet hurtig zum Gevatter Schneider springen, er soll sich tummeln und das Maß nicht vergessen. Auch bringe von meinen Hemden und Unterjacken, was eben zur Hand ist, meine Freunde können vielleicht Gebrauch davon machen. Nicht ein solches Gesicht, Weib, Donner und Wetter, ich kann's nicht leiden, daß bei dir immer der Nebel steigt, wenn er bei mir fällt. Ahnst du denn gar nicht, welch Heil uns heute widerfährt?« Wenige Tage verstrichen, da gingen Hanns und Jürgen wie neugeboren aus den Händen des Schneiders hervor, und wenn sich bei dem dürren Hanns die Metamorphose darauf beschränkte, daß er aufgehört hatte, eine Vogelscheuche zu sein, so war dagegen Jürgen wirklich ein Mensch geworden und zeigte, daß er sich in ein ordentliches Wams zu schicken wußte. Mittlerweile hatte Meister Jacob neben seiner Werkstatt für ein Laboratorium gesorgt; die Materialienhandlung im benachbarten Städtchen lieferte eine Masse Kräuter und chemische Stoffe, und der Schöpfungsprozeß, der kein Ende nehmen konnte, nahm einstweilen seinen Anfang.

NACHWORT

»Ich fange dieses Heft nicht allein meinem künftigen Biographen zu Gefallen an, obwohl ich bei meinen Aussichten auf die Unsterblichkeit gewiß sein kann, daß ich einen erhalten werde. Es soll ein Notenbuch meines Herzens sein, und diejenigen Töne, welche mein Herz angibt, getreu, zu meiner Erbauung in künftigen Zeiten, aufbewahren.« Der, dem diese ironisch-feierliche Einleitung seiner Tagebücher aus der Feder floß, besaß so gut wie nichts, vor allem nicht die Aussicht auf Unsterblichkeit. Es war der zweiundzwanzigjährige Friedrich Hebbel, Sohn eines Dithmarscher Maurers, der sich nach dem Tod des Vaters 1827 als Botenjunge und Schreiber im Hause des Kirchspielvogts nicht nur den Lebensunterhalt verdient, sondern auch durch die umfangreiche Bibliothek seines Hausherrn gelesen hatte. Diese Lektüre war der Grundstock seiner Bildung, die er in Hamburg mittels eines Studiums auf eine solide Basis zu stellen hoffte. Die nötige Vorbereitung und Unterstützung versprach ihm seine »Entdeckerin«, die Unterhaltungsschriftstellerin Amalie Schoppe, die einige seiner frühen Gedichte in ihren »Neuen Pariser Modeblättern« veröffentlicht hatte.

Die Gedankenwelt des jungen Hebbel war vor allem durch die Ideen des deutschen Idealismus geprägt. »Im Formalen sind Uhland und Schiller die Vorbilder des jungen Poeten, das ist völlig deutlich, aber die Stoffe sind dunkel und abseitig: Traum, Schmerz, Mitleid, Dunkel, Nacht und Unheimliches sind die Themen, die Hebbel gestaltet. Sie sind aus seinem grüblerischen Lebensernst zu begreifen und aus dem Studium der Schriften von Gotthilf Heinrich Schubert und Ludwig Feuerbach«, schreibt die Hebbel-Biographin Anni Meetz. Feuerbachs Thesen führten ihn zur Bekanntschaft mit dem Werk Hegels und zur Beschäftigung mit den philosophischen und religiösen Streitfragen zur Zeit der französischen Julirevolution von 1830. Als Hebbel 1835 die »ungeliebte Sklaverei« im Dithmarscher Wesselburen verließ, waren die Eckpfeiler seiner Weltanschauung gesetzt: Im Mittelpunkt stand die Idee des Dualismus, der in zwei entgegengesetzte Seinsbereiche oder Prinzipien gespaltenen Welt. Zeit und Ewigkeit, Leben und Tod, Individuum und Gesellschaft, Notwendigkeit und Freiheit, Mann und Frau, gut und böse bilden unversöhnliche Gegensatzpaare, die in unauflösbarem Widerspruch zueinander stehen. Sowohl in seinen Erzählungen als auch in den frühen Dramen zeichnete Hebbel das Bild einer aus den Fugen geratenen Welt. Er stellte das Schlechte dar, um es unmöglich zu machen, und verfolgte das Ziel, eine neue Welt zu bauen – dieser Gedanke wurde zum Tenor seiner Dichtung. Hebbel wollte die Grundwerte der Humanität wieder zur Geltung bringen und »den welthistorischen Prozeß, der in diesen Tagen vor sich geht . . .«, beenden helfen. Er stellte seinem Zeitalter die Diagnose der Götterferne und war bemüht, einen Ersatz für den verlorenen Himmel zu schaffen. Trotz Hebbels Absage an den Kommunismus zog Joachim Müller 1955 das Fazit: »Hebbel wußte um die Notwendigkeit einer Gesellschaftsrevolution . . ., und in solcher Erkenntnis war er gar nicht weit von Marx entfernt.«

Sind seine frühen Werke von einem pessimistischen Nihilismus durchzogen, so zeigen Hebbels späte Dramen einen versöhnlicheren Charakter: Am Ende stehen nicht mehr einsam und endgültig Hoffnungslosigkeit oder Tod, sondern der Blick wird über das Letzte hinausgelenkt – in eine bessere Zukunft, in der die von individuellen Konflikten gereinigten Ideen in ihrer ursprünglichen und elementaren Form wieder erscheinen. Indem die von ihm geschaffenen Individuen untergehen, werden sie mit der Allgemeinheit versöhnt; Hebbel schien es unmöglich, zugleich den Helden und die ihm am Herzen liegende Idee zu retten.

In seinen späten Dramen verarbeitete Hebbel fast ausschließlich historische Stoffe. Dabei interessierten ihn besonders Zeiten des Umbruchs, weil seiner Überzeugung nach in diesen Phasen der Geschichte bestimmte ethische Werte der Menschen am deutlichsten offenbar werden. Den Umbruch quasi mit den Händen greifen zu können glaubte der Dichter während der bürgerlichen Revolution von 1848, an der er in Wien regen Anteil nahm. Hebbel hegte sowohl Hoffnungen auf einen spürbaren liberalen Fortschritt, zeigte aber auch Furcht vor Radikalität und Chaos. So stand er zwischen den Fronten – sowohl von den Fortschrittlichen als auch von den Konservativen als ihr Sympathisant angesehen – und schrieb Artikel über das revolutionäre Geschehen in Wien für die »Augsburger Allgemeine Zeitung«, in denen er für eine konstitutionelle Monarchie eintrat, großdeutsch und auf demokratischer Grundlage. Einiges von dem Wirrwarr und den blutigen Kämpfen in Wien findet sich in Hebbels Trauerspiel »Herodes und Mariamne« wieder, das er während des Bombardements der Stadt vollendete.

Friedrich Hebbels erstes Gedicht heißt »Sehnsucht« und erschien 1828 im »Ditmarser und Eiderstedter Boten«. Bescheinigte ihm die Literaturkritik hier noch den »unselbständigen Charakter phrasenhafter Konfirmandendichtung, so vervollkommnete der Dichter in der Folgezeit Stil und Form. Er beherrschte das schwierige Epigramm und das kunstvolle Sonett, das Lied und die Ballade. Hebbel selbst hielt sein Leben lang sein lyrisches Werk für gleichrangig mit seinen Dramen – eine Auffassung, die mittlerweile längst revidiert worden ist. Denn trotz allen Reichtums an lyrischen Tönen bleiben die Gedichte unverbindlich und drücken mehr Reflexion als Empfindung aus; es sind »Gedankengedichte«, die immer wieder ins Grüblerische abfallen.

Ähnliches gilt auch für Hebbels Erzählungen, Genrebilder einer unheilen Welt, die den nihilistischen Pessimismus des jungen Dichters zum Ausdruck bringen. »Ach, wie ekelt das Leben mich an! . . . Alles so abscheuliches Stückwerk«, heißt es in einem seiner Briefe, und fürwahr, die persönliche Lage des Dichters in den späten dreißiger Jahren des vergangenen Jahrhunderts war alles andere als erfreulich: Völlig mittellos fristete er ein Dasein in bitterster Armut, abhängig von der finanziellen Unterstützung seiner Freunde und Gönner. Die Zeit, in der er zu leben hatte, empfand Hebbel als unerträglich materiell, die Moral schien ihm verkommen, der Weltzustand morsch. So sind denn auch die Menschen in seinen Erzählungen im besten Fall verschroben-skurril, meistens jedoch boshaft, dumpf, triebhaft, höhnisch-fratzenhaft verzerrt. Vor diesem Hintergrund entstanden auch seine gespenstischen Geschichten, die ihre Vorbilder bei Heinrich von Kleist, Jean Paul, Ludwig Tieck und E. T. A. Hoffmann finden. Konsequent zeichnete Hebbel seine Vorstellung von einer grotesk-sinnentstellten Welt bereits in der frühen Erzählung »Anna«, an deren Ende das alles vernichtende Feuer steht – als Ausdruck der unaufhaltsamen, sinnlosen Gewalt, die stets den grausamen Schlußpunkt setzt.

Hebbel folgte in den meisten seiner Erzählungen der klassischen Konzeption der Novelle als unerhörter Begebenheit, die – so der Dichter 1850 – »von dem Pragmatismus des Zufalls den Namen trägt«. Im Vorwort zu einer geplanten Publikation seiner Novellen 1844 (die erst ein Jahrzehnt später realisiert wurde) schrieb Hebbel unter anderem: »Wenn ich übrigens Novellen im alten Stil bringe, solche, die durchaus nur auf die neue, unerhörte Begebenheit und das aus dieser entspringende neue, unerhörte Verhältnis des Menschen zu Leben und Welt gebaut sind, statt auf Herzens- und Geisteszerfaserungen, so sehe man hierin die tatsächliche Darlegung meiner Überzeugung, daß die Novelle keinen Fortschritt machte, als sie, scheinbar sich erweiternd, den geschlossenen Ring ihrer Form durchbrach und sich wieder in ihre Elemente auflöste.« Trotz dieses Plädoyers für die reine Novelle wandte sich Hebbel selbst zunehmend von ihr ab. Den »Schnock«, sein »niederländisches Gemälde« (1850), nahm er selbst nicht mehr so wichtig: ». . . es will nur ergötzen, weiter nichts«, heißt es in der Vorrede zu diesem »kleinen Roman«. Auch hier wird die Komik ins Lächerliche gezogen, wird eine Welt voller Tücke und Mißtrauen gezeichnet. Die in ihrer rustikalen Derbheit an ein Bauerngemälde erinnernde Erzählung wurde zwar vom alten Ludwig Tieck mit warmen Worten gelobt; große Popularität blieb der komisch-skurrilen Geschichte allerdings versagt.

*

Erste dramatische Erfolge hatte Friedrich Hebbel 1840 mit seiner Tragödie »Judith« verbuchen können. Er gestaltete in diesem Stück ein zentrales Thema seines gesamten Schaffens: Den Gegensatz zwischen Mann und Frau. Das Motiv des Geschlechterdualismus taucht auch in späteren Dramen immer wieder auf.

Im Vergleich zur biblischen Vorlage, in der Judith ihren Widersacher Holofernes in göttlichem Auftrag tötet, verschob Hebbel die Beweggründe seiner Heldin – er läßt sie in Gefühlsverwirrung stürzen, in den Bann des einflußreichen und eindrucksvollen Feldherrn geraten und den Mord ausschließlich aus verletztem weiblichen Ehrgefühl begehen. Die tragische Höhe seiner Judith erwächst aus dieser Verschiebung der Motive. Gleichzeitig resultiert die Tragik der beiden Hauptgestalten aus der Tatsache, daß sie aus ihrer Umgebung herausragende Einzelwesen sind, die damit im Gegensatz zur Allgemeinheit stehen. Mit seiner »Judith«, die zwar mit Beifall, aber nicht eben enthusiastisch aufgenommen wurde, ritt Hebbel übrigens einen polemischen Angriff auf Schiller: Er kündigte mit der Tragödie – gänzlich unbescheiden – eine »neue Jungfrau von Orleans« an.

Mit der wenig theaterwirksamen »Genoveva« nahm der Dichter wenig später die Tragik des Individuums wieder auf. Die auf einen alten Legendenstoff zurückgehende Geschichte vom Pfalzgrafen Siegfried, der seine schöne Gemahlin aufgrund der Intrige seines liebestoll gewordenen Freundes Golo zu Unrecht der Treulosigkeit überführt glaubt, wurde schon zu Hebbels Lebzeiten selten gespielt und hat heute allenfalls noch als Lesedrama ihren Reiz. Mit seiner 1841 beendeten Komödie »Der Diamant« glaubte Hebbel den Deutschen ein Lustspiel zu schenken, das ebenbürtig neben Kleists »Zerbrochenem Krug« stehen würde – später hat er diese Fehleinschätzung selber revidiert. Die Komödie, in der sich Märchenelemente und Satire mischen, will die Falschheit einer »faulen Welt« enthüllen, die nur nach dem glitzernd-funkelnden Schein geht. Die Komödie gilt jedoch als in sich unausgeformt und zu erzählerisch angelegt.

Die erstarrten, leergewordenen Anschauungen einer kleinbürgerlichen Welt kritisierte der Dichter in seinem großen Trauerspiel »Maria Magdalene« – einem Werk, das zu den bedeutendsten deutschen Tragödien gezählt wird. Hier verarbeitete Hebbel einige Motive aus seiner Kindheit – die Atmosphäre des Elternhauses und die bäuerliche Enge Wesselburens gingen in das Drama ein; der unerbittliche Meister Anton, der seine schwangere Tochter Klara ungewollt in den Selbstmord treibt, trägt Wesenszüge von Hebbels Vater. Auch Alltagserfahrungen seines Studienaufenthalts in München – als Untermieter im Haus des Tischlermeisters Schwarz – finden sich im Drama, das in anschaulicher Bildhaftigkeit vor dem Zuschauer abrollt und dessen Handlung ganz in der in sich geschlossenen, eng begrenzten, kleinbürgerlichen Welt angesiedelt ist. Hebbel wollte mit »Maria Magdalene« das bürgerliche Trauerspiel regenerieren und zeigen, daß auch »im eingeschränkten Kreis eine zerschmetternde Tragik möglich ist, wenn man sie nur aus den rechten Elementen, aus den diesem Kreis selbst angehörigen, abzuleiten versteht«. Nicht der Zusammenstoß der bürgerlichen Welt mit einer vornehmeren Gesellschaftsschicht provoziert den unauflösbaren Konflikt – wie z. B. in Schillers »Kabale und Liebe« –, sondern die Tragik resultiert ganz aus der engen, moralisch festgefahrenen Welt des Kleinbürgertums. Dessen Protagonisten – der Vater Anton, die Tochter Klara, der kühl-berechnende, gewinnsüchtige Bräutigam, der sie im Stich läßt, der Sekretär, der Klara, seiner Jugendliebe, im entscheidenden Moment nicht verzeihen kann – können sich nicht aus der Begrenztheit ihrer Anschauungen lösen und scheitern an einem starren Normensystem, das sie nicht zu durchbrechen vermögen.

Auf das starke Drama »Maria Magdalene« folgten die wenig überzeugende Tragikomödie »Trauerspiel in Sizilien« und das ebenfalls schwache Trauerspiel »Julia«, bevor der Dichter mit dem Drama »Herodes und Mariamne« den Ring der Dramen seiner späten Schaffensperiode eröffnete. »Den hierzu gehörigen Werken wird niemand den Umstand der Versöhnung absprechen können«, bemerkte Hebbel dazu. Statt ausschließlich Schatten malte er jetzt auch Licht und zeichnete Figuren, die weniger Leben haben als die frühen, dafür eher zeitlose Werte – wie Treue, Hoffnung oder Vertrauen – verkörpern. Die Menschen seiner ersten Dramen dagegen bezeichnete er selber als »vulkanisch und blutig, aber das Feuer, wie düster auch immer, ist echt . . . und das Blut . . . ist mein eigenes«. Dieser Umschwung in seinem Schaffen ging nicht zuletzt auf die glückliche Ehe mit der Wiener Burgschauspielerin Christine Enghaus zurück, die der vorher erbitterte Ehegegner Hebbel 1846 geheiratet hatte.

Das 1848 abgeschlossene Drama »Herodes und Mariamne« hielt Hebbel selber für ein Meisterwerk. Äußerlich bietet sich eine ähnliche Ausgangsstellung wie in »Judith« dar: Wiederum die alttestamentarische Zeitfärbung, wiederum ein Mann, für den Frauen Besitz sind, wiederum eine liebende Frau, die daran zugrunde geht. Das Verhältnis Mann–Frau wird jedoch schärfer beleuchtet als in »Judith« und das Mißtrauen zwischen den Geschlechtern deutlicher unterstrichen. Zugleich stehen sich zwei Kulturen gegenüber: Der despotische König verkörpert das Heidentum, während die ihm menschlich überlegene Mariamne zu einer fortschrittlichen, bereits in Richtung Christentum weisenden Gestalt wird – eine Deutung, die durch den Auftritt der Heiligen Drei Könige in der Schlußszene Substanz erhält.

Die tragisch-unauflösbaren Gegensätze, die für Hebbels Werk typisch sind, werden in seinem 1849 uraufgeführten Märchenlustspiel »Der Rubin« zu einer versöhnlichen Synthese geführt. Die Geschichte um den Jüngling Assad und den verzauberten Wunderstein löste bei der Uraufführung demonstrativen Beifall aus und wurde von nicht wenigen Zeitgenossen als eine kritische Reaktion Hebbels auf die Restaurationstendenzen in Österreich nach der März-Revolution gesehen. Hebbel betonte stets den allgemein-philosophischen Gehalt seiner Dichtung: Erst nachdem der Held aufgegeben hat, was ihm »schön und teuer« ist, steigt er in eine neue, höhere Lebensform auf. Das in fünffüßigen Jamben geschriebene Märchenspiel kombiniert eine entrückte Traumwelt um Assad mit Sentenzen krasser Realität bei seinen Gegenspielern, die sich durch einen ausgeprägten Wirklichkeitssinn auszeichnen. Die Verquikkung beider Elemente läßt das Stück uneinheitlich erscheinen, und Hebbel fragte sich selbst kritisch in seinem Tagebuch: »Ob ich nicht doch im ›Rubin‹ eine Granate in einen Rosenkelch hineingelegt habe?«

Seine große Grundproblematik Individuum kontra Gesellschaft griff der Dichter in dem 1852 uraufgeführten Trauerspiel »Agnes

Bernauer« wieder auf. Die Geschichte der schönen Baderstochter, die im 14. Jahrhundert die Ehe mit dem Sohn des Herzogs von Bayern einging und später aus Gründen der Staatsräson in der Donau ertränkt wurde, zeichnet sich durch eine klare Sprache und farbiges Zeitkolorit aus. Die Gesellschaft des deutschen Mittelalters wird darin lebendig: mit Bürgertanz und Reichsacht, Handwerkszeichen und Ritterwappen, Hexenglauben und Frauenstolz. Das Individuum muß sich der Gesellschaft beugen – diese Grundauffassung verdeutlichte Hebbel in seinem Staatsdrama »Agnes Bernauer« eindrucksvoll und packend.

Zurück in die Antike ging Hebbel in seiner sprachlich geschliffenen und künstlerisch ausgefeilten Tragödie »Gyges und sein Ring«, in der drei Menschen in einen tragischen Konflikt verstrickt sind und zugrunde gehen, weil sie aus der Allgemeinheit herausgerissen werden. Das Geschehen um den lydischen König Kandaulus, seine Gemahlin Rhodope und den Griechen Gyges vermischt antikidealisierende mit modernen seelenkundlichen Elementen, wird aber heute kaum noch aufgeführt.

Das Nibelungenlied war ein Stoff, mit dem der Dichter sich über Jahre hinweg beschäftigte. Als Trauerspiel in drei Abteilungen wurde dieses Spätwerk Hebbels 1861 in Weimar uraufgeführt. Was der Dichter mit den »Nibelungen« wollte, skizziert er in einem erst nach seinem Tod veröffentlichten Vorwort: »Der Zweck dieses Trauerspiels war, den dramatischen Schatz des Nibelungenliedes für die Bühne flüssig zu machen, nicht aber den poetisch-mythischen Gehalt zu ergründen, oder gar ... irgendein modernes Lebensproblem zu illustrieren ... Der gewaltige Schöpfer unseres Nationalepos, in der Konzeption Dramatiker vom Wirbel bis zur Zeh, hat ... sich wohl gehütet, in die Nebelregion hinüberzuschweifen, wo seine Gestalten in Allegorien umgeschlagen und Zaubermittel an die Stelle allgemein-gültiger Motive getreten wären.« Er wollte den Gestalten »menschliche Eingeweide geben, ohne ihnen die riesigen Umrisse zu nehmen«.

Als Fragment schließlich erschien 1864 Hebbels letztes Trauerspiel »Demetrius« – dieser tragische Stoff aus der russischen Geschichte läßt noch einmal Hebbels Überzeugung deutlich werden: Das Recht der Allgemeinheit dominiert über das Recht des einzelnen.

*

Die Welt der Hebbelschen Tragödien und Novellen steht in deutlichem Kontrast zu den Kindheitserinnerungen des Dichters.

Hebbel, der in ärmlichen Verhältnissen groß geworden war und häufig unter der freudlosen Strenge seines Vaters zu leiden hatte, beschreibt in »Meine Kindheit« harmonisierend seine ersten Lebensjahre in Wesselburen, klare und einfache Bilder stehen dem Leser vor Augen – fast eine Idylle. »Wer sein Leben darstellt, der sollte, wie Goethe, nur das Liebliche, Schöne, das Beschwichtigende und Ausgleichende, das sich auch noch in den dunkelsten Verhältnissen auffinden läßt, hervorheben und das Übrige auf sich beruhen lassen«, schreibt der Dichter hierzu in seinem Tagebuch. Diese Tagebücher, die in den Jahren 1835 bis 1863 entstanden, enthalten neben Notizen über Tagesereignisse auch eine Fülle von philosophischen und dramentheoretischen Reflexionen und sind für das Verständnis von Hebbels Werk eine wichtige Quelle. Wilhelm Scherer bezeichnete sie als »literarhistorisches Denkmal ersten Ranges«.

Sein Grundverständnis der dramatischen Kunst umreißt Hebbel in der folgenden Tagebucheintragung: »Das Leben ist eine furchtbare Notwendigkeit, die auf Treu und Glauben angenommen werden muß, die aber keiner begreift, und die tragische Kunst, die, indem sie das individuelle Leben der Idee gegenüber vernichtet, sich zugleich darüber erhebt, ist der leuchtende Blitz des menschlichen Bewußtseins, der aber freilich nichts erhellen kann, was er nicht zugleich verzehrte . . . So hat die dramatische Kunst durchaus die Grundverhältnisse, innerhalb derer alles vereinzelte Dasein entsteht und vergeht, ins Auge zu fassen und die sind bei dem beschränkten Gesichtskreis des Menschen grauenhaft.«

DATEN ZU LEBEN UND WERK VON FRIEDRICH HEBBEL

(1813–1863)

1813 Christian Friedrich Hebbel wird am 18. März in dem Marktflecken Wesselburen in Norderdithmarschen geboren als ältestes Kind des Maurers Claus Friedrich Hebbel und seiner Ehefrau Antje Margaretha, geborene Schubart. Wesselburen gehört zum Herzogtum Holstein, das durch Personalunion mit dem Königreich Dänemark verbunden ist.

1815 Geburt des Bruders Johann.

1817 Besuch der Klippschule (Elementarschule für die Kleinen) der Jungfer Susanna, »hoch und männerhaft von Wuchs, mit freundlichen blauen Augen«.

1819 Besuch der Volksschule. Der Lehrer Franz Christian Dethlefsen übt »trotz seiner bescheidenen Stellung einen unermeßlichen Einfluß auf meine Entwicklung« aus. Hebbel wird sein bester Schüler.
Die Familie muß das Haus, in dem sie wohnt, wegen Schulden verlassen. Der gesamte Hausrat wird gepfändet.

1827 Der Vater stirbt. Dethlefsen vermittelt Hebbel eine Stelle als Laufbursche bei Johann Jakob Mohr, dem örtlichen Kirchspielvogt, Steuereintreiber des Bezirks und Inhaber der niederen Gerichtsbarkeit.

1828 WERKE: Im »Ditmarser und Eiderstedter Boten« erscheint Hebbels erstes Gedicht, *»Sehnsucht«*. Weitere Gedichte folgen, meist anonym.

1829 Er rückt bei Mohr vom Laufburschen zum Schreiber auf. Hebbel zählt zum Gesinde, bekommt sein Essen am Gesindetisch und schläft mit dem Kutscher in einer Schranknische. Er darf jedoch die etwa tausend Bände umfassende Bibliothek Mohrs benutzen und bildet sich autodidaktisch weiter. Er schreibt außerdem Gedichte, versucht sich an Erzählungen und Dramen.

1832 Hebbel schickt Ludwig Uhland Gedichte mit der Bitte um Stellungnahme; Uhland vertröstet ihn.

1835 Hebbel verläßt das ungeliebte Wesselburen, die »Dithmarsische Sklaverei«, und reist nach Hamburg, wo die Schriftstellerin Amalie Schoppe durch Freitische und Stipendien die Voraussetzungen dafür geschaffen hat, daß der junge Dichter das Abitur nachholen kann. Amalie Schoppe hatte in ihren »Neuen Pariser Modeblättern« Gedichte Hebbels veröffentlicht. Freundschaft mit der sieben Jahre älteren Elise Lensing, der Stieftochter seines Vermieters, eines Zimmermanns und Schiffers.

WERKE:
In Hamburg beginnt er ein Tagebuch zu schreiben, das er bis zu seinem Tod fortsetzt.

Er vollendet die Erzählung *»Barbier Zitterlein«* (siehe Text S. 7 und Nachwort).

1836 Nach Auseinandersetzungen mit Amalie Schoppe, die sich als seine geistige Mutter betrachtet, verläßt er Hamburg ohne Schulabschluß und reist mit zwei Freunden nach Heidelberg, um Jura zu studieren. Elise Lensing will das Studium mit ihren Ersparnissen finanzieren. Im Herbst wandert er über Straßburg, Stuttgart und Tübingen, wo er Uhland besucht, nach München und setzt dort seine privaten Studien fort, hört Vorlesungen bei Joseph von Görres und Friedrich Wilhelm von Schelling.

WERKE: Er schreibt die Erzählungen *»Anna«* und *»Eine Nacht im Jägerhause«* (siehe Text S. 28 und 34 sowie Nachwort).

1837 Liebesverhältnis mit Beppi Schwarz, der Tochter seines Zimmerwirts in München.

1838 Seine Mutter stirbt. – Tod seines Heidelberger Freundes Emil Rousseau.

1839 Er wandert zu Fuß von München über Nürnberg, Bamberg, Gotha und Hannover nach Hamburg. Mitarbeit an dem von Karl Gutzkow herausgegebenen »Telegraph für Deutschland«.

1840 Leidenschaftliche Zuneigung zu der Hamburger Senatorstochter Emma Schröder. – Endgültiger Bruch mit Amalie Schoppe. – Geburt von Elise Lensings erstem Sohn Max. Hebbel, der Vater, denkt nicht ans Heiraten: »Heiraten! Es ist mir überhaupt unter allen entsetzlichen Dingen das Entsetzlichste, und ich werde mich gewiß niemals dazu entschließen.«

WERKE: *»Judith«*, sein nach dem Judith-Stoff des Alten Testaments gestaltetes erstes Drama, wird im Königlichen Hoftheater in Berlin uraufgeführt.

1841 WERKE: Er beendet die Niederschrift der Novelle *»Matteo«* (siehe Text S. 52 und Nachwort).

1842 Hebbel reist Ende des Jahres nach Kopenhagen, wo er von König Christian VIII. in Privataudienz empfangen wird und ein Reisestipendium erhält. Der Dichter Adam Gottlob Oehlenschläger macht ihn mit dem Bildhauer Bertel Thorvaldsen bekannt.

WERKE: Bei Hoffmann und Campe in Hamburg erscheinen seine *»Gedichte«*.

1843 Heftige und langwierige »rheumatische« Erkrankung in Kopenhagen. Im September bricht er mit dem Geld aus seinem Reisestipendium von Hamburg nach Paris auf, wo er die Bekanntschaft von Heinrich Heine, Arnold Ruge und Felix Bamberg, dem späteren Herausgeber seiner »Tagebücher« (1885–87), macht. – Sein Sohn Max stirbt an Gehirnhautentzündung.

WERKE:
Die Tragödie *»Genoveva«*, in der Hebbel weitgehend den alten Legendenstoff verarbeitet hat, erscheint bei Hoffmann und Campe in Hamburg. Die Uraufführung findet 1849 ohne Wissen des Dichters in tschechischer Sprache in Prag statt, die deutschsprachige Erstaufführung 1854 in Wien.

Die Streitschrift *»Mein Wort über das Drama! Eine Erwiderung an Professor Heiberg in Copenhagen«* enthält Hebbels Theorien über das Drama.

1844 Geburt von Hebbels zweitem Sohn Ernst.
Die Philosophische Fakultät der Universität Erlangen nimmt Hebbels Abhandlung *»Mein Wort über das Drama«*, erweitert um einige Gedankengänge aus dem Vorwort zu seinem

Trauerspiel »Maria Magdalene«, als Dissertation an. – Reise von Paris nach Rom.

WERKE: *»Maria Magdalene«*, bürgerliches Trauerspiel. Das Bürgermädchen Klara gibt sich dem ungeliebten Verlobten hin, der sie dann aus kalter Berechnung verläßt. Aus Angst, durch ihre »Schande« den strengen und von Schicksalsschlägen geprüften Vater zu töten, begeht Klara Selbstmord. – Das Stück wird 1846 im Königsberger Schauspielhaus uraufgeführt.

1845 Reise von Rom nach Neapel. Sein Gesuch um Verlängerung des Reisestipendiums wird abgelehnt. Hoch verschuldet reist er mit geliehenem Reisegeld nach Wien, wo er als bekannter Schriftsteller empfangen wird. Er verlobt sich mit der vier Jahre jüngeren Burgtheater-Schauspielerin Christine Enghaus, die lebenslang für 5000 Gulden jährlich engagiert ist und einen unehelichen Sohn hat. Bruch mit Elise Lensing.

1846 Er heiratete Christine Enghaus und ist nun der Ansicht, »daß erst die Ehe den Menschen zum ganzen Menschen macht«. Geburt des Sohnes Emil.

WERKE: Er beginnt mit der Niederschrift der autobiographischen Schrift *»Meine Kindheit«* (siehe Text S. 63 und Nachwort).

1847 Die Söhne Ernst (von Elise) und Emil (von Christine) sterben. Elise Lensing reist nach Wien und wohnt eineinviertel Jahre bei den Hebbels. Er begleitet seine Frau auf Gastspielreisen nach Graz, Berlin, Leipzig und Dresden (Bekanntschaft mit Robert Schumann). Geburt der Tochter Titi (von Christine).

WERKE:
»Der Diamant«, Komödie. Das Leben einer Prinzessin hängt von der Auffindung eines Diamanten ab, den ein Jude gestohlen und verschluckt hat.

Die Erzählung *»Anna«* erscheint in der Wiener Zeitschrift »Der Salon. Mitteilungen aus den Kreisen der Literatur, Kunst und des Lebens«.

1848 Hebbel, ein Vertreter der konstitutionellen Monarchie, der die Reaktion ebenso ablehnt wie die radikale Demokratie, schreibt für die »Augsburger Allgemeine Zeitung« Artikel über das revolutionäre Geschehen in Wien. – Er kandidiert in der Leopoldstadt für die Frankfurter Nationalversammlung, wird jedoch nicht gewählt. – Er ist Mitglied der Delegation, die den österreichischen Kaiser zur Rückkehr von Innsbruck, wohin er nach den Ereignissen der Märzrevolution ausgewichen ist, nach Wien bewegen soll. – Elise Lensing kehrt von Wien nach Hamburg zurück; sie nimmt Hebbels Stiefsohn Karl, Christines uneheliches Kind, als Pflegekind mit.

WERKE: *»Neue Gedichte«*.

1849 Hebbel übernimmt die Redaktion des Feuilletons der »Österreichischen Reichszeitung« (bis 1850). – Freundschaft mit dem Journalisten Emil Kuh.

WERKE:
Die Tragödie *»Herodes und Mariamne«* über König Herodes den Großen und seine Gemahlin Mariamne wird am Wiener Burgtheater uraufgeführt. Kein Erfolg.

»Der Rubin«, Märchenlustspiel in drei Akten nach einer 1837 von Hebbel geschriebenen und 1843 in Kopenhagen erschienenen Erzählung (siehe Text S. 91 und Nachwort).

Die Erzählung *»Die Kuh«* erscheint in der Wiener Zeitung »Die Presse«.

1850 Heinrich Laube übernimmt die Intendanz des Wiener Burgtheaters. In den folgenden Jahren verschwinden die Stücke Hebbels völlig vom Spielplan. – Hebbel reist mit Christine nach Agram (Zagreb) und Hamburg.

WERKE: *»Schnock.* Ein niederländisches Gemälde«, Erzählung (siehe Text S. 111 und Nachwort).

1851 Er reist mit Christine und Emil Kuh nach Berlin, wo Christine in der *»Judith«* auftritt, und nach Hamburg.

WERKE:
»Julia«, ein Trauerspiel in drei Akten, erscheint mit einer Vorrede und der polemischen Abhandlung *»Abfertigung eines ästhetischen Kannegießers«* über den Literarhistoriker Julian Schmidt, der Hebbels dramastisches Schaffen in einem Artikel im »Grenzboten« scharf kritisiert hatte.

»Ein Trauerspiel in Sizilien«, Tragikomödie, die fast einhellig abgelehnt und erst 1907 im Hamburger Schauspielhaus uraufgeführt wird.

1852 Reise nach Venedig und Mailand mit Christine.

WERKE: Hebbel wohnt der Uraufführung seines Trauerspiels *»Agnes Bernauer«* unter der Regie von Franz Dingelstedt im Münchner Hoftheater bei; er wird mehrmals vom bayerischen Königspaar empfangen. – Als man das Drama auf die Verhältnisse im bayerischen Königshaus bezieht, wird das Stück vom Spielplan abgesetzt.

1853 Er reist mit Christine nach Hamburg und Helgoland.

1854 Kur in Marienbad, wo er den Juristen und Schriftsteller Friedrich Uechtritz kennenlernt. – Elise Lensing stirbt im Alter von 50 Jahren in Hamburg an einem Lungenleiden. Sie wird in einem Armengrab beigesetzt.

1855 Er erwirbt ein Sommerhaus in Gmunden am Traunsee (Salzkammergut).

WERKE:
Seine *»Erzählungen und Novellen«* erscheinen bei Heckenast in Pest (vgl. Nachwort).

»Michel Angelo«, Künstlerdrama, von dem das Publikum wenig Notiz nimmt. Es wird erst 1861 uraufgeführt und verschwindet dann fast völlig aus dem Repertoire.

1856 WERKE: *»Gyges und sein Ring«*, Tragödie. Der Lyderkönig Kandaules will sich die Schönheit seiner Gattin Rhodope, die kein Mann außer ihrem Vater und ihrem Gatten angesehen hat, von dem Griechen Gyges bestätigen lassen und gibt ihm einen Ring, der ihn unsichtbar macht. Gyges verliebt sich in Rhodope, die ihrerseits das ungeheuerliche Vorgehen ihres Gatten entdeckt und von Gyges seinen Tod verlangt. Im Zweikampf gegen Gyges fällt Kandaules; bei der Vermählung mit Gyges, der nun König von Lydien wird, gibt sich Rhodope am Altar den Tod.

1857 Hebbel reist nach Hamburg, Frankfurt am Main (Zusammentreffen mit Arthur Schopenhauer und Wilhelm Jordan), Weimar und Stuttgart (Begegnung mit Eduard Mörike und dem Verleger Cotta).

WERKE: Hebbels *»Gedichte, stark vermehrt und verbessert«* erscheinen bei Cotta in Augsburg.

1858 Er reist nach Weimar, wo Franz Dingelstedt seine »Genoveva« aufführt. Hebbel ist mehrfach Gast beim großherzoglichen Paar, macht auf der Altenburg die Bekanntschaft der Fürstin Caroline von Sayn-Wittgenstein und trifft dort auch mit Franz Liszt zusammen. –
Mit Emil Kuh Reise nach Krakau.

WERKE: In Krakau beginnt er mit den Arbeiten an seinem Fragment bleibenden Trauerspiel *»Demetrius«* über den sog. falschen Demetrius, den angeblichen Sohn des Zaren Iwan des Schrecklichen.

1859 Reise nach Dresden und Weimar. Er bricht mit Gutzkow, der sich abfällig über Emil Kuh (»Hebbels Kommis«) geäußert hat.

WERKE: *»Mutter und Kind«*, episches Gedicht in sieben Gesängen.

1860 Kuh kündigt die Freundschaft mit Hebbel auf. – Reise nach Paris.

1861 Zusammen mit Christine reist er zur Gesamtaufführung seiner *»Nibelungen«*-Trilogie nach Weimar, Christine spielt in *»Siegfrieds Tod«* die Brunhild und in *»Kriemhilds Rache«* die Kriemhild. Der Plan, auf Einladung des Großherzogs von Wien nach Weimar überzusiedeln, zerschlägt sich wegen der ablehnenden Haltung des Intendanten Dingelstedt.

WERKE: Hebbels Trilogie *»Die Nibelungen.* Ein deutsches Trauerspiel in drei Abteilungen« – *»Der Gehörnte Siegfried«*, *»Siegfrieds Tod«*, *»Kriemhilds Rache«* – wird in Weimar uraufgeführt.

1862 Er reist über Paris zur Industrie-Ausstellung nach London. – Als Gast des Großherzogs von Weimar hält er sich auf dessen Schloß Wilhelmsthal im Thüringer Wald auf.

1863 Aus Anlaß seines 50. Geburtstags wird er ehrenhalber zum Hofbibliothekar in Weimar ernannt. – Er erhält den Schillerpreis verliehen.
Er stirbt am 13. Dezember in Wien und wird auf dem Matzleinsdorfer Friedhof beigesetzt.

LITERATUR:

Friedrich Hebbel. Werke in 5 Bänden. Herausgegeben von Gerhard Fricke, Werner Keller und Karl Pörnbacher. München 1963–67. (Hanser Verlag)

Ebhard, Rolf: Hebbel als Novellist. Berlin 1916.
Grundmann Hilmar (Hrsg.): Friedrich Hebbel. Neue Studien zu Werk und Wirkung. Heide 1984.
Helbig, Gerhard (Hrsg.); Friedrich Hebbel. Der Mensch und der Dichter in Selbstzeugnissen. Leipzig 1958.
Kreuzer, Helmut (Hrsg.): Hebbel in neuer Sicht. Stuttgart 1963.
Matthiesen, Hayo: Friedrich Hebbel in Selbstzeugnissen und Bilddokumenten. Reinbek 1970 (rowohlts monographien 160)
Meetz, Anni: Friedrich Hebbel. Stuttgart [3]1973. (Slg. Metzler 18)
Stolte, Heinz: Friedrich Hebbel. Leben und Werk. Husum 1977.

AUTOREN IN DER »GROSSEN ERZÄHLER-BIBLIOTHEK DER WELTLITERATUR«:

Alexis, Willibald
Andersen, Hans Christian
Anzengruber, Ludwig
Arnim, Achim von
Balzac, Honoré de
Beecher Stowe, Harriet
Björnson, Björnstjerne
Boccaccio, Giovanni
Bräker, Ulrich
Brentano, Clemens
Bulwer, Edward George
Bürger, Gottfried August
Casanova, Giacomo
Cervantes, Miguel de
Chateaubriand, François
Choderlos de Laclos, P.A.F.
Conrad, Joseph
Cooper, James F.
Defoe, Daniel
Dickens, Charles
Diderot, Denis
Dostojewski, Fjodor
Doyle, Conan
Droste-Hülshoff, Annette von
Dumas fils, Alexandre
Ebner-Eschenbach, Marie von
Eichendorff, Joseph von
Fielding, Henry
Flaubert, Gustave
Fontane, Theodor
Goethe, Johann Wolfgang von
Gogol, Nikolai
Goldsmith, Oliver
Gorki, Maxim
Gotthelf, Jeremias
Grillparzer, Franz
Grimm, Brüder
Hauff, Wilhelm
Hawthorne, Nathaniel
Hebbel, Friedrich
Hebel, Johann Peter
Heine, Heinrich
Heyse, Paul
Hoffmann, E.T.A.
Hölderlin, Friedrich
Hugo, Victor
Immermann, Karl
Jacobsen, Jens Peter
Jean Paul
Keller, Gottfried
Kipling, Rudyard
Kleist, Heinrich von
La Fayette, Marie-Madeleine de
Lermontow, Michail
Leskow, Nikolai
Liliencron, Detlev von
London, Jack
Ludwig, Otto
Margarete von Navarra
Mark Twain
Maupassant, Guy de
Melville, Herman
Mérimée, Prosper
Meyer, Conrad Ferd.
Mörike, Eduard
Moritz, Karl Philipp
Murger, Henri
Musset, Alfred de
Novalis
Poe, Edgar Allan

Prévost, Antoine F.
Puschkin, Alexander
Raabe, Wilhelm
Sand, George
Schiller, Friedrich
Scott, Sir Walter
Sealsfield, Charles
Sienkiewicz, Henryk
Stendhal
Sterne, Laurence
Stevenson, Robert Louis
Stifter, Adalbert
Storm, Theodor
Strindberg, August
Swift, Jonathan
Thackeray, William M.
Tieck, Ludwig
Tolstoi, Leo
Tschechow, Anton
Turgenjew, Iwan
Verga, Giovanni
Voltaire
Vulpius, Christian August
Wieland, Christoph Martin
Wilde, Oscar
Zola, Emile
Zschokke, Heinrich

Deutsche Volksbücher
Italienische Renaissance-Novellen
Tausendundeine Nacht